간
과
슬개

김숨은 1997년 대전일보 신춘문예에 「느림에 대하여」가, 1998년 '문학동네신인상'에 「중세의 시간」이 각각 당선되어 문단에 나왔다. 소설집으로 『투견』 『침대』 『국수』 『당신의 신』 『나는 염소가 처음이야』, 장편소설로 『백치들』 『철』 『나의 아름다운 죄인들』 『물』 『여인들과 진화하는 적들』 『바느질하는 여자』 『L의 운동화』 『한 명』이 있으며, 2006년 대산창작기금을 수혜했다. 현재 '작업' 동인으로 활동 중이다.

김숨 소설집
간과 쓸개

초판 1쇄 발행 2011년 2월 24일
초판 6쇄 발행 2017년 11월 23일

지은이 김숨
펴낸이 이광호
펴낸곳 ㈜문학과지성사
등록번호 제1993-000098호
주소 04034 서울 마포구 잔다리로7길 18(서교동 377-20)
전화 02) 338-7224
팩스 02) 323-4180(편집), 02) 338-7221(영업)
전자우편 moonji@moonji.com
홈페이지 www.moonji.com

ⓒ 김숨, 2011. Printed in Seoul, Korea
ISBN 978-89-320-2166-9 03810

이 책의 판권은 지은이와 ㈜문학과지성사에 있습니다.
양측의 서면 동의 없는 무단 전재 및 복제를 금합니다.

지은이는 서울문화재단 2009문학창작활성화지원사업기금을 수혜했습니다.

간과 쓸개

김숨 소설집

문학과지성사
2011

차례

간과 쓸개 7
모일, 저녁 49
사막여우 우리 앞으로 85
북쪽 방(房) 115
흑문조 153
룸미러 181
육(肉)의 시간 219
내 비밀스런 이웃들 251
럭키슈퍼 283

발문 광물성의 기록_하성란 323
작가의 말 335

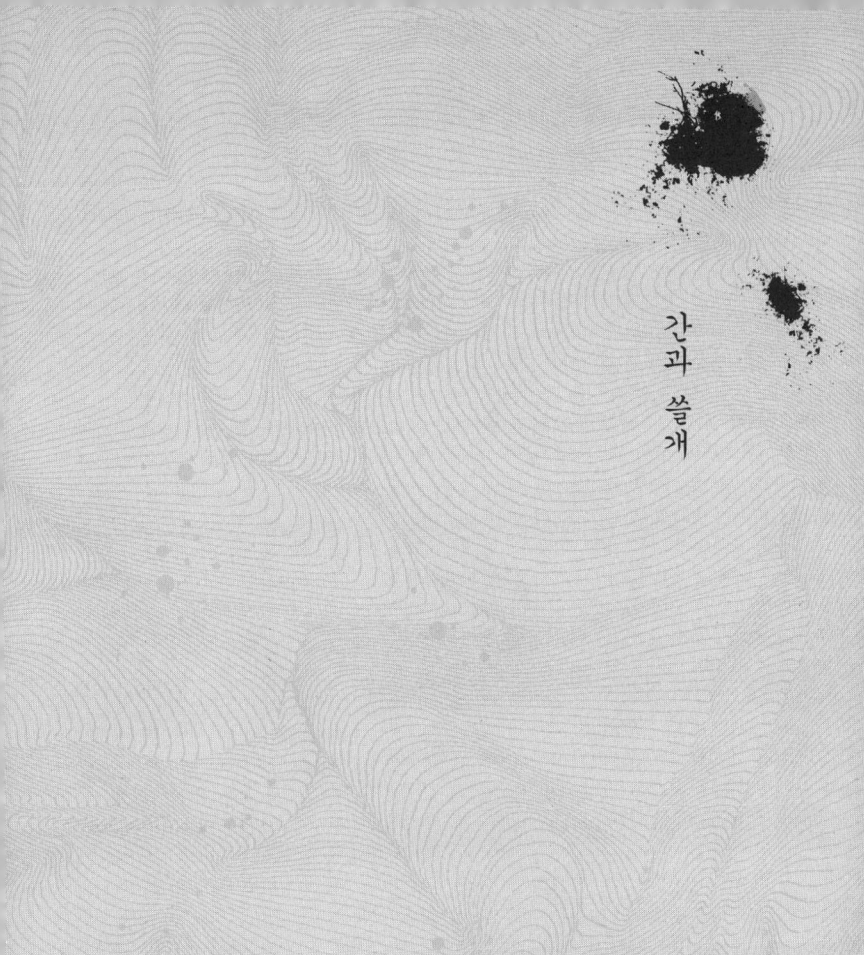

간과 쓸개

1

 넉 달 전, 평택 땅 3백 평을 팔았다. 30년도 더 전에 빚까지 져가며 사들인 땅이었다. 전에도 여러 번 팔려고 내놓았었지만, 정말로 그 땅을 팔게 될 줄은 몰랐다. 땅이란 게 임자를 만나기가 쉽지 않아서 일껏 안심하고 있었는데, 내놓은 지 열흘도 안 되어 선뜻 임자가 나타나는 바람에 얼떨결에 팔아버렸다. 그 땅을 팔았다는 사실보, 그 땅이 30년 동안이나 내 땅이었다는 사실이 믿기지 않았다. 그 땅의 소유주가 틀림없는 나 자신이었다는 사실이. 그 땅을 내가 처음에 어떻게 소유하게 되었던가. 몇십 평도 아니고, 3백 평이나 되는 그 땅을.
 평택 땅을 판 돈으로 큰아들은 청주 고속터미널 근방에서 식당을 냈다. 칼국수 식당이었다. 큰아들은 종업원을 네 명이나 두고 장사를 시작하였다. 개업 날, 나는 가보지 못했다. 얼마나 크게 차렸기에 처음부터 종업원을 넷씩이나 두고 시작하는가 했는데, 홀 면적이 30평이나 된다고 했다. 칼국수 식당이 쓸데없이 뭐 그리 넓은가, 하는 생각뿐이었다. 큰아들 말로는 5, 6천 원 하는 보통 칼국수가 아니라, 샤브샤브처럼 즉석에서 끓여가며 온갖 해물과 버섯과 야채를 곁들여 먹는 칼국수라고 했다.

땅 판 돈의 10분의 1은 둘째아들에게, 그리고 또 10분의 1은 셋째아들에게, 그리고 또 10분의 1은 딸에게 나누어 주었다. 딸은 내가 송금한 돈으로 아파트를 살 때 은행에서 얻은 융자를 일부 갚았다고 했다. 아파트를 산 게 10년이 다 되어가고 있는데도 아직 융자 빚을 다 갚지 못한 모양이었다. 딸애는 서울 사당동에 살고 있었다. 10분의 1밖에는 돌아가지 않자 딸애는 서운해하는 눈치였다. 그러나 그 애는 김부각 한 봉지와 갓 담은 오이소박이 두 봉지, 갈치속젓 한 병을 택배로 부쳐왔다. 그것도, 오이소박이가 쉬어 터질까 봐 당일 특송으로 보내왔다. 요 며칠 김부각과 오이소박이와 갈치속젓을 반찬으로 밥을 챙겨 먹었다. 그 애라도 근거리에 살았으면 싶지만, 그저 욕심일 뿐이다.

밤이 되어 이불을 깔고 그 위에 가만히 누워 있자니, 평택의 그 땅이 처음부터 내 땅이 아니지 않았나 하는 생각이 들었다. 내 땅이었던 적이 단 하루도 없었던 것만 같은 생각이…… 30년 동안 나는 그저 소유주라는 명목만 허울 좋게 가지고 있었을 뿐, 그 땅에 고추 모종 한 그루 심어본 적이 없었다. 씨앗 한 알 뿌려본 적도……

약 복용을 깜박한 사실을 퍼뜩 깨닫고 나는 몸을 일으켰다. 올해 예순일곱 살인 나는 간암 환자이다. 5년째 하루 세 번 꼬박 약을 챙겨 먹고, 정기적으로 검진을 받으며 살아가고 있다. 봉지에 든 약은 여섯 알이나 되었다. 나는 두 알씩 세 번에 나누어 삼켰다. 물 한 모금과 함께 입속에 털어 넣은 두 알의 약이 식도를 넘어간 뒤에야 나는 두 알을 또 삼켰고, 그 두 알이 또 식도를 넘어간 뒤에야 남은 두 알을 삼켰다.

그러고 보니 나흘 뒤가 병원에 정기검진을 받으러 가는 날이었다.

나는 서울에 소재한 종합병원까지 검진을 받으러 다녔다. 내가 살고 있는 천안에서 고속버스를 타면 한 시간 30분 만에 서울 고속터미널에 닿았다. 그곳에서 택시를 타면 병원까지 6, 7천 원이었다. 지난 5년 동안 나는 한 달에 많게는 세 차례, 적게는 한 차례 정기검진을 받아왔다. 정기검진을 받으러 갈 때마다 매번 도살장에라도 끌려가는 기분이었다. 검진 결과가 좋으면 천안에 내려오는 내내 안도하고, 또 안도했다.

서울로 올라가는 고속버스 안에서 큰며느리의 전화를 받았다. 용케도 검진 날인 것을 알고 부러 전화를 넣은 것이다. 그 애는 죄송하다는 말을 서너 번 거듭한 뒤 서둘러 통화를 끝냈다. 식당을 찾는 손님들이 칼국수를 맛있어 하는지, 칼국수 1인분에 도대체 얼마나 받는지 궁금했지만 차마 묻지 못했다.

40분이나 기다려서야 주치의와 상담할 수 있었다. 주치의 앞에서는 늘 죄인처럼 쩔쩔매게 된다. 고작 마흔 중반일 사내 앞에서 굽실거리는 내가 한심스러울 때도 있지만, 그래도 주치의가 두렵기만 하다. 나는 요 며칠 소화가 잘 안 된다는 말을 주치의에게 조심스럽게 하였다. 신물이 자주 올라왔다. 주치의는 내게 위 내시경 검사를 받아보라고 권유했다. 그것이 어떤 검사든, 검사를 받아보라는 권유만 받아도 가슴이 철렁 내려앉았다. 겨우 5분 남짓한 주치의와의 면담이 끝나고, 수면내시경 검사실을 찾아갔다.

수면내시경 검사실은 3층에 있었다. 흰 커튼으로 칸칸을 나눠놓은 검사실은 응급실처럼 번잡스럽고 분주했다. 하얀 물약을 받아 입안에 머금고 있다가 도로 뱉어내고는, 침대 위로 올라가 누웠다.

혀가 돌덩이처럼 무겁게 굳는 것이 느껴졌다.

내 입속이 천길만길 물속처럼 깊어, 혀가 끝도 없이 가라앉는 듯한 착각이 저절로 들었다.

 의사가 오더니 링거 바늘을 내 오른 팔뚝에 꽂아 마취제를 투여했다. 눈앞이 가물가물해지며 검사실 안에 떠도는 소리들이 점차 멀어졌다.

 정신이 돌아왔을 때는 검사가 끝나 있었다. 간호사는 마취가 덜 풀려 정신이 멍한 나를 질질 끌듯이 침대에서 내려오게 했다.

 나는 수면내시경 검사실 앞에 놓아둔 의자에 10분이 넘게 멍하니 앉아 있었다.

 천안 집에 돌아오니 저녁 7시였다. 1982년에 지어진 단층 양옥은 불에 다 타버려 재만 남은 듯 깜깜했다. 무덤처럼 수북한 잿더미 속으로 걸어 들어가듯 나는 마당으로 들어섰다.

 그로부터 나흘 뒤, 큰조카로부터 오랜만에 연락이 왔다. 어느덧 예순 살이 넘은 큰조카는 누님이 광주 병원에 입원했다는 소식을 전했다. 담낭관에 담석이 생겼다고 했다. 담석이 담낭관을 꽉 틀어막는 바람에 쓸개즙이 배출되지 못하고 쓸개에 그대로 고여 있다가 흘러넘쳐, 다른 장기들로 스며들고 있다고 했다. 쓸개즙이 얼마나 독한지 멀쩡하던 장기들이 속수무책으로 썩어들고 있다고 했다. 간과 심장과 위와 대장이…… 수술을 해서 담석을 녹여내야 하지만 누님 나이가 지나치게 많아 여의치 않다고 했다. 누님은 복부에 구멍을 뚫고 그 구멍으로 호스를 끼워서는 쓸개즙을 빼내며 꼼짝없이 누워 지낸다고 했다. 그러고 보니 올해로 누님의 나이가 아흔하고도 둘이었다. 큰조카는 입장 휴게소에서 전화를 넣는 것이라고 했다.

큰조카의 이름은 한구였다. '구' 자가 구할 구(救)인지 아홉 구(九)인지 혼동되었다. 누님은 자식을 여섯이나 두었는데, 한구는 그중 맏아들이었다. 누님의 자식들 중에는 나를 가장 편하게 따르는 조카이기도 했다.

한구는 대형 화물 트럭을 몰았다. 먹고살기 위해 나흘 중 하루를 도로 위나 휴게소에서 잠을 잤다. 재작년 아버지의 제삿날 큰조카는 트럭을 몰고 날 찾아왔다. 그때만 해도 아흔 살이던 누님을 조수석에 태우고서. 한구는 그날 밤 안으로 강원도 평창에 가야 한다며 누님과 가방 보따리, 백화수복, 산적용 소고기를 내게 떠넘기듯 건네주고 다시 트럭에 올랐다. 트럭은 그렇지 않아도 몸집이 왜소한 편인 큰조카에게는 버거워 보였다. 그렇게나 큰 트럭을 몰고 밤낮으로 고속도로를 달릴 큰조카가 안쓰럽기도 하였다. 누님은 아버지의 제사를 지내고 나흘을 더 내 곁에서 머물다가 돌아갔다.

저녁을 챙겨 먹으려고 보니 김부각에 개미가 까맣게 들끓고 있었다. 봉지를 오므려두지 않은 탓이었다. 오이소박이와 갈치속젓만을 반찬으로 밥을 먹었다. 오이소박이는 그새 쉬어 터져 있었다.

저녁을 먹는 내내 누님을 찾아뵈어야 한다는 생각뿐이었다.

나이가 들어 별것도 아닌 병으로 속절없이 세상을 뜨는 경우를 더러 보았다. 더구나 수술이 불가능하다니…… 현기증이 몰려오며, 누님의 얼굴이 갑자기 가물가물하였다. 간암을 앓게 된 뒤로 그렇게 종종 현기증이 몰려왔다. 살아생전 절대로 잊지 못할 것만 같던 얼굴들이 그렇듯 흐릿해지기 일쑤였다.

어릴 적 누님의 손을 꼭 잡고 찾아갔던 저수지가 문득 떠올랐다. 조치원 고향 집에서 멀지 않은 곳에 저수지가 있었는데, 어느 날 누님이 나를 데리고 그곳을 찾아간 적이 있었다. 그때 나는 겨우 대여섯 살이었다. 밤나무 숲을 지나 저수지가 내 눈앞에 펼쳐지는 순간, 생전 처음 느껴보는 공포감에 떨었던 기억이 났다.

혹, 누님의 간과 심장과 위와 대장을 썩어들게 하고 있다는 쓸개즙이 그때 그 저수지의 물 빛깔과 닮지 않았을까. 응고된 듯 적막하게 고여 있던 저수지의 물이 무섭게 뿜어대던 그 빛깔을…… 살아 있는 것을 죄다 삼켜버릴 듯하던, 죄다 죽은 것으로 만들어버릴 듯하던 그 무시무시한 빛깔을…… 검고도 푸르던 그 빛깔을……

나는 요즘도 종종 꿈에서 그 저수지를 보았다. 그리고 그때마다 설명할 길 없는 공포감에 떨다가 깨어났다.

누님을 뵈러 가는 일을 두 주 뒤로 미루기로 했다. 두 주 뒤 정기검진 결과가 나온 뒤 찾아뵈어도 아주 늦지는 않을 것이다. 누님을 편한 마음으로 찾아뵐 수 있도록 정기검진 결과가 그럭저럭하기만을 바라는 수밖에 없었다.

지난번 정기검진 결과는 암울했다. 간에 암세포가 보인다고 했다. 3년 가까이 발생하지 않았던 암세포가 발생한 것이다. 암세포 크기는 2센티미터 미만이라고 했다. 그나마 천만다행인 것은, 간 주변의 장기들에서는 암세포가 발견되지 않았다는 사실이다. 천만다행인 것이 또 있었다. 개복(開腹)을 하지 않고도 암세포를 제거할 수 있다고 했다. 주치의는 복부에 구멍을 뚫은 뒤, 그 구멍으로 내시경을 넣어 암 부위를 절제하는 수술을 시행할 것이라고 했다. 개복수술에 비해 간단하고 회복이 빨라 30분이면 시술이 끝나고, 3박 4일 간만 입원을 하면 된다는 설명이 이어졌다. 주치의의 설명은 더없이 간단했지만, 암세포를 없애는 과정이 그렇게나 간단할까 하는 의심이 들었다.

일주일 뒤로 수술이 잡혔다. 수술을 위해 하루 전에는 입원을 해야 했다. 누님을 찾아뵙는 것을 수술 뒤로 미루는 수밖에 없었다.

병원에서 돌아와 한구에게 전화를 넣었다. 두 차례나 전화를 넣었는데 받지 않았다. 하는 수 없이 한구 처에게 전화를 넣었다. 고맙게도 한구 처는 금세 내 목소리를 알아보았다.

"외삼촌 아니세요?"

누님과 통화라도 할까 했는데, 누님은 방금 관장을 하러 들어갔다고 했다. 담석이 생기면서 배변을 잘 못 봐 관장을 하게 되었다고 했다.

"그렇지 않아도 서울 고모가 와 있어요. 정선 고모요."

"그래? 정선이가……?"

정선은 누님의 딸이었다. 누님은 딸을 셋이나 두었는데 하나는 목사 사모가, 하나는 미용사가, 또 하나는 장사꾼이 되었다. 정선은 미용사였다. 하나뿐인 아들이 대학교를 졸업하고 10년이 넘도록 되지도 않는 고시만 보고 있어 그 뒷바라지를 하느라 뼈가 다 빠진다던 말을, 언젠가 누님으로부터 들은 적이 있었다. 또 전화를 넣겠다는 약속을 하고 전화를 끊었다.

딸이 보내온 오이소박이가 다 떨어졌다. 갈치속젓만을 놓고 밥을 먹다가 탁, 소리가 나게 숟가락을 놓았다. 냄비에 물을 받아 가스레인지에 올렸다. 라면을 한 봉지 사왔다. 가스레인지 불을 하도 약하게 해놓아서 물은 그때까지도 끓지 않고 있었다. 나는 가스레인지 불을 조금 더 세게 틀 생각은 않고, 그저 넋을 놓고 물이 끓기만을 기다렸다. 냄비 뚜껑을 열어둔 채로. 라면을 푹 끓여 반은 먹고, 반은 버렸다.

또 전화를 넣겠다던 한구 처와의 약속을 그만 잊고 말았다.

누님의 담낭관을 꽉 틀어막은 담석은 다섯 개나 된다고 했다. 그 담석들은 저마다 어떠한 형상이고, 어떠한 빛깔을 띠고 있는가. 어떠하기에 담낭관을 꽉 틀어막고서 누님을 오늘내일 죽을 사람으로 만들어버리는가.

 마흔 조금 넘어서도 누님은 담석 때문에 고생을 한 적이 있었다. 그때 누님의 담과 담낭관에는 스무 개도 넘는 담석이 박혀 있었다. 그 스무 개 중에는 모래알만 한 것도 있고, 팥알만 한 것도 있다고 했다. 누님은 한동안 그저 허리가 아픈 줄로만 알고 한의원으로 침을 맞으러 다녔다. 그러던 중 통증을 견디지 못해 데굴데굴 굴렀고 한밤중에 병원 응급실로 실려 갔다. 기껏해야 마흔두세 살이던 누님은 수술을 받아 담석들을 제거했다. 누님이 수술까지 받고 난 뒤에야 알게 된 사실인데, 담석이란 것이 모래알만 한 것부터 달걀만 한 것까지 그 크기가 다양했다. 그 개수도 한 개부터 수백 개에 이르는 경우도 있다고 했다.

 아무튼 사람의 몸속에서 돌멩이가 저절로 생겨난다는 사실이, 그저 신기하기만 하다. 그렇다면 세상에 흔하게 굴러다니는 돌멩이들은 다 어떻게 해서 생겨나는 것일까. 모래 한 알, 자갈 한 조각, 바위 한 덩이는 또 어떻게…… 시속 37만 킬로미터로 우주 궤도를 운행한다는 운석은 또……

 오후 4시쯤, 수도 검침원이 다녀갔다. 그가 간 뒤, 수도 계량기통을 살펴보았다. 수도 계량기통 속은 물로 그득 차 있었다. 그리고 그 물속에서 귀뚜라미들이 썩고 있었다. 코를 감싸 쥐고 싶을 만큼 고약한 냄새가 심하게 풍겼다. 귀뚜라미들을 치우는 일이 하도 까마득해, 그 수만 세었다. 귀뚜라미는 모두 열세 마리였다. 기다랗고 가느다란 다리들과 더듬이들이 악다구니를 쳐대듯 뒤엉켜 있었다. 나는 수도 계량기통 뚜껑을 도로 닫아버렸다.

간암을 앓게 된 뒤로 소쇄한 일도 까마득하게만 생각되고는 했다. 장판지 위에 떨어진 머리카락 한 올 줍는 것조차도. 기름기가 다 빠진 머리카락 한 올의 무게가 천근만근은 되는 듯. 전날 아침만 해도 수도꼭지를 잠그는 것이 너무도 아득하여 서너 대야는 족히 되는 물을 넋 놓고 흘려보냈다. 헛되이 흐르는 수돗물이 아깝기는 했지만 수도꼭지로 손이 좀체 뻗어지지가 않았다. 세숫대야 바닥을 두 손바닥으로 꾹 누르듯 짚고서 박제된 짐승처럼 꼼짝을 하지 않았다. 몸속 혈관을 흐르는 피들이 굳고, 의식이 마비되는 듯한 착각이 저절로 든다고나 할까.

그러고 보니 온종일 한 일이라고는 세 끼 밥과 약을 챙겨 먹고, 수도 계량기통 속을 살펴본 것뿐이었다. 며칠 뒤 수술을 받으러 서울에 올라가야 한다는 생각이 퍼뜩 들 때마다 한숨이 쉬어졌다.

거실 텔레비전을 틀어놓은 채 천장을 멀뚱히 바라보고 누위 있었다.

밤 11시경, 흰 마스크를 장롱에서 찾아내 착용했다. 벗어 두었던 양말을 챙겨 신고 목도리도 찾아 둘렀다. 플래시와 나무젓가락과 검정 비닐봉지를 챙겨 들고 마당으로 나갔다. 수도 계량기통 뚜껑을 열고, 플래시 불빛으로 그 안을 비추었다.

플래시 불빛에 드러난 귀뚜라미들이 생전 처음 보는 희귀한 벌레들처럼 보였다. 괴물처럼 끔찍하고 무섭기 짝이 없었다. 세상에 그처럼 생김이 괴상한 벌레가 또 없을 것 같았다. 수도 계량기통 속에 고인 물도 낮에 햇빛 아래서 볼 때보다 탁하고 검었으며, 번들거리기까지 했다. 물속이 한 치도 들여다보이지 않아서인가, 그 깊이가 아무리 못 돼도 10리는 될 것 같은 착각이 저절로 들어 소름이 끼치기까지 했다. 번들거리기만 할 뿐 미동도 않는 그 물속에서 수백 수천 마리의 귀뚜라미들이 악다구니를 써대며 우글거리고 있는 것만 같아서.

저수지의 물빛이 꼭 저랬지……

탄식과도 같은 중얼거림이 저절로 나왔다.

나는 나무젓가락으로 물속을 휘젓다가 귀뚜라미들을 한 마리 한 마리 건져내었다. 다리들과 더듬이들이 뒤엉켜 두세 마리가 한꺼번에 딸려 올라오기도 했다. 귀뚜라미들을 물에서 건져 올리자마자 얼른 검정 비닐봉지 속에 넣었다.

유독 등이 미끈한 귀뚜라미를 나무젓가락으로 집어 올리는데, 그 귀뚜라미의 다리들이 가늘게 떨리는 것이 눈에 들어왔다. 귀뚜라미의 더듬이가 내 손가락에 스치는 순간, 나는 하마터면 그 귀뚜라미를 놓칠 뻔했다. 설마 했는데, 그 귀뚜라미는 죽지 않고 살아 있었던 것이다. 죽은 귀뚜라미들 속에서 저 홀로 악착같이 살아 있었을 것을 생각하니, 기특하기도 하고 불쌍하기도 했다. 그러나 무엇보다 끔찍하다는 생각이 더 컸다. 살아 있다는 것이, 더할 수 없이 구차스럽고 징글징글하기만 하였다. 나는 그 귀뚜라미를 어떻게 처리해야 하나 난감해하다가 검정 비닐봉지 속에 넣었다. 그 귀뚜라미는 죽은 귀뚜라미들과 뒤엉켜 다리와 더듬이를 가늘게 떨어댔다. 마지막 한 마리의 귀뚜라미까지 건져 검정 비닐봉지 속에 넣고, 봉지 입구를 꽉 묶었다.

새벽 2시가 넘어서야 잠자리에 들었다. 검정 비닐봉지 속 귀뚜라미들이 전부 살아서는 절박하게 버둥거리고 있는 것만 같아 잠이 오지 않았다. 귀뚜라미들이 뒤엉켜서는 서로의 다리와 더듬이를 질근질근 물어뜯고 있는 것만 같아서.

2

3박 4일 동안 입원을 했다. 옆구리의, 국소마취를 하고 구멍을 뚫었던 자리가 따끔따끔한 것을 빼면 그럭저럭 견딜 만했다. 수술은 잘되었다고 했다. 퇴원하던 날, 제약회사에 다니는 셋째가 차를 몰고 병원까지 찾아왔다. 셋째는 고속터미널까지 나를 바래다주었다. 한 그릇에 2만 원이나 하는 도가니탕을 사주고 고속버스 표를 끊어주었다. 내가 도가니를 간장 소스에 찍어 먹는 동안, 그 애는 핸드폰으로 전화 통화를 무려 여섯 통이나 했다. 그중에 한 통은 식당 밖에까지 나가서 10분이 넘도록 했다. 통화를 하며 담배까지 피웠는지, 그 애의 몸에서 담배 냄새가 훅 끼쳤다. 그 애의 미간을 슬쩍 훔쳐보니 그새 주름이 꽤나 깊이 잡혀 있었다.

집에 돌아와서는 밥과 약을 챙겨 먹는 것 말고는 아무 일도 하지 않았다. 무일하면서도 누님을 찾아뵙지 못하는 처지를 생각하니 서글퍼졌다. 그렇지만 닷새 뒤에 또다시 정기검진을 받으러 서울로 올라가야 했다. 서울까지 올라가 검사를 받고 주치의와 면담을 하려면, 기운을 낭비하지 않고 어떻게든 모아두어야 했다. 밥알 한 알을 씹는 데 들어가는 기운까지도 쓸데없이 낭비하지 않고.

낮잠을 자려고 누웠는데, 평택 땅 3백 평을 팔아버린 사실이 갑자기 실감이 되었다. 죽을 때까지 그 땅을 파는 것이 아닌데 하는, 절망에 가까운 후회가 몰려들었다. 누워서 한참을 뒤척거렸다. 큰아들이 처음부터 종업원을 넷씩이나 두고 식당을 시작한 게 못내 마음에 걸렸다. 어쩌자고 종업원을 넷씩이나 두고 시작을 하는가. 자동차 영업 사원이었던 큰아들은 8년 전 자동차 대리점을 차렸다가 아파트를 한 채 날렸다. 아파트를 팔고도 빚을 다 갚지 못해 나는 그때 3천만 원이나 되는 빚을 대신 갚아주어야 했다. 이제부터라도 허황함을 버리고 진득하게 살아가려나 했는데 뜬금없이 칼국수 식당을 차려야 겠다며 평택 땅을 팔아서라도 자본을 대줄 것을 끈질기게 요구했다. 큰아들은 한번 작정을 하면 부모든 제 처든, 들들 볶아서라도 어떻게든 원하는 대로 이루어내는 집요한 데가 있었다.

저녁에는 '남원추어탕'이라는 식당에서 친구 김과 한, 그리고 정과 저녁 식사 겸 모임을 가졌다. 추어탕과 미꾸라지 튀김 한 접시, 소주를 주문했다. 미꾸라지 튀김이 나오기 전까지는 별 의미 없는 이야기가 오고 갔다. 수북하게 쌓인 미꾸라지 튀김은 고소한 냄새를 풍겼다. 바삭바삭해 보이는 게 오랜만에 입맛이 동했다. 미꾸라지 튀김을 한 개 집어서 베어 먹었다. 기름을 잔뜩 머금은 미꾸라지의 살과 뼈가 고소하게 씹혔다. 나는 소주를 한 잔 받아놓고 아껴가며 마셨다. 간암 환자 신세가 된 뒤로는 소주를 한 잔 이상 마신 적이 없었다. 미꾸라지 튀김을 대여섯 개 집어 먹었더니 배가 더부룩하게 불러왔다. 사이다 한 병을 시켜, 술을 한 잔도 못 하는 정과 나누어 마셨다.

근 보름 만에 만나 주고받는 이야기의 대부분이 자식 이야기였다. 교장으로 정년퇴직한 한은 홀어머니 밑에서 서럽게 자랐지만, 중년부터의 삶이 넷 중 가장 윤택하였다. 교장 자리까지만 가면 한평생 한 점 아쉬울 게 없다고 하더니만, 교장 자리를 3년이나 꿰차고 앉아 있다가 퇴직을 하였다. 퇴직 기념으로 자서전까지 내고, 천만 원도 넘게 들여 자식 손주를 다 데리고 북해도로 온천 여행을 다녀오기도 했다.

어찌어찌하다가 누님 이야기를 꺼내게 되었다.

"그래, 누님이 종교는 있으신가?"

그렇게 물어온 사람은 정이었다.

"90도 넘은 노인이 종교는……"

"사람은 죽을 때가 가까울수록 종교가 있어야 하는 법이야. 나도 성당에 다녀보니까 그걸 알겠더라구. 사람들이 성당에 모여 하는 짓들이 하나같이 꾸며내고 과장된 짓들 같고 헛되기만 한 짓들처럼 보이지만 이상하게 안심이 된단 말이지."

"자네는 기필코 천당에 가겠어!"

한이 정을 비꼬았다.

"나일론 신자가 천당은…… 그저 그렇다는 거지."

정은 작년에 가톨릭 신자인 부인을 따라서 세례를 받았다. 종교 때문에 부인과 반평생을 불화하면서 지내다가 예순여섯 살이 되어서야 세례를 받았다. 반은 강제였는데 머리 위로 물이 끼얹어지는 순간, 자신도 모르게 울컥 눈물을 쏟았다고 했다. 일요일마다 열심히 성당에 나가고 교무금도 꼬박꼬박 내는데도 부인으로부터 날마다 '당신은 진정한 신자가 되면 아직 멀었다. 구원을 받으려면 불 같은 성령을 받아야 한다, 나

자신을 온전히 하느님께 바쳐야 한다. 겨자 씨앗만 한 의심도 없어야 한다'는 등 지청구를 듣는다고 했다.

그러고 보니 나이 90이 넘도록 누님은 이렇다 할 종교를 가진 적이 한 번도 없었다. 더러 절에 가기는 했지만 불교 신자라고 할 수도 없었다. 맏사위가 목사인데도 기독교인 또한 되지 못했다.

정과 같은 순한 사람도 무려 반평생을 종교 때문에 부인과 불화하며 산 것을 보면 사람의 고집만큼 무서운 것이 없는 듯했다.

화장실에 가기 위해 주방 앞을 지나다가, 노르스름한 튀김 반죽을 잔뜩 뒤집어쓰고 필사적으로 꿈틀거리는 미꾸라지를 보았다. 미꾸라지는 가차 없이 펄펄 끓는 기름 속으로 던져졌고, 금세 바싹 튀겨져서는 기름 위로 둥둥 떠올랐다.

빈 접시를 치우러 들어온 종업원에게 한이 만 원을 선뜻 찔러주었다.

"늙은이들이라고 괄시 말고 잘하라고 주는 거야!"

한은 역시나 쾌활하고 호방한 데가 있다.

"어르신들도 참, 괄시는요, 친정아버지 같은 분들인데……"

큰며느리와 나이가 비슷해 보이는 종업원이 호들갑스럽게 웃었다. 종업원은 나이뿐만 아니라 생김도, 체구도 큰며느리와 흡사했다. 잠시 뒤 종업원은 서비스라며 미꾸라지 숙회를 한 접시 내왔다. 작은 접시였지만, 부추와 버무려진 숙회가 그래도 꽤나 수북했다. 종업원이 나가자 한이 좌중을 둘러보며 기어이 한마디했다.

"메뉴판을 봐! 숙회 한 접시가 2만 원이잖아? 만 원으로 숙회 한 접시를 서비스 받았으니 만 원 이문을 본 셈이지 않어? 숙회 한 접시 시켜봐야 다 먹지도 못한다구. 딱 요만큼이면 돼. 추어탕에 튀김까지 먹었는데 얼마나 먹는다구? 안 그래?"

한은 역시 용의주도한 사람이었다. 나는 그의 그러한 점이 좋기도 하고, 싫기도 했다. 한때는 꼴도 보기 싫을 만큼 불만이어서 일부러 거리를 두고 만나지 않았던 적도 있었다. 그렇다고 그에게 내 불만을 드러내거나 들킨 적은 한 번도 없었다. 그러고 보면 나는 그런 위인이었다. 나이가 들어갈수록 나는 한의 의기양양함이, 호기와 의뭉과 거들먹거림이 마냥 부럽기만 하다.

노르스름한 튀김 반죽을 뒤집어쓰고 안간힘으로 뒤채던 미꾸라지가 내 머릿속에서 좀처럼 떠나지 않았다.

필사(必死).

그 말이 혀끝에 혓바늘처럼 돋아 욱신거렸다.

월요일 오전 9시 출발인 고속버스 안에 승객이라고는 어떤 남자와 나뿐이었다. 헐렁한 점퍼 차림의 남자는 50대 초반쯤 되어 보였다. 운전석 쪽 두번째 칸, 창가 자리가 내 자리였다. 남자는 나와 통로를 사이에 두고 앉아 있었다. 어깨를 잔뜩 움츠리고 있던 남자는, 나와 눈이 마주치자 낯을 확 찡그리며 고개를 돌려버렸다. 고속버스가 출발하자마자 슬그머니 몸을 일으키더니 뒤쪽으로 자리를 옮겨버렸다. 생판 남일 뿐인 남자가 자리를 옮겨 앉는 것이 내 탓인 듯해 당황되고 찜찜했다. 나와 눈만 마주치지 않았어도…… 하는 생각이 들기까지 했다. 내 뒤로 텅 빈 의자가 수십 개나 놓여 있다는 사실 또한 부담스럽기만 했다.

검사 결과가 나쁘지 않으면 기필코 누님을 뵈러 다녀와야겠다고 단단히 마음먹었다.

5년 전 내가 간암 판정을 받았을 때, 누님이 한구 처를 데리고 천안 내 집에 다녀간 적이 있었다. 누님은 풍천장어를 광주에서부터 사들고 왔다. 광주에서 천안까지 오는 동안 풍천장어가 어찌나 펄펄하던지 고속버스가 내내 뒤집힐 듯 흔들렸다고, 누님은 농담을 다 하였다. 누님은 기세가 조금도 꺾이지 않은 풍천장어를 손수 씻어, 참기름을 두른 들통에 넣고 푹 쪄냈다. 한구 처는 그날 광주로 내려가고, 누님은 내 곁에서 또 나흘을 지내고 내려갔다.

뜻밖에도 정기검진 결과가 암울하게 나왔다. 시술을 한 뒤라 마음을 놓고 있던 터였다. 주치의는 내게, 지난번 검사 때

미처 발견하지 못했던 종양이 발견되었다고 알려주었다. 그런데 종양이 발견된 곳이 간이 아니라 쓸개 쪽이라고 했다. 주치의는 게다가 하필이면 간과 쓸개가 접한 부위에 종양이 잠복해 있어서 개복수술이 불가피하다고 했다. 개복 전에는 그 크기도 정확히 파악할 수 없다고 했다.

개복수술을 위해 입원 예약 수속을 밟았다. 입원 날짜는 보름 뒤로 잡혔다. 병원을 나서려는데 발길이 떨어지지 않았다. 병원 안 편의점에서 두유를 한 병 사 마셨다. 로비 한가운데는 검은 그랜드피아노가 놓여 있었다. 뚜껑이 굳게 닫힌 그랜드피아노는 마치 관(棺)처럼 보였다. 그 앞에는 노란 국화 화분이 여러 개 조문객들처럼 엄숙하게 놓여 있었다. 그랜드피아노 뚜껑을 열고 그 안으로 들어가 눕고만 싶은 충동에 사로잡혔다.

고속버스터미널 안 식당에서 잔치국수를 한 그릇 사 먹으며 고민을 했다. 곧장 광주에 내려가 누님을 뵙고 올라와야 하는 것이 아닌가, 아니면 그냥 천안으로 내려가야 하나. 수술 뒤 얼마나 입원하게 될지는 주치의도 장담을 못 한다고 했다. 국수 가락을 젓가락으로 둘둘 말아 입으로 가져가며 어쩌면 이번이 마지막이 될지도 모른다는 절망에 빠졌다. 국물을 두어 숟가락 떠먹다 한참 넋을 놓고 앉아 있었다. 김구이 부스러기를 고명으로 얹은 탓에 잔치국수 국물에는 기름이 둥둥 떠다녔다.

광주로 내려가 누님을 뵙고 올라오기로 작정하였다.

광주행 표를 끊었다고 생각했는데, 표를 보니 천안행 표였다. 무의식 중에 천안행 표를 달라고 말한 모양이었다. 졸음과 현기증, 체념이 뒤섞인 공포가 한꺼번에 몰려왔다. 표를 바꿀 엄두가 나지 않아 천안행 고속버스에 올랐다.

승객이 그래도 여남은 명은 되었다. 내 옆자리에 30대 중반일 듯한 건장한 남자가 앉았다. 얼떨결에 남자의 얼굴을 쳐다보던 나는 소스라치게 놀랐다. 바위처럼 큼직한 남자의 얼굴이 봉제 인형처럼 꿰맨 자국으로 가득했던 것이다. 나는 황망히 창 쪽으로 고개를 돌렸다. 졸음이 확 달아났다. 젊은 사람이 어쩌다가 얼굴이 저 지경이 되었는가. 남아도는 좌석이 많아 남자가 곧 자리를 옮겨 앉으리라 생각했는데, 남자는 천안에 도착할 때까지 자리를 뜨지 않았다. 꾸벅꾸벅 졸며 기괴한 머리를 내 어깨로 떨어뜨리기까지 했다. 남자의 머리가 굴러떨어지듯 숙여져 내 어깨에 떡하니 얹어질 때마다 나는 바짝 긴장했다.

멀미를 심하게 했다.

집 근처 '독일제과점'에서 한 봉지에 8백 원 하는 크림빵 두 봉지를 샀다. 열쇠를 움켜쥐고 현관문을 따는 손이 덜덜 떨렸다. 손만 겨우 씻고 눈을 부쳤다. 잠에서 깨어났을 때 사방이 암흑처럼 어두울 것이 두려워 거실 형광등을 켜두었다.

밤 9시가 넘어서야 깨어났다. 안방 문을 꼭 닫아두어서 사방은 암흑이었다. 내가 마치 검고 거대한 현무암 아래에 누워 있는 듯한 기분이 들며, 마음이 한없이 평온해졌다. 평온은 그러나 잠깐뿐이었다. 9일 뒤에 있을 입원과 수술이 걱정되어 울고 싶어질 만큼 두려움이 몰려왔다. 입이 하도 써 크림빵을 먹으려고 보니 개미가 들끓고 있었다. 극성스러운 개미들 때문에라도 더는 못 살겠다는 어린애 같은 투정이 절로 나왔다.

큰아들에게 전화를 넣었다. 또다시 병원에 입원하게 되었다는 사실을 알렸다. 개복수술이 불가피하다는 말을 어렵게 꺼냈다.
"불…… 뭐요?"
"불가피…… 말이다."
그리고 3, 4초 동안 무거운 침묵이 흘렀다.
큰아들 내외는 개업을 한 지 넉 달밖에 안 된 식당 때문에 눈코 뜰 새 없이 바쁠 것이다. 둘째는 부산에 살고 있었고, 셋째는 출장이 잦았다. 딸은 큰애가 고등학교 3학년이라서 온 신경이 그 애한테 가 있었다. 자식이 두셋쯤 더 있다고 해도 사정은 마찬가지일 것이었다. 서운해하지 않기로 하였다. 사느라 바쁜 데다, 그 애들 중 누군가도 늙어서 나처럼 큰 병으로 고생을 하겠지…… 그런 생각을 하니 측은한 마음이 들기까지 하였다.

혼자서 수술 걱정을 하고 있는데 한과 정이 찾아왔다. 묵밥을 사 먹으러 신탄진에 다녀오자는 그들의 청을 극구 거절했다. 몸도 몸이지만, 누님을 뵈러 다녀오지 못한 것이 못내 마음에 걸려서였다. 누님은 뵈러 가지 못하면서 신탄진까지 내려가 묵밥을 사 먹는다는 게 아무래도 불편할 듯했다. 기력이 딸리기도 했다. 한과 정에게 며칠 뒤 또 병원에 입원하게 되었다는 사실을 알리지 않았다. 그들에게 나 자신이 언제 죽을지 모르는 병자(病者)로만 보이는 것이 자존심 상하고 부끄러웠다. 정이 검정 비닐봉지에 싸온 어리굴젓 한 병을 내놓았다. 그는 전날 부인과 강경까지 내려가 젓갈을 무려 30만 원어치나 사왔다고 했다.

"왜? 늘그막에 젓갈 장사나 하려고?"

한이 비웃자 정이 변명을 했다.

"자식들 것까지 챙기다 보니 그렇게나 많이 사게 되었지 뭐야. 김장 때 쓸 젓갈도 미리 사느라고…… 나야 뭐 아나? 집사람이 사야 된다고 하면 그런 줄 아는 거지."

잠시 침묵이 흘렀다.

"그래, 병원에 다녀왔나?"

정이 나를 물끄러미 바라보았다.

"다녀왔지."

"그래, 병원서는 뭐라나?"

"그저 그렇다지 뭐……"

"그저 그러면 다행인 거야. 그저 그렇기가 얼마나 어려운데……"

한이 말했다.

"그럼, 그저 그렇기가 어디 쉬운가."

정이 한의 말을 받았다.

"하기는 그저 그렇기가……"

한과 정을 보내놓고 거실 소파에 정물처럼 앉아 있자니, 묵밥 생각이 났다. 작년만 해도 한 달에 두 번꼴로 한이 운전하는 차를 타고 신탄진 묵밥집까지 내려가 묵밥을 사 먹었다. 정기검진 결과가 그만그만해 작년 한 해는 스스로가 암 환자라는 사실을 문득문득 망각하고는 했다. 여하튼 야산에 비닐하우스를 지어놓고 묵밥을 팔았는데, 묵밥 한 대접을 사 먹으려는 사람들로 바글거렸다. 멸치 다시마 국물에 채 썬 묵과 밥을 말고, 그 위에 참기름과 들깨로 양념한 묵은지와 소고기볶음과 김 부스러기를 고명으로 얹는 것이 고작이었다. 그런데도 식사 때만 되면 손님이 피난민들처럼 들끓어 우왕좌왕하며 먹어야 했다. 비닐하우스라 궁상맞고 지저분하기 짝이 없는데도 한이 가자고 하면 못 이기는 척 따라가 한 대접 사 먹고는 했다. 셋이나 넷이서 묵밥 한 대접씩에 묵무침이나 돼지 수육을 한 접시 시켜 나누어 먹으면 마침맞았다.

거실에 들어찬 깊은 정적 때문인가, 언젠가 묵밥을 먹으며 한과 정과 김 사이에 오갔던 말들이 또렷하게 떠올랐다.

"그러니까 이 터가 명당이라지 뭐야. 안으로 50미터쯤 더 들어가면 그곳에도 묵밥집이 있는데 그 식당에는 손님이 한 명도 없다지 뭐야. 맛만 놓고 보자면 이 식당보다 크게 떨어지지도 않는데 손님이 좀체 없다는 거야. 묵밥을 먹으러 왔던 유명한 풍수학자가 그랬다는군. 이 묵밥집이 들어앉아 있는 땅이 딱 거북의 형상이라고 말이야. 이 묵밥집 주인이 팔순이 넘은 할머니라는데 대전 유성 쪽에 빌딩이 두 채나 된다지 뭐야."

"흥! 빌딩이 두 채면 뭐해. 다 자식 놈들 차지가 될걸."

그렇게 말한 사람은 김이었다. 김은 시청 말단 공무원으로 30년 가까이 시청에서 일하다 정년퇴직을 했다. 퇴직을 하자마자 그는 며느리와 단단히 사이가 틀어졌다. 퇴직금을 한몫 뚝 떼어 주지 않자 며느리가 서운하다는 말을 시아버지인 그 앞에서 노골적으로 해댔고, 그는 그 뒤로 퇴직금을 꽉 움켜쥔 채 자식들에게 한 푼도 나누어 주지 않고 있었다.

"내가 가진 돈이 많아 자식들이 호의호식하며 살면 좋지 뭘 그래?"

한의 그 말에 김은 참지 못하고 버럭 성을 내었다.

"그런다고 자식 놈들이 눈곱만치라도 부모를 생각해줄 것 같아? 다 쓸데없어! 허망하고 분통만 터질 뿐이라구! 나는 죽을 때 다 싸 짊어지고 갈 거야."

어두컴컴해진 부엌 쪽을 응시하며, 나는 호의호식이라고

중얼거려보았다. 단단하게 메마른 견과(堅果)라도 씹는 듯한 기분이 들었다. 마모되고 헐렁해진 내 어금니로는 도무지 씹을 엄두가 나지 않을 만큼.

나는 한참이나 졸다가 깨어나 소파에서 몸을 일으켰다. 부엌으로 가 한 공기 분량의 쌀을 씻어 밥솥에 안쳤다. 계란 두 알을 풀어 계란찜을 만들고, 전날 사둔 양배추도 찜통에 넣고 쪄냈다. 정이 가져다준 어리굴젓까지 놓으니 식탁이 그런대로 풍성했다. 뜸이 다 든 밥을 푸고, 보리차를 따뜻하게 데워 컵에 따랐다. 식탁에 앉아 숟가락을 들었다. 별생각 없이 거실 창을 물끄러미 바라보았다.

창밖은 깜깜하고 무소식하였다.

빛 한 점, 움직임 한 점, 소리 한 점 없었다.

묵밥을 사 먹으러 간 한과 정은 벌써 돌아왔을 것이다. 나는 양배추에 어리굴젓과 밥을 넣고 싸서 먹었다.

으슬으슬 추워 보일러를 틀었다. 입원을 앞두고 감기까지 걸리면 큰일이었다. 검정 비닐봉지에 싸서 내다 버린 죽은 귀뚜라미들이 어디선가 뚜르르뚜르르 나를 원망이라도 하듯 울고 있을 것만 같았다.

별로 하는 일도 없이 나흘이나 지나갔다. 9시 뉴스를 보고 있는데 한구로부터 전화가 왔다. 한구는 철근 자재들을 싣고 서울로 올라가는 길이라고 했다. 누님이 그새 퇴원을 해 셋째인 남구의 집에 가 있다고 했다. 누님은 담즙을 몸 밖으로 배출해주는 호스를 달고서 퇴원을 했다고 한다. 퇴원을 한 날이 글쎄 지난 월요일이라고 했다. 월요일이면 정기검진을 받으러 병원에 다녀온 날이 아닌가. 서울에서 곧장 광주로 내려갔었다가는 길이 엇갈릴 뻔했다.

"어머니가 외삼촌 걱정을 많이 하세요."

고속도로를 달리는 중인지 지지직 소리가 끼어들며 한구의 목소리가 가물가물했다.

"그렇지 않아도 걱정이 많으신 양반이니 어련하시겠냐……"

남구는 대전에 살고 있었다. 대전에서 중소기업진흥공단에 다니고 있었다. 먹고사는 문제로만 본다면 누님의 세 아들 중 그래도 가장 무난했다. 누님의 속을 가장 덜 썩인 아들이기도 했는데, 누님은 남구 처를 그다지 마음에 들어 하지 않았다.

여하튼 거리로만 보자면 광주보다는 대전이 훨씬 가까웠다. 버스 시간으로만 쳐도 대전은 한 시간 거리였지만, 광주는 네 시간 거리였다. 누님을 찾아뵙는 게 조금은 수월해진 것만 같아 한편으로는 반갑고, 한편으로는 부담이 되었다.

내일이라도 대전에 다녀와야 하나?

남구의 집에 전화를 넣었다. 남구의 어린 딸이 전화를 받았다. 천안 할아버지라고 해도 도무지 알아듣지를 못했다. 나 자신에 대해 설명할 길이 막막해 뚝 전화를 끊었다.

어렵게 남구와 통화가 되었다. 남구는 난감해하였다. 둘째인 진구가 수요일에 내려와서는 누님을 모셔갔다는 것이었다. 진구는 서울에 살고 있었다. 이틀 만에 셋째아들 집에서 둘째아들 집으로 옮겨간 데에는 필시 이유가 있을 것이었다. 더구나 90도 넘은 노인이 그 지경인 몸을 하고서…… 남구에게 꼬치꼬치 그 이유를 따져 물을 수는 없었다. 광주에서 대전으로, 그리고 서울로. 누나가 골칫거리에 불과한 짐짝 신세가 된 것만 같아 서글퍼졌다.

진구의 집에 차마 전화를 넣지 못했다. 누님 때문에 진구 내외는 얼마 불편하고 부담스러울 것인가.

3

입원을 하던 날, 딸이 시간을 내 입원 절차를 봐주었다. 딸은 병실이 정해지자 간병인을 신청해주었다. 수술을 받는 날부터 간병인을 쓰기로 했다. 수술은 이틀 뒤로 잡혔다. 미리부터 간병인을 써봐야 불편하고 돈만 아까웠다. 딸은 두유와 금귤, 전자레인지에 데워 먹는 전복죽을 사다가 냉장고에 넣어주고는 서둘러 가버렸다. 10만 원을 내 손에 쥐여주며 수술하는 날 다시 오겠다는 말을 세 번이나 거듭했다.

병실에 혼자 누워 있으려니 천애 고아라도 된 기분이었다.

6인용 병실은 이미 환자들로 꽉 차 있어 2인용 병실을 쓸 수밖에 없었는데, 옆 침대가 비어 있었다. 수술을 받기 위해 이런저런 검사를 받고 병실에 와보니 옆 침대에 웬 남자가 누워 있었다. 남자는 거인이라 해도 과장이 아닐 만큼 거구였다. 남자는 드르렁드르렁 코를 골며 잠들어 있었다. 얼굴 또한 바위처럼 커서, 좀처럼 나이가 가늠이 되지 않았다. 더없이 건장해 보이는 남자가 환자복을 입고 병실 침대에 누워 있는 모습이 우스꽝스럽기까지 했다. 표정이 순진한 데가 있어 커다란 아이 같기도 했다. 그렇지만 암병동의 입원실이니, 암 환자가 틀림없을 것이었다. 입원까지 한 것을 보면 심각한 상태일 수도 있었다. 저런 거구가 어쩌다 암에 걸린 것일까. 저녁 배식 때가 다 되어서야 남자는 마지못하다는 듯 깨어났다. 남자는 텔레비전을 크게 틀어놓고는 식판에 담겨 나온 밥과 반찬을 남김없이 먹어치웠다.

간병인은 40대 후반의 뚱뚱한 여자였다. 그 여자는 나를 어르신이라고 불렀다. 간병인의 행동은 권태로우면서도 일사불란한 데가 있었다. 나는 늙고 병든 고양이처럼 조용히 간병인의 움직임을 관찰했다. 수술이 있는 날, 딸이 가장 먼저 오고 큰아들이 왔다. 나를 바라보는 큰아들의 표정은 언제나 그렇듯 데면데면하였다. 데면데면한 얼굴이 날 닮은 것만 같아 울적해졌다.

수술실로 이동하는 동안, 나는 두려워하는 모습을 자식들에게 보이지 않으려고 안간힘을 썼다.
 수술실은 모든 게 차가웠다. 내 몸을 덮고 있는 흰 천까지도.

"아버지, 아버지…… 정신이 드세요?"
 저 여자가 왜 나를 아버지라고 부르는가? 저 미친 여자가 왜 나를 보고 자꾸만 아버지라고 불러대는가?
"아버지, 아버지……"
 미친 여자인 줄로만 알았던 여자는 뜻밖에도 둘째며느리였다. 마취 기운에 취해 둘째며느리인 것을 못 알아본 것이었다. 딸이 그러는데, 내가 마취에서 깨어나는 내내 누님과 죽은 아내를 찾았다고 했다.
"글쎄 종양이 아니었대요."
 딸애의 목소리가 머리맡에서 들려왔다.
"종양이 아니라 돌 같은 거였다지 뭐예요."
 딸애는 젖은 수건으로 내 입을 자꾸만 훔쳤다.
 밤에 큰아들이 간병인을 보내고 병실에서 하룻밤을 잤다. 기대도 안 했는데 뜻밖이었다. 나는 식당이 잘되는지 묻지 않았다. 잘되고 있으면 내가 묻기도 전에 자랑을 몇 마디 늘어놓았을 것이다. 큰아들에게는 나름대로 많은 희생과 양보를 했는데도, 돌아오는 것은 언제나 원망뿐이었다.
 입원한 지 3주 만에 퇴원을 했다. 수술을 받느라 시달려서인지 몸무게가 3킬로그램이나 줄었다. 거울을 들여다보기가 민망할 만큼 얼굴 살이 내려 있었다.

집 근처 슈퍼에 두부를 한 모 사러 갔다가 앞으로 꼬꾸라졌다. 한순간 온몸의 힘이 나른하게 풀리며, 등허리가 무너지기라도 하듯 90도 각도로 내려앉았다. 중심을 잃고는 수북하게 쌓아둔 과자 봉지들 속에 그만 고개를 파묻고 말았다. 슈퍼 주인 남자가 달려와서 나를 얼른 일으켜주었다.

부끄러워서 두부를 사러 갔던 것도 잊고 집으로 돌아왔다.

남구의 집에 전화를 넣었다. 누님이 남구의 집에서 진구의 집으로 옮겨간 사실을 그만 까맣게 잊고 있었던 것이다. 남구는 누님이 진구의 집에서 지내다가 지금은 정선의 집에 가 있다고 알려주었다. 정선의 집도 서울이었다. 서울어린이대공원 근처가 집이라는 이야기를 언젠가 누님으로부터 들은 기억이 났다. 정선의 집 전화번호까지는 내가 알고 있지 못했다.

닷새 사이에 몸무게가 또 2킬로그램이나 줄었다.

오후에 정이 찾아왔다. 거실 소파에 우두커니 앉아 있는 나를 보고, 그는 깜짝 놀라 말을 잇지 못했다. 그는 충격을 받은 것이 분명했다. 그러나 내게는 그를 위로할 기운조차 없었다. 그가 사들고 온 감귤 주스를 컵에 따라 내 손에 들려주었다. 컵을 잡고 있는 손이 덜덜덜 떨렸다.

저녁때 정이 또 나를 찾아왔다. 그는 직접 재배한 것이라며 표고버섯을 한 주먹 들고 왔다.

살이 더 내리기 전에 누님을 찾아뵈어야 한다는 생각이 불현듯이 간절하였다. 살이 더 내리면 누님을 차마 뵐 수 없을 것 같았다.

내가 평택 땅을 팔았는지 팔지 않았는지 가물가물하였다. 나는 머리 염색도 하고, 개미를 박멸한다는 약을 사다가 집 구석구석에 뿌렸다. 녹이 슨 대문 페인트칠도 손수 새로 하였다. 페인트를 칠해 번들거리는 대문을 바라보고 있으려니, 나와 한 병실에 입원해 있었던 남자의 근황이 궁금했다. 그는 대장암 말기 환자였다.

꼬박 일주일이 지나갔다.
그저 꼬박.

누님은 정선의 집에서 다시 진구의 집으로 옮겨 가 있었다.
누님을 뵙기는 뵈어야 하는데……
그렇지만 진구의 집까지 누님을 뵈러 간다는 게 부담이 되기만 했다. 서울까지는 그럭저럭 쉽게 간다고 해도, 서울서 진구의 집까지 찾아가는 게 엄두가 나지 않았다. 미로만 같은 지하철 안에서 헤매게 될까 봐 두렵기도 하였다. 아무래도 큰조카인 한구보다는 진구가 조금은 더 불편하였다. 진구의 처 또한 불편하기만 했다. 전라도 벌교 여자라 목청도 크고 잘

웃고 하는데도 그랬다.

 목욕을 다녀왔다. 몸무게가 또 2킬로그램이나 줄었다. 간암 환자인 내게는 몸무게가 늘어나는 것도 무서웠지만, 줄어드는 것도 무서웠다. 목욕탕 근처 식당에서 설렁탕을 한 그릇 사 먹었다. 그 설렁탕 식당 한쪽 벽면에는 커다란 거울이 달려 있었다. 나는 거울을 마주 바라보고 앉아 설렁탕을 먹었다.

 설렁탕에 말아져 나온 국수 가락을 건져 먹으며 또 누님을 생각하였다. 내게는 누님이 셋 있었는데, 둘은 일찌감치 죽고 지상에 남은 누님은 그 누님뿐이었다. 그 누님보다 두 살이 적던 셋째누님은 마흔도 못 넘기고 심장마비로 죽었다. 밤에 잠을 자다 허망하게 세상을 떴다.

 고개를 들던 나는 깜짝 놀랐다. 웬 늙은 남자가 나를 빤히 쳐다보고 있었기 때문이었다. 그 늙은 남자는 죽은 사람이라도 바라보듯 아무런 감흥도 없이, 그저 나를 빤히 응시했다.

 웬 남자가 나를 저리도 바라보는가.

 나는 몸서리가 쳐졌다.

 "깍두기 좀더 드릴까요?"

 식당 여자가 그렇게 물어온 뒤에야 나는, 그 늙은 남자가 나 자신임을 깨달았다. 다른 누구도 아닌, 거울에 비친 나 자신이었음을……

 나는 설렁탕에 밥을 말아 먹는 대신 국수 사리를 하나 더 시켜 말아 먹었다. 국수 사리를 건져 먹는 동안 설렁탕 국물은 식어버렸다.

한구, 진구, 남구, 정자, 정선, 정례.
나는 누님의 자식들 이름을 반복해 불러보았다.

4

누님이 도로 광주 병원에 입원하였다는 소식이 왔다.
총담낭관까지 담석이 껴 황달이 왔다고 했다. 백과사전을 뒤적거린 뒤에야 총담낭관에 대해 알게 되었다. 간장(肝臟)에서 만들어진 쓸개즙과 쓸개에서 나오는 쓸개관이 합쳐져 십이지장으로 주입되는 관. 그것이 총담낭관이었다.

아침 내내 부지런히 마당을 치웠다. 정의 권유로 마당 한쪽에서 표고버섯을 키울 계획을 세웠다.
오늘내일 중으로 정이 키우는 골목(榾木)을 구경하러 가기로 하였다. 그는 여러 달 전부터 표고버섯 농장에서 골목 다섯 그루를 얻어다가 키우고 있는데 버섯이 꽤나 많이 나온다고 했다. 일상이 게으른 편인 정도 재배를 하는데, 나라고 못할까 하는 생각이 들었다.
은행에 다녀오는 도중, 반찬 가게 앞을 지나다가 홍어초무

침을 팔기에 5천 원어치를 샀다. 반찬 가게 여자가 꽈리고추 멸치볶음도 맛있다고 해서 그것도 3천 원어치나 샀다.

점심을 챙겨 먹고 집을 나섰다. 정의 집은 내 집에서 걸어서 15분쯤 떨어져 있었다. 언덕에 자리해 여름에는 에어컨이 필요 없을 정도로 시원한 대신에 겨울에는 추운 집이었다.

골목들은 그의 집 마당 후미진 곳 응달에 비스듬히 세워져 있었다.

골목들은 뿌리가 잘리고, 가지마저 다 잘린 죽은 나무들이었다. 그런 나무들마다 표고버섯들이 악착같이 매달려 있는 광경이 몹시도 기괴했다. 표고버섯들이 마치, 죽은 나무에 매달려 남은 영양분을 끝까지 쪽쪽 빨아먹고 있는 벌레들처럼만 생각되었다.

"도토리나무네. 신갈나무하고 밤나무도 골목으로 쓰는데, 도토리나무만큼 표고버섯이 잘 열리지는 못한다더군."

정이 파란색 분무기로 골목들에 물을 분사하며 말했다. 골목들마다 표고버섯이 많게는 열대여섯 개씩, 적게는 대여섯 개씩 매달려 있었다.

"드릴로 구멍을 내고 표고버섯 종균을 심더군. 종균을 심고 18개월은 지나야 표고버섯이 나온다나 봐."

"……"

"이 골목들은 3년쯤 되었네. 수명이 글쎄 5년이라는군."

그는 적당히 자란 표고버섯을 골라 똑똑 따냈다.

"수명이라니⋯⋯?"

"골목의 수명 말이야."

"죽은 나무도 수명이 다 있나?"

나는 죽은 나무를 두고 수명 얘기를 하는 게 못마땅해 얼른 그렇게 물었다.

"죽은 나무라니?"

"죽은 나무가 아니면 뭔가? 뿌리가 다 잘렸는데⋯⋯"

"자네 눈에는 이 버섯들이 안 보이나? 이 버섯들을 키워내는 동안에는 그래도 죽은 게 아니야."

"죽은 게 아니긴⋯⋯"

나는 고개까지 저어가며 완강하게 말했다.

"아니야, 절대로 죽은 게 아니지⋯⋯"

그는 고집을 부렸다. 뿌리가 잘리고, 가지마저 다 잘린 나무가 죽은 게 아니라고 고집을 부려댔다.

그는 갓 딴 표고버섯을 물에 살짝 데쳐 초고추장과 함께 내게 대접했다.

"아무래도 관둬야겠어."

나는 표고버섯을 한 점 입속에 넣고 우물우물 씹으며 말했다.

"뭘 말인가⋯⋯?"

"표고버섯 키우는 거 말이야."

"그러지 말고 키워봐. 키우는 재미가 퍽 있다니까."

그는 끝내 골목을 한 그루 내게 억지로 떠안겼다.

골목을 끌어안고 집으로 가는 내내, 죽은 육신을 끌어안고 있는 것만 같은 이상한 기분이 들었다. 골목을 어디다 두어야 하나…… 마당 구석구석을 살피며 한참을 고민하였다. 아무래도 골목을 받아 오는 것이 아니었다.

죽은 게 아니라니…… 죽은 게……

나는 투덜거리듯 중얼거리며 골목을 뒷마당, 가장 응달진 곳에 내팽개치듯 버려두었다.

일주일 뒤 슬쩍 살펴보니 표고버섯이 여섯 개나 열려 있었다. 나는 표고버섯들을 따 대나무 바구니에 담아서는 식탁 위에 올려두었다. 표고버섯 냄새가 집 안에 진동했다.

방 안에 가만히 누워 있는데, 내가 마치 골목이라도 된 기분이 들었다. 벌레 같기만 한 표고버섯들이 내 등과 가슴에 주렁주렁 매달려 있는 것만 같은……

나는 표고버섯들을 신문지에 돌돌 싸서는 냉장고 속에 넣어두었다.

그러고 보니, 사흘 뒤가 정기검진 날이었다. 정기검진을 받으러 서울로 올라가기 전에 누님을 뵈러 다녀와야 하지 않을까.

요번에는 어떻게든.

더 늦어지기 전에.

5

 마침내, 누님을 뵙게 되었다.
 누님은 잠들어 있었다. 조카며느리가 누님 곁을 지키고 있었다. 조카며느리는 누님이 내내 나를 기다리다가 조금 전에야 잠들었다고 했다.
 "외삼촌, 은행에 좀 다녀올게요."
 조카며느리는 나를 누님 옆에 남겨두고 병실을 나갔다.
 내가 살이 내린 것만큼이나 누님도 살이 내려 있었다. 살가죽만 간신히 붙어 있는 누님의 팔과 다리가 골목을 떠올리게 했다.
 침대 밑으로 내려와 있는 비닐 주머니가 보였다. 비닐 주머니는 장기(臟器)처럼 누님의 몸과 호스로 긴밀하게 연결되어 있었다. 그리고 그 안에는 쓸개즙이 반쯤 차 있었다. 내 짐작대로 쓸개즙은 저수지의 물빛과 무척 흡사했다.
 졸음이 걷잡을 수 없이 쏟아졌다.
 누님이 깨어날 때까지 눈을 부칠 작정으로, 침대 밑에서 간이침대를 꺼내 그 위에 누웠다. 비록 높낮이가 어긋나기는 했지만 이렇게라도 누님과 나란히 누워본 것이 얼마 만인지 기억조차 나지 않았다.
 잠깐 눈을 붙인다는 것이 꿈을 꾸었다.

꿈에 저수지를 보았다.

"왔는가……?"

누님의 마분지를 찢는 것 같은 목소리가 허공에서 아득히 들려왔다.

"꿈에 저수지를 봤지 뭐예요."

나는 누운 채로, 병실의 하얀 천장을 바라보며 중얼거렸다.

"으응, 저수지를……?"

"그러게요. 거 왜…… 내가 대여섯 살 때 누님이 나를 데리고 저수지를 찾아간 적이 있잖아요."

"내가 말인가……?"

"네, 누님이요."

"글쎄다……"

"내 손을 꼭 잡고는 밤나무로 우거진 숲 속으로 들어가 저수지를 찾아갔었잖아요……"

"아니다…… 아무래도 내가 아니지 싶다……"

"누님이 아니라니요?"

"내가 아니라 을숙이었지 싶다."

"을숙 누님이요……?"

을숙은 죽은 셋째누님의 이름이었다.

"을숙이 널 잘도 데리고 놀았지."

"……"

그렇다면 나를 데리고 저수지를 찾아갔던 누님이 둘째누님이 아니라 셋째누님이었나? 마흔 살도 안 되어 죽은 셋째누님 말이다. 나는 그 누님의 어릴 적 모습을 떠올리려 애썼다. 그러나 그 누님의 어릴 적 모습이 어렴풋이라도 그려지지 않았다.

어린 내 손을 꼭 잡고 저수지의 물을 바라보던 그 누님의 분위기, 무시무시하던 저수지의 물 빛깔과 맞서던 그 누님의 침묵.

그저 그런 것밖에는 떠오르지 않았다.

"누님이 아니라 을숙 누님이었다는 말이지요……"

말끝에 울컥 울음이 터져 나왔다.

"자네, 우는가?"

"……"

"뭣 때문에 우는가?"

"……"

"뭣 때문에 우는가…… 뭣 때문에……"

나는 그저 누운 채로, 자꾸만 터져 나오는 울음을 좀처럼 그치지 못했다. 누님의 울음소리가 조심스럽게 내 울음소리에 섞여들고 있었다.

죽은 것도, 그렇다고 살아 있는 것도 아닌 골목.

골목 껍질을 가르고, 토독토독 표고버섯 맺히는 소리가 들려오는 듯했다.

모일, 저녁

1

 모월 모일, 신탄진 집에서 하루 저녁을 보내게 되었다. 부모님은 30여 년째 신탄진에서 살고 있었다. 틈니와도 같은 창틀들이 다닥다닥 붙어 있는 빌라가 부모님 집이었다. 어머니는 간혹 틈니 밖으로 두꺼운 솜이불이나 무청 따위를 널어놓았다. 아버지는 틈틈이 틈니 밖으로 얼굴을 내밀고 담배를 피웠다. 아버지가 피우는 담배는 한라산이었다. 딱히 이유는 모르겠지만 아버지는 한라산밖에 피우지 않았다.

 18년 전, 막 지어진 그 빌라를 사기 위해 아버지는 은행에 2천만 원이나 되는 빚을 져야 했다. 아버지가 당신 명의로 집을 가진 것은 그때가 처음이었다. 빚과 그 빚으로 인한 이자를 다 갚은 게 불과 8년 전이었다. 빚을 다 갚고 나자 어머니의 무릎 관절염이 도졌다. 대학병원에서 양쪽 무릎을 수술하느라 은행에 또 얼마의 빚을 져야 했다. 그 빚을 다 갚고 나자 남동생이 군대에서 제대를 하고 다니던 대학교에 복학을 했다. 남동생의 대학 등록금을 대느라 은행에 또 얼마의 빚을 져야 했다. 은행 빚을 다 갚던 날, 어머니는 내게 전화를 해왔다. 어머니는 이런저런 쓸데없는 이야기 끝에 빚이라면 넌 덜머리가 나도록 지긋지긋하다는 말을 남기고 전화를 끊었다. 은행에 한 푼의 빚도 남아 있지 않아서인지 부모님은 신탄진에서 그럭저럭 소리 없이 살아가고 있었다.

부모님은 재개발이 될 때까지 빌라를 떠나지 않을 작정이었다. 그러나 실상은 빌라를 떠난다고 해도 마땅히 갈 곳이 없었다. 재개발이 곧 되리라는 보장도 없었다. 당장 재개발이 된다고 해도 실평수가 기껏해야 17평밖에는 안 되었기 때문에 은행에 또 빚을 져야 할 것이었다. 그렇게 되면 부모님은 죽을 때까지 은행에 진 빚을 갚으며 살아야 할지도 몰랐다.

나는 빌라 앞 태극제과점에서 롤케이크를 한 덩이 샀다. 롤케이크는 아버지가 곰보빵 다음으로 좋아하는 빵이었다. 아버지는 딸기잼을 듬뿍 바른 곰보빵을 세상의 모든 빵들 중에 가장 맛있어 했다. 그렇다고 오랜만에 다니러 오며 2천 원밖에 하지 않는 곰보빵을 사들고 갈 수는 없었다. 그러고 보니 부모님 집을 마지막으로 찾은 것이 6개월도 더 전이었다. 나는 천 밀리리터 우유도 한 개 샀다.

부모님 집에는 아버지와 어머니, 상우 삼촌이 살고 있었다. 나와 두 살 터울인 남동생은 대학교를 졸업한 뒤 1년 전부터 전주에 내려가 살고 있었다.

내가 갔을 때 아버지는 베란다에서 연탄불을 피우려 하고 있었다. 아버지는 연탄에 불을 붙이느라 나를 쳐다보지도 않았다. 어머니는 부엌에서 가지를 썰고 있었다. 어머니 또한 나를 흘끔 바라보기만 할 뿐 가지만 열심히 썰었다. 식탁 위에는 두부, 양파, 대파, 오이, 밀가루 봉지 따위가 어지럽게 널려 있었다. 나는 태극제과점에서 사 온 롤케이크와 우유를 식탁 한쪽에 조용히 놓아두었다.

"전어를 구우려고 한다."

아버지는 여전히 나를 쳐다보지도 않고 말했다. 아버지는 전어가 다섯 마리나 된다고 했다. 연탄에 불이 잘 붙지 않는지 매캐한 연기가 났다. 아버지는 기침을 하면서도 연탄에 불을 붙이기 위해 안간힘을 쓰고 있었다.

"네가 먹을 복이 있는가 보다."

"네 아버지는 그깟 전어 가지고 먹을 복은 찾고 그런다니……"

어머니가 가지를 썰며 중얼거리듯 한마디했다. 베란다는 석양빛으로 충만했다. 베란다가 서쪽으로 앉아 있어서 늦은 오후가 되면 부엌까지 석양빛이 들었다.

"얼마나 맛있게 굽겠다고 저 난리 법석인지 모르겠다."

아버지는 자신에게 하는 소리라는 것을 알면서도 아무 소리도 안 했다.

베란다는 겨우 1인용 침대 넓이였지만 아버지는 그곳에서 참으로 많은 일을 했다. 베란다에서 흑염소를 키운 적도 있었다. 닭도 두 마리나 키웠었다. 연탄불을 피워 전어를 굽는 것은, 흑염소나 닭들을 키우는 것보다는 훨씬 조용하고 수월한 일일 것이었다.

연탄에 불이 붙으며 연기가 거실로 들이쳤다. 아버지가 거실을 향해 등을 돌리고 엉거주춤하게 앉아 있어서 나는 연탄에 불이 붙는 걸 구경하지 못했다. 현관문은 내가 집에 오기 전부터 활짝 열려 있었다. 전어가 구워지면 그 냄새가 빌라 전체에 진동할 것이었다. 어머니는 가지를 다 썬 뒤, 미리 까놓은 양파를 듬성듬성 썰었다. 세숫대야만큼 크고 검은 팬을 가스레인지에 올리고 식용유를 둘렀다. 썬 양파를 프라이팬에 넣고 볶았다.

베란다 빨래 건조대에는 수건들이 널려 있었다. 전어가 구워지기 시작하면 그 냄새와 연기가 수건들에 고스란히 밸 텐데도 어머니는 걷을 생각을 하지 않았다. 나는 수건들을 걷으려다가 관두었다. 아버지가 아예 베란다를 떡하니 가로막고 앉아 있었기 때문이었다.

"소주가 있나?"

연탄에 만족스럽게 불이 붙었는지 아버지가 담배를 피워 물었다. 집 안에서 담배를 피우는 습관을 여태도 버리지 못한 모양이었다. 식용유에 양파가 볶아지는 냄새와 뒤섞여 전어 굽는 냄새가 희미하게나마 맡아졌다. 아버지가 전어를 굽기는 굽는 모양이었다.

"소주가 있냐고 묻잖아!"

"어디 있겠지요."

어머니가 건성으로 대꾸했다.

"소주가 얼마나 있나……?"

"반병 남은 게 있을 거예요."

"있어?"

"반병 남은 게 있을 거라고 했잖아요."

"전어까지 굽는데 그걸로 될까?"

"코가 비뚤어지게 마시기라도 하려고요?"

"소주라도 마셔야 뱀장어를 잡지."

"오늘 저녁에도 일을 가시게요?"

나는 아버지에게 물었다.

"어디 오늘 저녁뿐이냐. 요즘은 노는 날도 없이 뱀장어를 잡으러 다닌다."

아버지는 여전히 내게서 등을 돌린 채 말했다. 아버지는 뱀장어 잡는 일을 했다. 뱀장어를 잡으러 다니는 일이 아니라, 뱀장어 식당에서 뱀장어를 잡는 일이었다. 아버지는 꿈틀꿈

틀 살아 있는 뱀장어의 숨통을 끊어놓는 것뿐만 아니라, 대가리를 쳐내고 굽기 좋도록 두 쪽으로 배를 가르는 것까지 한다고 했다. 무릎까지 올라오는 검은 고무장화를 신고, 파란 방수천으로 만든 앞치마를 두르고, 뱀장어가 미끄러지지 않도록 흰 면장갑을 낀 손으로. 뱀장어를 잡다 보면 앞치마와 면장갑이 피로 범벅이 된다고 했다. 처음 그 일을 시작할 때까지만 해도 일주일에 3일밖에는 나가지 않는다고 하더니 요새는 매일같이 뱀장어를 잡으러 다니는 모양이었다.

아버지가 뱀장어 잡는 일을 시작했다는 소식을 전해 들은 건 넉 달 전이었다. 어머니로부터 전화로 그 소식을 전해 듣던 날 밤, 나는 아버지가 뱀장어들로 득실거리는 수족관 속에 들어가 허전하게 웃고 있는 꿈을 꾸었다. 검은 혁대만 같은 뱀장어들이 아버지의 사지를 옥죄듯 친친 감고 있었다. 나는 아버지가 뱀장어 잡는 일 말고 다른 일을 했으면 했지만, 아버지가 할 만한 다른 일이 딱히 없었다. 아버지는 올해로 예순세 살이었다.

"저녁 8시부터 새벽 2시까지는 꼬박 뱀장어를 잡는다."

그러니까 아버지는 저녁과 밤을 뱀장어를 잡으며 보내고 있었다. 아버지가 뱀장어를 잡으러 다니는 식당은 대청댐 근처에 있었다. 뱀장어 구이를 전문으로 파는 식당이었는데, 식당에서 운행하는 승합차가 빌라 앞까지 아버지를 태우러 오고 태워다 준다고 했다.

"하룻밤에 몇 마리나 잡으세요?"

"아무리 못해도 백 마리는 잡는다."

아버지는 여전히 내게서 등을 돌린 채 말했다.

"백 마리나요?"

아버지가 하룻밤에 뱀장어를 백 마리나 잡는다는 사실이 나는 좀처럼 실감 나지 않았다. 백 마리가 아니라 열 마리라고 해도 비현실적으로 느껴졌을 것이다.

"백 마리는 잡아야 일당이 떨어진다."

그렇게까지 말하는 걸 보면 아버지가 뱀장어를 백 마리까지 잡기는 잡는 모양이었다.

"한 마리라도 더 잡으면 좋겠다만……"

"일당이 얼마나 하는데요?"

"한 마리를 잡으면 4백 원이 떨어진다."

나는 4백 원이 뱀장어 한 마리를 잡는 데 대한 적당한 대가인지 아닌지 도무지 가늠이 되지 않았다. 뱀장어 잡는 일은 곰인형의 눈알을 붙이는 일과도, 호떡이나 붕어빵을 굽는 일과도 다를 것이었다. 아버지가 뱀장어 잡는 일을 시작하기 전까지만 해도 나는 그 일을 전문으로 하는 사람들이 있을 거라고는 생각도 못했다. 어찌 됐든, 하룻밤에 못해도 백 마리는 잡는다고 했으니 일당으로 4만 원은 떨어지는 셈이었다.

"라면 한 봉지 값도 안 되는 4백 원하고 뱀장어 목숨하고 맞바꾸는 꼴이지 뭐냐."

어머니는 양파를 볶던 프라이팬에 썰어놓은 가지를 섞어 넣고 순가락으로 뒤적거리며 볶았다. 미리 만들어놓은 양념장을 붓고 들들 볶아주다가 가스레인지 불을 껐다. 내가 신탄진 집에 다니러 내려올 때마다 어머니는 가지나 시래기를 볶았다. 저녁 밥상에는 연탄불에 구운 전어뿐만 아니라 가지볶음도 올려질 것이었다. 어머니는 일주일 내내 먹고도 남을 만큼 가지를 많이 볶아놓았다.

"다른 게 무서운 게 아니다……"

"……?"

"사람들이 뱀장어를 어찌나 먹어대는지……"

아버지가 일을 다니는 식당에는 뱀장어를 잡는 사람이 네 명이나 된다고 했다. 그 네 명 중에는 6년째 그 일만 하는 사람도 있다고 했다. 서른여섯 살밖에 안 먹은 사람도 있고, 예순네 살이나 먹은 사람도 있다고 했다. 많이 잡는 사람은 하루에 백오십 마리까지도 뱀장어를 잡는다고 했다. 아버지는 지금까지 뱀장어를 가장 많이 잡아본 게 백열두 마리라고 했다. 뱀장어를 백열두 마리까지 잡던 날 밤 아버지는 꿈에서도 뱀장어만 죽어라 하고 잡았다고 했다.

"그게 그렇게 무서울 수가 없다……"

나는 오늘 밤 아버지가 잡을 뱀장어들을 생각하며 아버지의 웅크린 등을 물끄러미 바라보았다. 베란다에서 내다보이는 빌라 담 너머에는 먼지에 찌든 시내버스 수대가 팔려가는 코끼리들처럼 정차해 있었다. 빌라 담 너머는 버스 차고지였다. 빌라가 세워지기 전부터 있던 오래된 차고지였다. 자정이 가까워오면 신탄진과 대전을 순행하는 버스들이 전조등을 환하게 밝히고 차고지로 돌아왔다. 어쩌다 신탄진 집에서 하루 저녁을 보내는 날이면, 나는 베란다에 나가 텅 빈 버스들이 차고지로 돌아오는 광경을 구경하다 잠들고는 했다. 어쩌다 한두 사람이 유령처럼 버스에 타고 있기도 했다. 지금으로부터 7년 전 상우 삼촌도 유령처럼, 하루의 운행을 마치고 차고지로 돌아오는 버스를 타고 아버지를 찾아왔다.

나는 전어가 다 구워지면 저녁을 먹고 텔레비전을 보다가, 버스들이 차고지로 돌아오는 광경이나 구경할 생각이었다. 마지막 회송 버스가 차고지로 무사히 돌아오면 그제야 잠자리에 들 작정이었다.

전어가 잘 구워지고 있는지 고소하고 비릿한 냄새가 났다. 나는 생각 같아서는 지금이라도 바쁜 일이 있다 하고 서울로 올라가고 싶었다. 전어들이 다 구워지기 전에…… 터미널로 가 서울행 고속버스를 타면 늦어도 밤 10시까지는 자취방에 도착할 수 있을 것이었다. 남의 집에서 전어가 구워지기만을 눈 빠져라 기다리고 있는 손님처럼 나는 불편하고 답답했다.

부모님은 어째서 30년이 넘도록 신탄진을 떠나지 못하고 살고 있는 것일까. 신탄진에 아버지가 평생 다닐 직장이 있었던 것도 아니었다. 아버지는 신탄진에서 이렇다 할 직업도 없이 살아왔다. 더구나 아버지는 고향이 여수였고 어머니는 광주였다. 하필이면 대전 중심에서도 멀리 떨어진 신탄진에 자리를 잡은 것일까. 아버지는 조금 더 북쪽으로 올라가 천안이나 수원 쪽에서 자리를 잡을 수도 있었을 것이다. 아니면 더 북쪽으로 올라가 서울에서 자리를 잡았을 수도.

"상우 좀 깨워라."

아버지가 담배를 피우며 아무렇지도 않게 말했다. 뜬금없이 상우 삼촌을 깨우라니⋯⋯ 전어를 굽느라 신이 나서 실없이 해보는 소리일까. 나는 아버지가 그냥 해본 소리라고 생각했기 때문에 아무 대꾸도 하지 않았다.

"오늘은 데려가려고요?"

어머니가 베란다 쪽을 흘끔 바라보며 물었다.

"오늘도 안 데려가면 그것도 장담 못 해. 뱀장어 잡겠다는 사람이 줄을 섰다구. 어떻게든 따라나서게 해야 하는데⋯⋯"

"잘도 따라나서겠어요."

어머니가 압력밥솥 안의 불려놓은 쌀에 은행을 한 주먹 넣으며 말했다.

"오늘은 어떻게든⋯⋯"

어머니는 압력밥솥 취사 버튼을 누르며 빌라 앞 도로에서 주워온 은행이라고 알려주었다. 도로까지 나가 은행을 줍다가 타이어를 한가득 실은 트럭에 치일 뻔했다고 했다. 빌라에서 멀지 않은 곳에 타이어 공장이 있어서 타이어를 실은 트럭이 수시로 빌라 앞 도로를 지나다녔다. 가을 내내 어머니는 은행을 주우러 다니는 게 일이라고 했다. 어머니는 은행을 주우러 다니는 것뿐만 아니라 무주구천동 쪽으로 버섯을 따러 다니기도 했다. 옅은 보랏빛의 싸리비처럼 생긴 싸리버섯을 따다가 염장을 해놓고 1년 내내 먹었다. 운이 좋으면 국더덕이라고 부르는 검은 버섯을 따오기도 했다.

"전어가 다섯 마리니까 한 사람당 한 마리씩 먹어도 한 마리가 남겠어."

"한 마리 남는 건 당신이 드시면 되겠네요."

"상우를 먹여야지. 오늘은 어떻게든…… 그나저나 상우 좀 깨워라."

나는 아무 말도 못 들은 척 무심히 집 안을 둘러보았다. 부모님 집에는 현관문까지 합쳐서 모두 다섯 개의 문이 있었다. 단 한 개의 문만 빼놓고 다른 문들은 전부 열려 있었다. 심지어는 욕실 문까지 활짝 열려 있었다. 어머니가 볶아놓은 가지를 손으로 한 점 집어 입에 넣고 나는 단 한 개의 꼭 닫혀 있는 문 앞에 섰다. 문손잡이를 슬쩍 움켜쥐었다가 놓았다. 그 문 너머에는 상우 삼촌이 있었다. 그 문 너머에서 상우 삼촌이 뭘 하는지는 도무지 알 수 없었다. 그 문에는 쇠못이 여섯 개 무질서하게 박혀 있었다. 지난번 다니러 왔을 때보다 쇠못이 한 개 더 늘어나 있었다. 아버지가 망치로 박아 넣은 못들이었다. 이태 전 나는 오늘처럼 신탄진 집에 다니러 왔다가 아버지가 그 문에 못을 박아 넣는 광경을 목격한 적이 있었다. 아버지는 상우 삼촌의 심장에 박아 넣기라도 하듯 그 문 한가운데에 쇠못을 탕 탕 탕 박아 넣고 있었다. 쇠못이 박히며 천장과 벽, 빌라 전체가 무너질 듯 흔들리는데도 그 문은 꿈쩍하지 않았다. 설사 못투성이가 된다 해도 저 문은 꿈쩍하지 않겠지. 잠들어 있지 않다면 전어 굽는 냄새가 상우 삼촌에게도 맡아질 것이었다.

회송 버스를 타고 아버지를 찾아오던 날 밤, 상우 삼촌은 그 문 안으로 걸어 들어갔다. 마치 문밖으로 걸어 나가기라도 하는 듯 저벅저벅 뒤도 돌아보지 않았다. 그것이 벌써 7년 전이었다. 지난 7년 동안 나는 상우 삼촌의 얼굴을 한 번도 본 적이 없었다. 어머니는 상우 삼촌이 귀신이나 도둑처럼 다들 잠든 뒤에야 기어 나와 밥을 찾아 먹고 머리를 감고 똥오줌을 싼다고 했다. 아버지뿐만 아니라 어머니도 도통 상우 삼촌의 얼굴을 볼 수 없다고 했다. 밤사이에 아버지가 사다 놓은 담배나 소주가 없어지기도 한다고 했다.

"겨우 다섯 마리를 구우면서 온 동네 소문이 다 나겠다."

어머니는 아무래도 아버지가 연탄불까지 피워가며 전어를 굽는 것이 맞갖잖은 듯했다. 아버지는 못 들은 듯 아무 소리도 없었다. 아버지가 거실 쪽으로 고개를 전혀 돌리지 않고 있었기 때문에 나는 아버지의 얼굴을 볼 수 없었다. 아버지의 웅크린 몸이 거실과 베란다를 가로막고 있어서 전어가 구워지는 것 또한 구경할 수 없었다. 나는 전어가 잘 구워지고 있는지 한번쯤 베란다를 내다보고 싶었다. 하지만 아버지가 전어 굽는 일에 지나치게 열중하고 있어서인지 괜히 무관심하고 싶어졌다. 내가 기껏 사 온 롤케이크와 우유는 식탁 한쪽에 팽개치듯 던져져 있었다.

회송 버스를 타고 아버지를 찾아오기 전까지 상우 삼촌은 서울 신림동 고시원촌을 전전했다. 상우 삼촌은 15년 동안을 사법고시생으로 살았다. 상우 삼촌의 고시원비를 대기 위해 어머니는 대학교 구내식당에 일을 다니기도 했다. 어머니의 무릎이 망가진 것은 그때였다. 상우 삼촌이 아버지를 찾아오고 얼마 안 있어 나는 신탄진 집을 떠났다. 나는 서울로 올라갔고, 상우 삼촌이 15년 동안 고시원을 전전했던 것처럼 고시원을 전전했다. 갈색 금강제화 구두를 잃어버린 것은 이대역 쪽에 있는 고시원에서였다. 내가 스무 살이 되던 해 상우 삼촌은 우편으로 5만 원권 금강제화 구두 상품권을 한 장 보내왔다. 나는 그 사실을 부모님께는 비밀로 하였다. 그리고 부모님 모르게 상품권으로 구두를 한 켤레 사 신었다.

"좋은 책이 있으면 상우한테 부치고 그래라. 책 파는 곳이니 책 얻는 게 쉬울 것 아니냐."

"책도 돈을 받고 파는 건데 공짜로 주겠어요?"

어머니가 한 소쿠리나 되는 꽈리고추의 꼭지를 따며 한 소리 했다.

 내가 서울로 올라가 2년 가까이 이런저런 아르바이트나 하다가 겨우 취직을 한 곳이 광화문에 있는 대형 서점이었다. 서점에 취직하고 1년 반 만에 지긋지긋한 고시원 생활을 청산하고 원룸을 얻을 수 있었다. 그래봤자 보증금 5백만 원에 다달이 25만 원씩 내야 하는, 반지하 원룸이었다. 원룸으로 이사를 하고 며칠 뒤 부모님은 이불 한 채와 쌀 한 봉지, 고추장과 된장 한 병, 마늘 한 주먹, 들기름이 가득 담긴 박카스 병 두 개를 보내왔다. 마침 장마철이라 쌀은 구더기로 들끓었다. 구더기는 쌀 봉지 밖으로 기어 나와 싱크대뿐만 아니라 이불에서도 들끓었다. 나방이 날아다녔다. 나는 쌀알만큼이나 수두룩한 구더기를 골라낼 자신이 없었기 때문에 쌀을 봉지째 버렸다. 부모님은 내가 어떻게 살고 있는지 보기 위해 서울에 한번 온다 온다 하면서도 올라오지 않고 있었다. 친척 결혼식이 있어 서울에 올라왔다가도 볼일이 있다는 핑계를 대고 내려가고는 했다. 막상 부모님이 올라온다고 해도 걱정이었다. 기껏해야 네 평밖에 안 되는 원룸은 상우 삼촌에게 보내려고 챙겨놓은 책들 천지였다. 그 책들 대부분은 내가 돈을 주고 산 것들이었다. 그리고 그 책들 중에는 거금 4만 원을 주고 구입한 책도 있었다. 나는 밤마다 먼지가 켜켜이 쌓여가는 책들 속에 파묻혀 잠들었다.

 어머니는 꼭지를 딴 꽈리고추를 씻어 소쿠리에 받쳤다. 물기가 빠지는 동안 어머니는 양념간장을 만들었다. 조선간장에 청양고추와 대파를 송송 채 썰어 넣고, 요리당과 들기름을 섞었다.

"순순히 따라나설까 몰라요."

어머니가 꽈리고추에 밀가루를 입히며 중얼거렸다. 밀가루를 허옇게 뒤집어쓴 꽈리고추들을 찜통에 넣고 가스레인지에 올렸다.

아버지는 연탄불에 전어를 굽느라, 어머니는 이것저것 반찬을 하느라 나와 눈 한번 마주칠 새 없었다. 아버지와 어머니가 틈틈이 말을 주고받고, 부엌이 잔칫집만큼 어수선하고 분주한데도 집이 한없이 적막하게 느껴졌다. 빌라만큼이나 낡고 오래된 가구들이 유화물감을 덕지덕지 뒤집어쓴 채 단단히 굳어가고 있는 것만 같았다. 간혹 계단을 오르내리는 발소리나 텔레비전 소리, 다른 집 현관문이 열리고 닫히는 소리가 들려오기도 했다. 빌라 마당에서 아이들이 떠드는 소리가 들려왔다. 아버지와 어머니마저도 유화물감을 잔뜩 뒤집어쓴 채 굳어가고 있는 것만 같았다. 그리고 오늘 밤, 어쩐지 아버지가 닫힌 저 문에 못을 한 개 더 박아 넣을 것만 같은 기분이 들었다. 백 마리의 뱀장어를 잡고 돌아와 엄지손가락만 한 쇠못을 탕 탕 탕 박아 넣을 것 같은……

"그 왜…… 전 씨라고 있지 않냐……"

"전 씨 아저씨요?"

"그래, 그래, 전광식 씨 말이다."

"그 아저씨가 왜요?"

"뱀장어를 잡다가 죽었지 뭐냐."

"……?"

"그렇지 않아도 엊그제 낮에 장례식장에 다녀왔다."

"전 씨 아저씨가요?"

전 씨라면 나도 잘 알고 있었다. 그는 아버지의 오랜 친구로 늘그막에 아버지와 같이 뱀장어 잡는 일을 하고 있다고 들었다. 부모님이 지금껏 살고 있는 빌라 2층에서 살기도 했었는데, 10년도 더 전에 과감히 이 빌라를 떠나 아파트로 이사를 했다. 한 빌라에 살 때만 해도 아버지는 날마다 그와 붙어 다녔다. 아버지가 툭하면 그를 집으로 불러들여 술을 마시는 바람에 어머니도, 나도 그를 그다지 달가워하지 않았었다. 거구였던 그는 말술에다 골초였으며 난봉 기질까지 있었다. 그가 가고 난 뒤면 온 집 안이 술병 천지에다가 담배 연기로 찌들어 있었다. 보일러공이기도 했던 그가 한 시절 보일러공으로 바쁘게 일을 다닐 때 아버지는 간혹 일당을 받고 보조로 따라다니기도 했었다. 별다른 기술이 없던 아버지는 장비를 나르고 시멘트를 개어 깨진 바닥이나 벽을 메우는 일을 했었다. 내가 중학생이던 어느 해 겨울인가는 아버지가 그를 따라다니며 번 돈으로 먹고살기도 했다. 그 겨울 내내 어머니는 빌라 앞 옥천정육점에서 돼지 잡뼈를 사다가 푹 고아 밥상에 올렸다. 돼지 잡뼈 곤 물에 소금 간만 해서 올리기도 했고, 들깨 가루를 듬뿍 뿌려 올리기도 했으며, 시래기와 감자를 잔뜩 넣고 끓여 올리기도 했다. 아버지와 어머니, 그리고 남동생과 나는 저녁마다 밥상에 둘러앉아 텔레비전을 보며 돼지 잡뼈를 뜯었다. 어머니는 아버지가 전 씨 아저씨를 따라다니며 보일러 기술이라도 익히기를 바랐지만 하루아침에 그만 그 좋던 사이가 틀어졌다.

"전 씨가 말이다…… 두 손으로 뱀장어를 꽉 움켜쥔 채 바닥에 쓰러지더니 일어나지 못했다. 다들 손에 뱀장어를 한 마리씩 움켜쥐고 멀뚱히 서서는 전 씨가 죽어가는 것을 구경만 했지 뭐냐. 너무 급작스럽게 벌어진 일이라서……"

"……"

"나무토막처럼 꼼짝 않는 전 씨 몸뚱이 위에서 뱀장어가 얼마나 펄펄 날뛰던지……"

"오랜만에 온 애한테 사람 죽은 얘기는 뭐하러 해요."

개수대의 수돗물을 틀어 도마를 씻으며 어머니가 한마디 했다.

"쉰 김치가 있는데 김치부침개라도 부쳐주랴?"

어머니가 내게 물어왔다. 수돗물 소리가 뚝 그쳤다.

"무서워서 아무도 손대지 못하고 있던 뱀장어를 누가 잡았는지 아냐?"

아버지의 목소리가 울리듯 들려왔다.

"그놈을 내가 잡았다."

"아버지가요……?"

"전 씨가 그렇게 죽을지 누가 알았겠냐."

아버지가 여전히 나를 향해 등을 보이고 앉아 있어서 아버지의 표정을 전혀 읽을 수 없었다. 나는 아버지가 겁에 질려 있을지도 모른다는 생각이 들었다. 그렇지만 겁에 질린 아버지의 얼굴이라면 신물이 나게 봐왔다. 아버지는 미간이 넓은 데다가 두 눈이 튀어나오고 하관이 좁아 웃을 때마저도 잔뜩 겁먹은 듯한 표정을 하고 있었다.

연탄불에 전어가 구워지는 냄새가 제법 그럴듯하게 풍기고 있었다. 나는 어서 전어들이 구워지고 밥상이 차려지기를 바랐다. 아버지가 어서 뱀장어를 잡으러 가고 하루 종일 신탄진과 대전을 순행하던 버스들이 전조등을 환하게 밝히고 차고지로 돌아왔으면…… 신탄진 집에서의 하루 저녁이 어서어서 지나갔으면……

"뱀장어 잡는 게 어디 쉬운 일인지 아냐? 그것도 다 요령이 필요하다."

"……"

"죽어라 하고 잡다 보면 저절로 터득되는 요령이지만 죽어라 하고 잡는다는 게 어디 말처럼 쉬운 일이냐."

"당뇨가 있었는데도 뱀장어를 잡으러 다니지 않았겠냐."

"……?"

"전 씨 말이다."

"당뇨가 있었어요……?"

"어디 당뇨뿐이냐. 세상천지 돈 나올 구멍이 없으니 어쩌겠냐. 뱀장어 잡는 일이라도 해서 먹고살아야지."

나는 오늘 밤 아버지가 잡을 뱀장어들을 생각했다. 그러니까 오늘 밤 아버지가 백 마리 넘게 뱀장어를 잡았으면 하고 바라는 심정이 되었다.

"소주가 있나?"

"있다고 했잖아요."

어머니는 찜통을 올려놓은 가스레인지 불을 약간 줄이며 건성으로 말했다.

"있다고 해놓고 없었던 적이 한두 번이 아니니까 그러지."

"어떻게 허구한 날 술이에요."

"그놈의 뱀장어를 잡으려면 하는 수 없어."

나는 아버지에게 전어가 구워지려면 아직도 멀었는지 물어보려다가 그만두었다.

"너도 그만 신탄진으로 내려오지 그러냐."

"서울에서 잘 살고 있는 애한테 그런 소리는 쓸데없이 뭐 하러 해요."

어머니가 끼어들었다.

"멀쩡한 집 놔두고 고생하는 게 안돼서 그러지……"

모일, 저녁

"내려오면 별수가 있어요. 서울에서 살다가 웬만한 남자라도 있으면 결혼하는 게 낫지."

"결혼을 하더라도 가까이 살면 좋을 것 아니야. 가끔 만나서 이렇게 전어도 구워 먹고."

"그깟 전어를 굽겠다고 연탄불까지 피우고 난리 법석을 떠는지 모르겠다."

어머니가 말끝에 혀를 찼다.

"기왕 구울 거면 제대로 구워야지. 전어가 사시사철 먹을 수 있는 것도 아니잖아."

"그래봐야 몇 마리나 된다고요."

"그러게 내가 몇 마리 더 사자고 했잖아."

"곗돈 낼 돈도 없다고 했잖아요."

"곗돈이 몇 푼이나 한다고."

"유사라 점심도 사야 한다고 몇 번을 말해요."

어머니는 이 빌라에 들어와 살면서 빌라 이웃 몇몇과 친목계를 만들었는데, 계원 한두 사람만 바뀌었을 뿐 지금까지 깨지 않고 계속 해오고 있었다. 한 달에 한 번꼴로 만나 곗돈을 붓고 친목을 다지고 곗돈이 어느 정도 모아지면 순서를 정해서 타갔다. 계모임을 가지며 기껏 사 먹는 것이 중국음식점에서 파는 자장면과 짬뽕이었다. 곗돈이라고 해봐야 웬만한 집 한 달 전기세밖에 안 되었다. 어머니는 내가 신탄진 집에 어쩌다 내려오면 계원들 소식을 들려주고는 했다. 계원 중 미숙 아줌마는 마흔 살이 안 되어 사별을 했고, 정미 아줌마는 부산으로 이사를 갔으며, 숙경 아줌마는 신탄진역 앞에서 전자대리점을 크게 하다가 망했다.

"요즘에도 만나면 자장면 사 먹어요?"

꽈리고추가 삶아지는 냄새를 맡으며 내가 물었다.

"지난번 모임 때는 글쎄 오리고기를 다 사 먹었다."

어머니가 허탈하게 웃었다.

"잘했네요."

"우리라고 주야장천 자장면만 사 먹으라는 법 있냐? 자식새끼들 입밖에는 챙길 줄 모르던 여자들이 늙어서인지 제 입들을 챙기려고 한다. 평생 먹을 오리고기를 그날 다 먹은 것 같다."

"네 엄마가 요즘 나보다 더 잘 먹고 다닌다."

아버지가 담배를 피우며 농담 섞인 목소리로 불쑥 말했다.

"생전 처음 사 먹은 걸 가지고 저런다."

어머니는 밥을 푸듯 꽈리고추를 주걱으로 퍼 양푼에 담았다. 미리 만들어놓은 양념장을 숟가락으로 떠 꽈리고추 위에 골고루 뿌려가며 뒤적뒤적 버무렸다. 꽈리고추무침은 어머니가 가지볶음만큼이나 자주 밥상에 올리는 반찬이었다. 신탄진 집을 떠나기 전까지만 해도 그다지 좋아하는 반찬도 아니었는데 간혹 먹고 싶은 생각이 들 때가 있었다. 언젠가는 마트에서 꽈리고추를 한 봉지 사다가 고시원 취사실에서 만들어 먹기도 했다. 기어이 그걸 해먹겠다고 양은 찜통까지 샀는데 꽈리고추에 입힌 밀가루가 덜 익어서 몇 점 집어 먹다 냉장고에 처박아두었다. 두서너 달쯤 지나 버리려고 냉장고에서 꺼냈을 때는 검푸른 곰팡이가 잔뜩 피어 있었다.
"언제 뱀장어나 실컷 먹어봤으면 소원이 없겠다."
어머니가 한탄하듯 말했다.
"언제 내가 물리도록 먹게 해준대도."
"퍽이나요."
어머니는 꽈리고추무침을 끝내놓고 물에 담가두었던 고사리를 다듬었다. 고사리나물까지 볶아 저녁 밥상에 올릴 작정인가 했는데 물기를 꼭꼭 짜서는 비닐봉지에 담아 냉장고에 넣어버렸다.
"서울 갈 때 고사리나 한 주먹 가져가라."
"해 먹지도 못할 텐데 가져가서 뭐해요."

날은 점차 어두워지고 있었다. 베란다에 가득하던 석양빛은 어느새 물러가고 한 점도 남아 있지 않았다. 거실과 부엌은 형광등을 켜야 할 만큼 어두웠다.
"죽어라 하고 잡아도 하루에 백 마리 이상은 못 잡겠다. 한 마리라도 더 잡으면 좋겠다만……"
나는 아버지가 뱀장어 잡는 모습을 머릿속에 그려보려고 했지만 좀처럼 그려지지가 않았다.

"찌개가 있나?"

"된장찌개나 끓이려고 해요."

"어서 끓여. 전어도 거의 구워져간다고. 만날 먹어도 된장찌개만 한 게 없어."

어머니는 금방 된장찌개를 안쳤다. 맹물에 잘게 부순 멸치를 한 숟가락 넣고 끓이다가 된장을 풀어 넣었다. 끓어오르는 거품을 밥숟가락으로 건져낸 뒤 쉰 총각무와 호박과 두부를 큼직하게 썰어 넣었다. 된장찌개에는 까만 멸치 눈알이 둥둥 떠다니고 있었다.

다섯 마리나 된다는 전어는 도대체 언제쯤 다 구워질까. 아버지가 꼼짝 안 하고 전어 굽는 것에만 매달리는 동안 어머니는 밥을 안치고 가지를 볶고 꽈리고추와 고사리를 다듬고 된장찌개를 끓였다. 바로 며칠 전에 구운 전어뿐만 아니라 전어회까지 배부르게 먹었다는 사실을 나는 아버지나 어머니한테 굳이 말하지 않았다.

"사람이 지독하게 살더니 그렇게 죽을지 어떻게 알았겠냐."

"……"

"전 씨 말이다."

"바닥에 누워 죽어 있는 전 씨를 보면서도 서운했던 때 생각밖에는 나지 않더라. 벌써 오래전 얘기지만 백만 원이 다급해서 빌리러 갔는데 그걸 안 빌려주더라."

전 씨 아저씨가 백만 원을 빌려주지 않더라는 얘기는 벌써 스무 번도 더 듣는 얘기였다. 전 씨 아저씨 얘기만 나오면 아버지는 백만 원을 빌려주지 않은 데 대한 서운함까지 기어이 토해놓고 나서야 끝을 맺었다. 축축한 시멘트 바닥에 죽어 널브러져 있는 모습을 목도하고도 그때의 서운한 감정이 좀처럼 가시지 않는 모양이었다.
"백만 원은 왜 빌리려고 했는데요."
나는 언젠가 꼭 물어보고 싶었던 것을 참지 못하고 물었다.
"그 잘난 네 삼촌 때문이 아니냐."
어머니가 끼어들었다.
"세상천지 가장 잘난 네 삼촌 고시원비하고 학원비를 마련하느라고 그 밤중에 찾아서는 그 창피를 당하고 오지 않았겠냐."
"당장 필요한 걸 어떻게 해."
아버지가 버럭 소리를 질렀다.
"네 삼촌한테 들어간 돈만 모았어도 조그만 아파트라도 하나 샀을 거다."
상우 삼촌이 잠들어 있지 않고 깨어 있다면 아버지와 어머니가 나누는 소리가 고스란히 들릴 것이었다. 나는 어쩐지 상우 삼촌이 깨어 있을 것만 같았다.

"101호에 사는 할머니 말이다……"
어머니는 기껏 말을 꺼내놓고는 김치를 한 포기 꺼내 썰었다. 기어이 김치부침개까지 부치려는지 송송 썰어 커다란 플라스틱 용기에 담고 있었다. 어머니는 청양고추도 세 개 송송 썰어 플라스틱 용기에 담았다.

101호는 이 빌라 반지하였다. 그곳에는 늙은 부부가 단둘이, 내 부모만큼이나 오래전부터 떠나지 않고 살고 있었다. 그들은 처음부터 늙은 사람들이었다. 30여 년 전 처음 봤을 때도 지금처럼 폭삭 늙어 있었다. 나는 그들이 30년이 넘도록 죽지 않고 버젓이 살아 있다는 것이 신기하기만 했다. 언젠가 나는 서울 자취방에서 잠을 자다가 깨어 그들이 그토록 오래 살아 있는 것을 두려워하며 몸서리쳤던 적도 있다. 나는 그들이 죽기를 바라는 것도 아니면서 그들이 여태도 살아 있는 것에 대해 공포를 느꼈다. 어머니는 집에 제사가 있으면 그들에게 떡이나 탕국을 나누어 주고는 했다. 나는 어머니가 챙겨준 제사 음식을 들고 그들이 살고 있는 반지하를 여러 번 찾아갔었다. 온종일 빛 한 점 들지 않는 그들의 집에는 곳곳에 거울이 달려 있었다. 어머니 말로는 101호 할아버지가 버려진 거울만 보면 주워다가 집에 걸어놓는다고 했다. 나는 어머니가 챙겨준 제사 음식을 들고 101호를 찾아갈 때마다 벽 곳곳에 걸려 있는 거울들을 보면서도 공포를 느꼈다. 그들이 마치 그들을 꼭 닮은 수십 개의 환영과 함께 음습한 반지하 어둠 속에서 살고 있는 것만 같은 생각이 들었다.

"101호 할머니가 왜요?"

"노망이 들었지 뭐냐."

"노망이요?"

"어제 저녁에는 할아버지가 뱀장어 잡는 일이라도 하게 해 달라고 네 아버지를 다 찾아오지 않았겠냐? 90이 넘은 노인이 먹고살 게 오죽 없으면 뱀장어 잡는 일을 하겠다고 나서겠냐."

어머니는 프라이팬에 식용유를 두르고 김치부침개 반죽을 한 국자 떠 넣었다.

"전어를 굽는데 김치부침개는 뭐하러 부쳐!"

아버지가 버럭 짜증을 냈다. 압력밥솥에서 밥 뜸 드는 소리가 요란하게 들렸다.

"전어도 다 구워져가는데 상우 좀 깨우지 그러냐."

나는 아버지 말을 마냥 무시하기 뭣해 한 번 더 닫힌 문 앞에 가서 섰다. 나는 못들을 만지작거리다가 닫힌 문을 똑똑 두드려보았다. 문 너머에서는 아무 소리도 들려오지 않았다.

"괜히 애쓰지 말아요. 되지도 않을 일을 두고 애써봤자 늙기밖에 더해요."

"식당 사장한테 말해놨다니까."

"지키지도 못할 약속을 뭐하러 해요. 신용만 나빠지게."

"신용은 무슨!"

"깨우려거든 당신이 깨워요. 왜 오랜만에 집에 온 애한테 귀찮은 일을 시켜요."

김치부침개 냄새가 퍼지며 기껏 혀에 감겨오던 전어 굽는 냄새가 희미해졌다.

"상우 삼촌한테 뱀장어 잡는 일을 시키려고요?"

나는 짐작은 하고 있었으면서도 뜻밖이라는 듯 물었다.

"먹고만 살 수 있다면 뭘 못 하겠냐."

"상우 삼촌이 잘할 수 있을까……?"

"나보다 20년이나 젊은데 설마 못 할까 봐서 그러냐……"

어머니는 그새 김치부침개를 한 장 부쳤다. 밥이 뜸 들고 전어가 마저 구워지면 끝이었다. 나는 전어가 얼마나 구워졌는지 궁금했지만 아버지의 어깨 너머로 고개를 내밀 엄두가 나지 않았다.

"상우가 그만두겠다고 했을 때 내가 말렸다."

"……?"

"상우보다도 내가 더 욕심이 나지 않았겠냐."

"……"

"제 놈 쪽에서 먼저 그만두겠다고 했을 때 내가 가만있었어야 했는데……"

"그러게 내가 뭐랬어요. 알아서 하게 놔두라고 하지 않았어요."

"그게 그렇게 쉽게 포기가 돼!"

"자식도 아니고 동생인데 변호사나 검사가 됐다고 해도 당신이 뭔 영화를 그렇게 봤겠어요. 그 공이 설마하니 당신한테 왔겠어요?"

"내가 영화를 바라서 그랬나! 눈곱만치라도 영화를 바라고 그랬다면 내가 천벌을 받지."

아버지는 버럭 언성을 높이면서도 꿈쩍하지 않았다. 등을 돌리고 앉아서는 거실 쪽으로 고개조차 돌리지 않았다.

"당신도 사람인데 별수 있어요."

어머니가 벌건 김치부침개를 손으로 뜯어 입으로 가져가며 말했다. 어머니가 김치부침개를 한 장 두 장 부치는 동안 시간은 어느덧 7시가 가까워오고 있었다. 7시 40분이 되면 식당 승합차가 아버지를 태우러 올 것이었다. 아버지는 새벽 2시까지는 꼼짝없이 뱀장어를 잡아야 한다고 했다. 나는 거실과 부엌 형광등을 켰다.

"너도 좀 먹어봐라."

어머니가 부쳐놓은 김치부침개들이 형광등 불빛을 받아 벌겋게 번들거렸다. 어머니는 기름에 찌든 손으로 김치부침개를 야금야금 뜯어 먹었다. 어머니는 아버지가 굽고 있는 전어에는 그다지 관심이 없는지 김치부침개로 배를 채우고 있었다.

"전어는 약간 타게 구워야 맛있다."

그렇지만 나는 구운 전어를 얻어먹자고 부모님 집에 들른 것이 아니었다. 아버지는 전어를 왜 저렇게 오래 굽는가, 어머니는 김치부침개를 왜 저리도 많이 부치는가, 하는 불만이 은근히 치밀어 올랐다. 대전에서 결혼식을 보고 그 길로 서울로 올라가지 않은 것이 후회되었다. 어머니는 김치부침개를 야금야금 두 장이나 먹어치우고 식탁 위에 놓아둔 오이를 집어 들었다.

"오이를 무쳐야겠다."

"7시가 넘었어요."

나는 퉁명스럽게 중얼거리며 냉장고에 비스듬히 기대어 세워놓은 밥상을 폈다. 둥근 오동나무 밥상이었다. 밥상은 오래되어서 흠집투성이였다. 나는 행주로 밥상을 훔쳤다. 어머니는 오이를 반달 모양으로 썰어 양푼에 담고는 그 위에 고추장과 고춧가루와 물엿과 사과식초를 차례로 넣었다.

어머니가 비닐 위생 장갑 낀 손으로 막 오이를 버무리려는데 전화기가 울렸다.

"내가 받으마."

어머니가 기껏 낀 비닐 위생 장갑을 벗어놓고 텔레비전 쪽으로 성큼성큼 걸어갔다. 텔레비전 장식대 밑에 놓아둔 쑥색 전화기의 송수화기를 낚아채기라도 하듯 휙 집어 들었다. 어머니가 입을 꾹 다물고 있었기 때문에 누구와 통화하는지 도무지 알 수 없었다. 이모들 중 한 명일 수도, 계원들 중 한 명일 수도 있었다. 어머니가 무치려다 만 오이에서는 물이 차오르고 있었다. 나는 오이에 양념이 골고루 묻도록 숟가락을 뒤적거렸다. 어머니가 손으로 수화기를 꼭 움켜쥐고서 아예 벽 쪽으로 돌아앉는 것을 봐서 통화가 금방 끝날 것 같지 않았다.

"전어가 마침맞게 구워졌구나."

아버지가 마침내 웅크리고 있던 몸을 일으켰다. 오랫동안 쭈그려 앉아 있어서인지 입고 있는 갈색 면바지 곳곳이 주름투성이였다. 아버지가 담배와 라이터를 집어 들어 바지 주머니에 넣었다. 아버지는 내가 지난번에 다니러 왔을 때보다 몸집이 더 줄어들어 있는 것 같았다. 베란다를 향해 웅크리고 앉아 있을 때만 해도 아버지의 몸집이 줄어든 것이 그다지 실감 나지 않았었다. 나는 아버지가 저렇게 작은 몸으로 저녁마다 뱀장어를 잡는다는 사실이, 그것도 백 마리 가까이 뱀장어를 잡는다는 사실이 기적처럼 생각되었다. 기적이란 그런 게 아닐까. 30여 년째 한곳에 뿌리박힌 듯 살고 있는 예순세 살의 남자가 밤마다 백 마리의 뱀장어를 잡는 것.

"연탄불도 거의 꺼져가니까 그대로 두었다가 밥상에 올리면 될 것 같다."

나는 아버지가 나를 흘끔이라도 바라봐주기를 바랐지만 일부러 피하기라도 하는 듯 내 쪽으로 고개조차 돌리지 않았다. 아버지가 부엌 쪽으로 걸어가더니 싱크대를 뒤졌다.

"담배하고 소주 좀 사러 다녀와야겠다."

아버지가 현관문 쪽으로 걸어갔다.

"소주가 없어요?"

"반병은커녕 한 잔도 못 되게 남았다."

"제가 사올게요."

"됐다. 너는 어서 상우나 깨워라."

아버지는 현관에 가지런히 놓여 있는 운동화를 꿰어 신었다. 아버지는 오늘 저녁 기어이 상우 삼촌을 데려갈 작정인가. 아버지가 상우 삼촌을 방 밖으로 불러내는 것을 온전히 나한테 떠넘기는 것만 같아 은근히 부아가 치밀어 올랐다. 아버지가 뱀장어 잡는 모습을 상상할 수 없는 것처럼 상우 삼촌이 뱀장어 잡는 모습 또한 상상할 수 없었다.

나는 계란으로 바위라도 치는 심정으로 닫힌 문을 똑똑 두드려보았다. 그러나 역시 문은 열리지 않았다.

뭔가 기적이 느껴져 현관문 쪽으로 고개를 돌리던 나는 소스라치게 놀랐다. 웬 머리가 허옇게 센 할머니가 현관문 앞에 쪼그리고 앉아 있었다. 가만히 보니 101호 할머니였다. 전어 굽는 냄새를 맡고 찾아오기라도 한 듯 입맛을 쩝쩝 다시고 있었다. 노망이 들었다는 어머니 말이 사실인 모양이었다. 구운 전어 한 마리를 얻어먹기 전에는 절대로 돌아가지 않겠다는 듯 꼼짝을 않고 있었다. 어머니는 101호 할머니를 보고도 전화기만 붙들고 있었다.

나는 닫힌 문을 똑똑 두드리며 조금 울먹거렸다.

소주와 담배를 사러 간 아버지를 기다리며 밥상을 차렸다. 가지볶음과 꽈리고추무침을 접시에 담아 밥상에 올렸다. 김치부침개도 두 장 접시에 담아 올리고, 쉰 갓김치와 오이무침도 올렸다. 수저도 네 벌을 놓았다. 밥도 네 그릇을 푸고 된장찌개도 올렸다. 아버지와 어머니, 상우 삼촌과 나. 그렇게 네 명이 둘러앉기에는 밥상이 조금 작았다. 이제 아버지가 애써 구운 전어만 접시에 담아 올려놓으면 되었다. 어머니는 아예 전화기를 붙들고 울고 있었다. 어머니가 누구와 통화하는지 나는 여전히 알 수 없었다. 진녹색 전화선이 어머니의 목을 조르기라도 하듯 친친 감겨져 있었다.

나는 구운 전어를 담을 접시를 챙겨 들고 베란다로 나갔다. 연탄불 위의 석쇠를 나는 한참이나 뚫어져라 들여다보았다. 석쇠 위에는 전어 대가리들만이 까맣게 타들어가고 있었다. 몸뚱이는 온데간데없고 순 대가리들뿐이었다. 그리고 아버지가 말한 것처럼 모두 다섯 개였다. 아버지가 전어를 구우며 대가리만 남겨두고 몸뚱이를 야금야금 먹어치운 것은 아닐까. 혼자서 홀딱 먹어치운 것은 아닐까. 어쩌면 처음부터 대가리들뿐이었는지도 몰랐다. 몸통은 감쪽같이 사라져버린 대가리들뿐이었는지도. 갈치 대가리보다 조금 작은 전어 대가리들은 하도 구워져 숫제 숯덩이였다. 젓가락으로 슬쩍 건드리자 재가 일었다.

나는 전어 대가리들을 부서지지 않도록 조심하며 접시에 옮겨 담았다. 내가 다섯 개의 전어 대가리를 접시에 옮겨 담는 사이에 101호 할머니가 현관 안까지 들어와 쪼그리고 앉았다.

나는 할머니를 빤히 바라보다가 다섯 개의 전어 대가리가 담긴 접시를 밥상 한가운데에 놓았다.

  담배와 소주를 사러 나간 지 30분이나 지나도록 아버지는 오지 않고 있었다. 나는 밥상 앞에 앉았다. 밥을 한 숟가락 떠 입으로 가져갔다. 가지볶음도 먹고 꽈리고추무침도 먹었으며 김치부침개도 뜯어 먹었다. 까만 멸치 눈알이 떠다니는 된장국도 두어 숟가락 떠먹었다. 속이 노랗게 익은 은행을 천천히 씹으며, 은행을 줍다 트럭에 치일 뻔했다던 어머니의 말도 곰곰 되새겨보았다. 내가 은행을 씹는 동안 101호 할머니는 앉은걸음으로 밥상 앞에까지 와 있었다.

  밥상을 가운데 두고 할머니가 고양이처럼 매섭게 나를 노려보았다.

"무서워요."

할머니가 나를 향해 입을 해죽 벌리고 웃었다.

"무서워 죽을 것 같아요."

  할머니가 다 안다는 듯 고개를 끄덕끄덕 했다. 할머니가 전어 대가리를 한 개 손으로 덥석 집어 들었다. 그것을 입으로 가져가 아작아작 씹어 먹었다.

2

  모월 모일의 저녁도 다 가고 어느새 하루의 운행을 무사히 끝마친 버스들이 차고지로 돌아올 시간이었다. 어머니는 전화선을 목에 친친 감은 채 모로 누워 잠들어 있었다. 송수화기에서는 아무 소리도 흘러나오지 않았다.

나는 베란다로 나가 빌라 담 너머 버스 차고지를 바라보았다. 버스들이 전조등을 밝히고 차고지로 돌아오는 광경을 구경했다. 아버지는 담배와 소주를 사러 갔다가 곧장 뱀장어를 잡으러 간 것일까. 그렇다면 지금쯤 뱀장어를 서른 마리가량 잡았을 테지…… 내게 한 가지 바람이 있다면 아버지가 오늘 밤 다른 밤보다 뱀장어를 더 많이 잡았으면 하는 것뿐이었다. 한 마리라도 더……

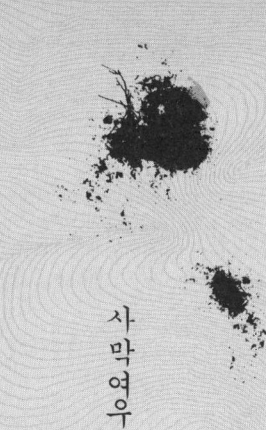

사막여우 우리 앞으로

엄마의 두 다리가 마침내 홍학의 모가지처럼 가늘어졌다. 홍학은 기린만큼이나 모가지가 길고 가늘다. 그리고 살갗을 한 까풀 벗겨낸 듯 붉은빛이다. 언젠가 엄마의 두 다리는 점점 더 가늘고 붉어져 지렁이 같아지지 않을까. 엄마는 지난 35년 동안 버스 정류장 간이 매표소에서 껌이나 김밥, 우유, 신문, 담배 따위를 팔았다. 알루미늄으로 짠 직사각형 매표소는, 동물원의 악어 우리만큼이나 좁고 어두웠다.

이 세계가 6일 만에 창조되었다면 매표소는 두 시간 만에 창조되었다.

엄마는 배설을 할 때 빼고는 여간해선 매표소 밖으로 나오지 않았다. 엄마는 오래전에 위를 반 정도 잘라냈기 때문에 아주 조금밖에 먹지 않았고, 그만큼 아주 조금밖에 배설을 하지 않았다. 엄마는 기껏해야 하루에 한두 번밖에는 매표소 밖으로 나오지 않았다. 엄마는 매표소 바로 앞 상가 건물 공동화장실에서 배설을 했는데 그곳까지는 열 발짝이면 충분하다. 그러므로 엄마가 하루 동안 걷는 걸음은 기껏해야 마흔여 걸음도 안 되었다. 걷지 않는 동안 엄마의 두 다리는 마모되듯 조금씩 퇴화해갔다. 그리고 마침내 홍학의 모가지만큼이나 가늘어진 것이다.

간혹 엄마의 기도원 자매들이 매표소를 찾아오기도 했다. 그들은 엄마 혼자 들어앉아 있기도 좁은 매표소 안으로 들어가 울음과 방언과 통곡으로 넘쳐나는 기도를 했다. 매표소가 겨우 한 평 안팎이었기 때문에 그들은 목과 팔과 두 다리로 서로를 옭아매기라도 하듯 그악스럽게 그러안아야 했다. 어쩌다 비라도 내리는 날이면 매표소는 마치 노아의 방주처럼 보였다. 칸칸마다 암수 한 쌍씩의 동물들을 싣고서 홍수 속을 헤매는……

6년 전 이 도시 전체가 홍수에 휩쓸린 적이 있었다. 닷새 내내 비가 그치지 않고 내렸다. 버스가 끊기고, 집집마다 물이 넘쳤다. 곳곳에서 정전이 있었다. 전봇대와 가로수가 뒤집히기도 했다. 빗물이 점점 차올랐지만 엄마는 매표소 밖으로 나오지 않았다. 비가 하루라도 더 내렸다면 엄마는 매표소와 함께 휩쓸려 비명횡사했을지도 모른다.

한때 나와 동생들도 매표소에서 엄마와 함께 살았던 적이 있었다. 나와 동생들이 아주 어렸을 적에. 엄마는 혹 나와 동생들을 매표소에서 낳은 것은 아닐까. 매표소는 내가 태어나기 전부터 존재했다. 엄마는 매표소 안에서 온몸에 어린 자식들을 주렁주렁 매달고 동전들을 셌다. 첫째인 내가 감당이 안 될 만큼 훌쩍 자라자 엄마는 매표소 문을 빠끔히 열고는 나를 길바닥에 떨어뜨렸다. 동생들도 그렇게 한 명씩 1, 2년의 시간차를 두고 매표소 밖 길바닥에 떨어뜨렸다. 마침내는 나보다 여덟 살이나 어린 막내동생까지 내쫓고는 혈혈단신 매표소에 남았다.

매표소 밖으로 쫓겨나던 날을 나는 아직도 기억하고 있다. 엄마는 토끼를 우리 밖으로 내몰듯 내 뒷목덜미를 덥석 잡고 들어 올려 매표소 밖으로 툭 떨어뜨렸다. 내가 부숴버릴 기세로 매표소를 붙잡고 매달렸지만, 엄마는 절대로 나를 매표소 안으로 들여보내주지 않았다.

매표소 밖으로 쫓겨난 뒤로 나는 오랫동안 매표소 근처에 얼씬도 하지 않았다. 내가 매표소를 다시 찾은 것은 서른 살이 되어서였다. 한 달에 한두 번 나는 엄마를 찾아가 껌이나 신문을 샀다. 그때마다 엄마는 내가 매표소의 구멍 안으로 넣어준 돈보다 더 많은 거스름돈을 구멍 밖으로 건네왔다. 내가 껌 한 통의 값을 치르기 위해 천 원짜리를 한 장 건네면 5백 원짜리 동전 다섯 개를 거슬러 주는 식으로. 어쩌다 만 원짜리 지폐를 여러 장 거슬러 줄 때도 있었다. 언젠가 나는 하루 동안 매표소 앞을 지나가는 버스의 숫자를 세어본 적이 있다. 나는 천 대까지 세다가 그만두었다. 버스들은 정류장에 멈추고 출발할 때마다 한 떼의 까마귀 같은 연기를 매표소를 향해 내뿜었다.

매표소에 대해 내가 분명히 기억하고 있는 것은, 그곳이 매표소 밖 세상보다는 어둡고 좁다는 것이다. 늦은 밤이나 새벽, 취객의 오줌 줄기가 성수(聖水)처럼 매표소에 들이부어지던 기억도 어렴풋이 남아 있다.

그날도 나는 엄마의 매표소를 찾아갔다. 엄마의 두 다리가 그동안 얼마나 더 가늘어졌는지 보고 올 작정이었지만 선뜻 매표소 안으로 들어갈 엄두가 나지 않았다. 나는 매표소 밖을 서성대다가 껌을 한 통 샀다. 나는 껌 값으로 천 원짜리를 한 장 건넸고 엄마는 만 원짜리 두 장과 천 원짜리 네 장, 5백 원짜리 동전 여덟 개를 거슬러 주었다.

그리고 그날, 하필이면 엄마가 죽었다. 엄마는 매표소 안에서 기절하듯 숨을 거두었다. 닳고 닳은 동전들이 엄마의 두 다리 주변에 어지럽게 널려 있었다. 엄마는 매표소 밖으로 질질질 끌려 나왔다. 나는 엄마의 두 다리를 붙들고 울거나 하지는 않았다. 이상하게 장례식 내내 눈물 한 방울 나오지 않았는데, 그것은 아마도 엄마가 내게 매표소를 물려주었기 때문일 것이다. 눈물 한 방울 흘리지 않는 나를 보고 동생들은 사막여우만큼이나 독하다고 했다.

"그렇구나, 사막여우……"

나는 엄마로부터 거슬러 받은 동전들을 만지작거리며 중얼거렸다.

엄마는 불 속에서 태워졌다. 나는 불구덩이를 등지고 쪼그려 앉아 불길에 휩싸인 홍학의 모가지를 머릿속으로 그려보았다. 나는 두 다리를 떨어댔다. 아직까지는 멀쩡한 내 두 다리가 전기에 감전이라도 된 듯 덜덜덜 떨렸다.

엄마의 장례식이 끝나자마자 동생들은 나를 반강제로 매표소에 집어넣었다. 그즈음 나는 서른넷이나 되었지만 이렇다 할 직업 없이 살아가고 있었다. 나는 성악가가 되겠다며 젊은 날을 노래 부르기에 매진했지만, 하루 종일 노래를 불러도 껌 한 통 살 돈이 내게 주어지지 않았다. 오소리 떼 같은 동생들이 밖에서 지키고 있었기 때문에 나는 매표소 밖으로 나가지 못했다. 나는 조금 울었는데, 내가 왜 울었는지는 모르겠다. 홍학의 모가지 같던 엄마의 두 다리가 생각나서일 수도, 매표소에 갇힌 것이 서러워서일 수도 있었다. 나는 내 두 다리가 홍학의 모가지처럼 가늘어질까 봐 두렵기도 했다. 하루에 스무여 걸음만 걸으면서 살아가야 한다는 것이 내게는 형벌처럼 생각되었다. 나는 손등으로 눈물을 훔치며 매표소 안을 둘러보았다.

매표소 바닥에 깔아놓은 군용 담요, 약병들, 차곡차곡 개켜

진 세 장의 수건, 빨간 보온병, 컵라면 두 개, 스테인리스 밥그릇과 한 벌의 수저, 파란 플라스틱 컵, 로션, 치약과 칫솔, 미니 선풍기, 그리고 볼록거울.

볼록거울은 매표소 천장 모서리에 매달려 나를 빤히 내려다보고 있었다. 가만히 들여다보고 있자니, 볼록거울이 아니라 엄마가 나를 빤히 내려다보고 있는 듯한 기분이 들었다. 나는 주춤주춤 몸을 일으켜 볼록거울을 향해 입을 벌렸다. 내 허연 입김을 마구 불어댔다. 나는 조금 더 울다가 매표소 바닥에 웅크리고 누워 잠들었다. 홍학의 길고 붉은 모가지가 내 등허리를 친친 감고 있는 꿈을 꾸었다. 홍학의 모가지는 점점 내 등허리를 조여왔고 나는 비명을 지르다가 깨어났다. 내가 버둥거리는 바람에 매표소가 기우뚱기우뚱 흔들렸다.

껌 두 통과 신문 한 장을 팔았다. 담배도 한 보루나 팔았다. 나는 문득 홍학이 보고 싶었다. 기린도 보고 싶었고 악어도 보고 싶었다. 날 닮았을 사막여우도 보고 싶었다. 나는 매표소 문을 조심스럽게 열어보았다. 동생들은 가버리고 없었다. 나는 동생들의 휴대전화로 동물원에 놀러 가자는 문자를 보냈다. 하루가 꼬박 지나서야 답신 문자가 한 통 날아왔다.

매표소 근처 정류장에는 동물원을 경유하는 버스가 지나갔다. 버스를 타고 네 정류장만 가면 동물원이 있었다. 나는 엄마가 남기고 간 동전들로 내 점퍼 주머니를 두둑하게 채웠다. 동물원에서 동생들과 먹으려고 튀긴 닭 한 마리를 샀다. 매표소를 등지고 서서 껌을 질겅질겅 씹으며 동물원을 경유하는 버스를 기다렸다.

동물원에 도착했을 때는 폐장 시간이 두 시간밖에 남아 있지 않았다. 동생들은 사막여우 우리 앞에서 나를 기다리고 있겠다고 했다. 내가 사막여우 우리에 도착하기 전에 동생들이 가버리기라도 할까 봐 나는 더럭 겁이 나기도 했다. 폐장 시간이 얼마 남지 않아서인지 유리 부스 안 여자는 내게 표를 팔지 않으려고 했다. 유리 부스는 엄마의 매표소만큼이나 좁았다.

"그렇지만 동생들이 사막여우 우리 앞에서 나를 기다리고 있겠다고 했는걸요."

"사막여우 우리 말인가요?"

"그래요."

나는 그렇게 말하며 여자가 울고 있다는 사실을 깨달았다. 여자가 왜 울고 있는지는 도무지 알 수 없었다.

"왜 울고 있나요?"

"그거야, 울어야 할 시간이 되었으니까요."

여자는 손등으로 눈동자를 훔쳤다. 여자는 고작해야 내 나이 정도밖에 되어 보이지 않았다.

사막여우 우리는 동물원의 서북쪽에 있었다. 동물원 공기에서는 마른 짚과 똥이 타는 냄새가 났다. 그것은 엄마의 겨드랑이에서 맡아지던 냄새와 비슷했다.

나는 사자와 오랑우탄과 홍학과 붉은얼굴원숭이 우리를 지났다.

사자들은 생닭을 뜯고 있었고, 오랑우탄은 검은 바위 위에 박제된 듯 앉아 있었다. 적어도 백 마리는 될 것 같은 홍학들은 모가지를 길게 늘어뜨리고 물에 비친 자신들의 그림자를 부리로 쪼아대고 있었다.

붉은얼굴원숭이 우리 앞에서는 두 여자가, 우리 바로 앞에 놓인 벤치에 나란히 앉아 서로의 혀를 미친 듯이 집어삼키고 있었다. 두 여자의 혀는 삼키고 삼켜져 서로의 식도를 틀어막고 있었다. 붉은얼굴원숭이들은 철조망에 달라붙어 두 여자 얼굴이 새파랗게 질려가는 것을 뚫어져라 바라보고 있었다. 붉은얼굴원숭이들의 얼굴은 마치 인두로 지져낸 자국처럼 붉었다. 나는 한 발짝 한 발짝 철조망으로 다가갔다. 내 두 팔을 뻗어 손가락들을 철조망에 고리처럼 걸었다. 철조망을 흔들었지만 붉은얼굴원숭이들은 꼼짝을 하지 않았다.

언젠가 나도 혀를 삼킨 적이 있다. 혀를 삼키는 것은, 목숨이 붙어 있는 뱀장어를 삼키는 것만큼이나 위험하다. 혀를 삼킬 때는 절대로, 삼키고 있는 혀를 슬쩍이라도 깨물어서는 안 된다. 혀를 깨무는 순간 그 혀가 느닷없이 사나워져서는 내 혀를 공격해올지도 모르기 때문이다.

내가 사막여우 우리에 도착했을 때 동생들은 이미 어딘가로 가버리고 없었다. 사막여우는 냉장고만 한 잿빛 바위에 난 구멍 속에 웅크리고 누워 잠들어 있었다. 사육사가 생닭을 통째로 던져주어도 깨어나지 않았다. 대가리를 자르고 깃털을 뽑아버린 생닭은 노란 모래가 섞인 흙 위에 팽개쳐졌다. 나는 사막여우가 깨어나기를 기다렸다. 사막여우가 깨어나면 동생들이 나를 데리러 오지 않을까. 그러나 30분이 지나도록 사막여우는 깨어나지 않았고 동생들도 나타나지 않았다. 사막여우는 유독 귀가 큼직하고 털 색깔이 노랬다. 사막여우가 야행성으로 모래땅에 구덩이를 파고 그곳에서 집단생활을 한다는 것, 먹이는 날쥐, 작은 새, 도마뱀, 곤충 등이라는 것, 1년에 한 차례 한배에 한 마리에서 다섯 마리까지 새끼를 낳는다는 것, 사하라 사막과 사우디아라비아 북부의 사막지대에 분포한다는 것을 알게 되었다. 나는 사막여우의 울음소리를 들어본 적이 없었지만, 어쩐지 사막여우처럼 소리 내어 울 수 있을 것 같은 기분이 들었다. 사막여우 우리 옆에는 시라소니와 코요테, 한국 늑대 우리가 있었다.

동물원 허공에는 리프트가 설치되어 있었다. 철제 의자들이 레일을 따라 허공을 둥둥 떠다니고 있었다. 폐장 시간이 얼마 남지 않아서인지 대부분은 빈 의자였지만, 간혹 사람이 타고 있는 의자도 있었다. 나는 방금 내 머리 위를 지나간 의자 위에 다닥다닥 붙어 앉아 두 다리를 엇갈려 흔들고 있는 사람들을 보았다. 그들이 내 동생들일지도 모른다는 생각이 들었다. 허공을 향해 손을 흔들어 보였지만 그들을 실은 철제 의자는 이미 저만치 가버렸다.

 엄마는 한때 매표소 안에서 햄스터를 키운 적이 있었다. 엄마가 하고많은 애완동물 중에 햄스터를 기르기로 마음먹은 것은 순전히 몸집이 자그마하다는 이유 때문이 아니었을까. 처음에 햄스터는 두 마리였지만 어느 날 여섯 마리로 늘어났다. 엄마는 성냥갑만 한 종이 상자 속에 햄스터 암수 두 마리를 넣고 키웠는데 여섯 마리로 늘어나자 조금 더 큰 상자로 옮겨주었다. 햄스터는 얼마 안 가 열 마리로, 열여덟 마리로, 스물네 마리로 숫자가 불어났다. 햄스터는 걷잡을 수 없이 숫자가 불어났고 엄마는 밤마다 햄스터들을 숨이불처럼 온몸에 덮고 잠들었다. 가랑이를 한껏 벌리고는 그 안에 수십 수백 마리의 햄스터들을 품고 동전들을 세었다. 그리고 어느 날 새벽 엄마는 매표소의 문짝을 활짝 열어두고 햄스터들을 밖으로 내보냈다.

 고인 물을 흘려보내듯 햄스터들을 흘려보낸 뒤, 엄마는 자라를 한 마리 사다가 길렀다. 엄마는 자라를 머리 위에 왕관처럼 올려놓고 동전들을 세고는 했다. 자라는 10년을 살았고 엄마의 머리 위에서 소리 없이 죽어갔다. 황금빛으로 빛나던 왕관에 녹이 슬듯. 자라가 숨을 거두는 순간 엄마는 자라가 바위처럼 무겁게 느껴졌다고 했다. 엄마의 등허리가 굽고 등

뼈가 우둘투둘 튀어나온 건 어쩌면 자라 때문인지 몰랐다. 왕관처럼 그녀의 머리 위를 떡하니 차지하고 앉아 있던 자라의 무게 때문인지도.

나는 동생들을 기다리다 지쳐 기린 우리 쪽으로 걸어 올라갔다. 얼마나 많은 사람들이 기억하고 있을지는 모르겠지만, 20여 년 전 동물원에서 붉은얼굴원숭이 한 마리가 도망을 친 적이 있었다. 나는 붉은얼굴원숭이가 엄마의 매표소로 숨어들었을 거라는 의심을 했었다. 그즈음 엄마는 나와 동생들을 매표소로 들이지 않았다. 엄마는 매표소 문을 안으로 꼭꼭 걸어 잠그고 옴짝달싹하지 않았다. 나는 매표소에서 가장 가까운 경찰서로 전화를 걸어 붉은얼굴원숭이가 버스 정류장 간이 매표소에 숨어 있다는 신고를 했다. 내가 신고한 지 한 시간이나 지나서야 경찰서와 동물원에서 사람들이 출동했다. 그들은 사냥꾼들처럼 마취용 총과 그물과 이동식 우리를 앞세워 엄마의 매표소를 덮쳤다. 매표소 안을 발칵 뒤집어놓으며 샅샅이 뒤졌지만 붉은얼굴원숭이는 나오지 않았고, 김이 새버린 그들은 허위 신고였다고 투덜거리며 가버렸다.

그러고 보니 매표소가 이 도시에서 감쪽같이 철거될 뻔한 적도 있었다. 매표소 주변 상가 주민들이 미관을 이유로 매표소를 철거하려고 했지만, 엄마는 그 안에서 꿈쩍하지 않았다. 엄마는 매표소 안에서 사흘 밤낮 물 한 방울 받아먹지 않았다. 매표소를 때려 부수기 위해 곡괭이와 망치를 들고 몰려들었던 상가 주민들은 지쳐서 뿔뿔이 흩어졌다. 매표소는 곳곳이 녹이 슬기는 했지만 35년을 끄떡없이 버텨왔다. 나는 죽은 엄마를 불 속으로 들여보내며 매표소도 같이 들여보내지 않은 것이 후회되었다. 엄마에게 매표소는 요람이자, 침대와도 같은 곳이었으며, 관구(棺柩)와도 같은 곳이었다. 엄마는 매표소와 함께 땅속에 묻히기를 소원하지 않았을까. 그렇다 해도 엄마가 물려준 것이 매표소뿐이었기 때문에 동생들은 엄마의 소원을 모른 척했을 것이다.

기린은 네 마리였고, 네 마리 다 절벽에 바짝 붙어 서 있었다. 네 마리 중 한 마리는 새끼 기린이었다. 절벽은 깎아지르듯 가팔랐고 메말라 있었다. 기린 네 마리가 어느 순간 거의 동시에 절벽 쪽으로 머리를 두었다. 기린들은 머리를 절벽으로 향하고 잠이 들려는 것인지도 몰랐다. 나는 나무 울타리에 걸터앉아 절벽을 바라보면서 울었다. 절벽은 모래로 쌓아올린 것처럼 위태위태해 보였다. 나는 엄마가 키웠던 자라처럼 느리고 느리게 절벽을 기어오르고 싶다는 생각을 했다.

"기린들아, 내가 우는 건 울 시간이 되었기 때문이란다."

나는 아직 낙타도 보지 못했고, 코뿔소도 보지 못했다. 오소리와 나무늘보도 보지 못했다. 나는 낙타 우리 쪽으로 걸어 올라갔다. 낙타는 나무로 짠 울타리 밖으로 머리를 내밀고 풀처럼 끈적끈적한 침을 흘리고 있었다. 등 쪽에 두 개의 혹이 불쑥 솟아 있는 낙타는, 적어도 2백 년은 산 것처럼 늙어 보였다.

누군가 내 어깨를 툭툭 건드렸다. 나는 뒤를 돌아보았다. 노란 모자를 쓴 안내 요원이 나를 빤히 바라보고 있었다.

"폐장 시간이 얼마 남지 않았습니다."

안내 요원은 내게 그렇게 말하고 양 우리 쪽으로 걸어갔다. 양 우리는 낙타 우리 바로 옆이었는데, 양 우리 안에는 한 무리의 사람들이 웅성웅성 몰려 있었다. 그들은 솜사탕 같은 양들을 쓰다듬고 껴안았으며 사진을 찍어댔다. 나는 그들이 내 동생들이 아닐까 생각했지만, 그들은 나를 보고도 아무런 알은체를 하지 않았다. 그들은 양 우리에서 나와 서쪽으로 몰려갔다. 동물원 서쪽에는 오소리와 나무늘보가 있었다. 나는 그들과 반대쪽으로 걸어갔다.

나는 돌고래장 앞에 줄지어 서 있는 한 무리의 사람들을 보았다. 그들이 내 동생들일지도 모른다는 생각이 들었다. 누군가 또 내 어깨를 툭툭 건드렸고 내가 돌아다보았을 때 그곳에는 노란 모자를 쓴 안내 요원이 서 있었다. 그는 내게 또다시 동물원의 폐장 시간이 얼마 남지 않았다고 말했다.

"그렇지만 돌고래장 앞에 사람들이 줄을 서 있는걸요."

"돌고래 쇼는 진즉에 끝났어요. 돌고래들은 잠을 자러 물속으로 들어갔어요."

"그럼 저 사람들은 뭐죠?"

"그냥 줄을 서 있는 거겠지요."

그는 그리고 줄을 서 있는 사람들 쪽으로 걸어갔다.

나는 아직 나무늘보와 재칼과 물개와 불곰을 보지 못했다.

불곰 우리를 찾아가는 중에 코뿔소를 보았다. 코뿔소는 두 마리였고 격리되어 있었다. 왼쪽 우리 안의 코뿔소는 자신보다 커다란 바위와 씨름을 하고 있었다. 오른쪽 우리 안의 코뿔소는 네 다리를 땅에 기둥처럼 박고 꼼짝을 하지 않았다. 나는 코뿔소의 울음소리 또한 들어본 적이 없었다.

동물원 안에는 놀이 시설도 있었다. 텅 빈 다람쥐통들이 저 혼자 빙글빙글 돌아가고 있었다. 놀이 시설 바로 옆에는 코끼리 우리가 있었다. 집채만 한 코끼리는 제자리걸음을 하고 있었다. 코끼리는 마치 수백 마리의 자라를 탑처럼 차곡차곡 쌓아 올려놓은 것만 같았다. 동물원이 콜타르를 발라놓은 것 같은 어둠에 들면 자라들이 사방으로 흩어지지 않을까. 거대한 코끼리는 온데간데없고 마른 바닥을 엉금엉금 기는 수백 마리의 자라들만 남지 않을까.

야트막이 경사진 길을 걸어 올라가던 나는, 철조망으로 짠 어떤 우리에 다다라 있었다. 우리 바로 옆은 밤나무 숲이었다.

우리 안에는 흰 바위 두 덩이와 메마른 풀 몇 포기, 시멘트를 덕지덕지 발라 만든 웅덩이가 있었다. 목탄 자루 같은 한 그루의 나무도 서 있었다. 두 덩이의 흰 바위는 마치 한 알의 모래를 부풀려놓은 것만 같았다. 우리 안에는 아마도 사막이나 사막의 경계에 분포되어 있는 동물이 살았던 게 분명했다. 나는 손등으로 눈을 비벼가며 우리 안을 부지런히 살폈지만 개미 새끼 한 마리 보이지 않았다. 나는 우리를 끼고 오른쪽으로 돌았다. 우리 오른쪽 끝에 철조망으로 짠 문이 있었다. 문을 슬쩍 밀어보았다. 밀었다기보다는 그냥 툭 건드렸을 뿐인데 문이 스르르 열렸다. 나는 고개를 숙이고 우리 안으로 걸어 들어갔다. 풀을 스적스적 밟으며 흰 바위 쪽으로 다가갔다. 사방을 둘러보다가 흰 바위 위로 올라가 앉았다. 흰 바위가 두 덩이나 되었기 때문에, 나는 둘 중 어느 바위 위로 올라가 앉아야 할지 고민하지 않을 수 없었다. 나는 좀더 희고 둥글둥글한 바위를 골랐다.

한 알의 모래와도 같은 흰 바위는 뜨겁지도 차갑지도 않았다.

나는 흰 바위가 아주 뜨겁거나 아주 차가울 거라고 막연히 겁을 먹고 있었는지도 몰랐다. 나는 한쪽 손으로 턱을 괴고 우리 밖을 물끄러미 바라보았다. 내 두 귀가 점점 커지고 있는 것만 같은 착각이 들었다.

2, 30분 정도가 지나도록 우리 밖으로 사람 한 명 지나가지 않았다. 나는 아주 오래전부터 이렇게, 흰 바위 위에 턱을 괴고 앉아 있었던 것만 같은 기분이 들었다. 우리 옆 밤나무들이 밤송이들을 떨어뜨리며 흔들리고 있었다. 나는 꾸벅꾸벅

졸며 이대로 흰 바위 위에서 평생을 살아도 나쁘지 않을 것 같다는 생각을 하기도 했다.

웅성거리는 소리가 들려왔다. 한 무리의 사람들이 우리 앞으로 지나가고 있었다. 그들 중에는 유모차를 끌고 있는 남자도, 대여섯 살밖에 안 되어 보이는 여자아이도 있었다. 치자꽃처럼 새하얀 원피스를 입은 젊은 여자도 있었다. 그들 중 누군가 흰 바위 위의 나를 손가락으로 가리켰다. 그들은 우리 가까이 몰려왔다. 철조망에 달라붙어 흰 바위 위의 나를 신기한 듯 바라보았다. 그들은 나를 보고 웃기도 했고 손을 흔들기도 했으며 소리를 지르기도 했다. 유모차를 끌고 온 남자는 우리 안으로 사과 조각을 던지기도 했다. 사과는 내가 앉아 있는 흰 바위까지 닿지 못하고 시멘트 웅덩이 근처에 떨어졌다. 그 남자는 내가 흰 바위에서 내려와 사과를 집어 먹기를 바라는 것 같았다. 그렇지만 나는 아주 오래전부터 흰 바위 위에 이렇게 턱을 괴고 앉아 있었기 때문에 내려갈 수 없었다. 내가 사과를 아주 좋아하는 것도 아니었다. 남자는 뭐라고 뭐라고 중얼거리며 이번에는 한 덩이의 김밥을 우리 안으로 힘껏 던졌다. 김밥은 내 머리를 맞고 떨어졌다. 나는 그들이 내 동생들일지도 모른다는 생각이 들었지만, 그렇다고 그들이 내 동생들이 분명하다고 확신할 수는 없었다.

나는 흰 바위 위에서 턱을 괴고 울었다. 나는 그들이 내게 왜 우느냐고 물어오기를 기다렸다. 그들은 그러나 그들끼리 뭐라고 뭐라고 중얼거리며 가버렸다.

"내가 우는 건 울 시간이 되었기 때문에 우는 거예요."

그들이 멀리 가버리고 난 뒤 나는 혼자서 중얼거렸다. 나는 흰 바위에서 내려올 수밖에 없었다. 내가 올라가 앉아 있는 동안 흰 바위는 모래알만큼이나 작아져 있었다.

어디선가 자라 울음소리가 들려왔다. 자라는 길게 하품을 하듯 운다. 엄마의 머리 위에서 조용히 숨을 거둔 자라는 땅속에 묻히지도 불 속에 던져지지도 않았다. 엄마는 자라를 박제시켜버렸다. 밤마다 알루미늄 매표소 안에서 박제된 자라를 끌어안고 잠들었다. 박제된 자라를 끌어안고 잠든다는 것은 어떤 것일까. 그것은 이를테면 박제된 새를 끌어안고 잠드는 것과는 전혀 다른 행위이지 않을까. 나는 엄마가 박제된 자라의 머리를 어느 쪽으로 두고 잠들었는지는 모른다. 이제 와서야 그것이 궁금해졌다. 아마도 겨드랑이를 향하게 하지 않았을까. 자라의 머리는 늙은 남자의 성기를 닮았다. 엄마는 자라를 그저 자라야, 자라야 하고 불렀다.

한때 나는 동생들과 의기투합하여 엄마를 매표소 밖으로 끌어내기 위해 안간힘을 쓴 적이 있었다. 엄마의 두 다리가 퇴화해가는 것을 도저히 모른 척할 수가 없었다. 우리는 매표소 안 엄마를 향해 당장 밖으로 나오라고 협박을 했다. 매표소 밖으로 나오지 않으면 우리가 매표소 안으로 쳐들어가겠다고 억지를 썼다. 엄마가 매표소 안에 스스로를 가두고 지내는 동안 퇴화해가는 것은 두 다리뿐만이 아니었다. 엄마의 두 귀와 두 눈도 퇴화해가고 있었다. 동전을 세고 또 세는 열 손가락마저도 퇴화해가고 있었다.

"제발 날 좀 내버려둬라."

엄마는 매표소 구멍 밖으로 흰 가제 손수건을 삐죽 내밀고는 깃발처럼 흔들어댔다. 엄마가 매표소 안에서 안간힘으로 버티자 나와 동생들은 속으로 안도의 숨을 내쉬었다. 그도 그럴 것이 우리의 먹을 것과 입을 것이 매표소에서 나왔기 때문이었다. 그 무렵 동생들은 대학생이거나 재수를 하고 있었다. 메이크업 아티스트가 되겠다며 수강료가 비싼 학원에 다니는 동생도 있었다. 그리고 맏이인 나는 성악가가 되겠다며 하루 종일 죽어라 노래만 불러대고 있었다. 그러고 보면 엄마가 매표소에서 껌이나 김밥, 신문, 우유, 담배 따위를 팔아 나와 동생들을 먹여 살렸다는 사실은 기적과도 같다.

비록 엄마의 매표소에서 붉은얼굴원숭이를 찾아내지는 못했지만, 나는 여전히 엄마가 한동안 붉은얼굴원숭이를 매표소에 숨겨주었을 거라는 의심을 버리지 못하고 있었다. 붉은얼굴원숭이는 엄마의 등허리에 악착같이 매달려 자신을 찾느라 이 도시에서 벌어진 소동이 잠잠해질 때까지 매표소에 꼭꼭 숨어 있었던 게 틀림없다.

엄마는 쉰아홉 살까지 살았지만 한 번도 비행기를 타본 적이 없다. 배를 타본 적이 있는지 없는지는 모르겠다. 엄마가 살아 있었다면 내가 비행기는 아니더라도 동물원의 리프트는 태워줄 수는 있지 않았을까. 리프트를 타면 허공에서 두 다리를 흔들며 동물들을 내려다볼 수 있다. 리프트는 동물원에서 가장 넓은 사자 우리 위를 지나가기도 한다. 나는 언젠가 리프트 철제 의자에 앉아 두 다리를 흔들며 두 마리의 사자가 맹렬하게 싸우는 광경을 구경하기도 했다.

내가 동생들과 만나기로 한 곳은 어쩌면 사막여우 우리 앞이 아닐지도 모르겠다.

나는 밤나무 숲 속을 헤매다 붉은얼굴원숭이 우리에 와 있었다. 붉은얼굴원숭이 우리 앞 벤치에는 한 명의 여자밖에는 없었다. 또 다른 여자는 어딘가로 가버리고 없었다. 남겨진 여자는 어깨를 축 늘어뜨린 채 비스듬히 앉아 있었다. 나는 여자의 옆으로 가서 앉았다.

"저 우리 속에 붉은얼굴원숭이가 모두 몇 마리나 들었을 것 같아요?"

여자가 뜬금없이 내게 물어왔다. 나는 철조망에 달라붙어 있는 붉은얼굴원숭이들을 세었다.

"여섯 마리군요."

"정말 여섯 마리가 맞나요?"

"여섯 마리밖에는 없는걸요."

왜 그런지는 알 수 없었지만 여자는 내 말을 믿지 않는 눈치였다. 여자가 유난히 의심이 많은 사람인지도 몰랐다.

"그쪽 친구 분은 어디를 갔나요?"

"친구요?"

"아까 그쪽과 함께 있었던……"

"리프트를 타러 갔어요."

나는 고개를 쳐들고 허공을 바라보았다. 리프트 철제 의자들은 작동이 멈춰 전혀 움직이지 않고 있었다.

"리프트를 타러 갔다고 했나요?"

"내 친구는 리프트 타는 것을 좋아해요."

그렇지만 아무리 고개를 쳐들고 올려다봐도 철제 의자들은 움직이지 않고 있었다.

"그런데요…… 붉은얼굴원숭이가 우리에서 도망을 쳤다지 뭐예요."

여자가 내 옆으로 바짝 다가와 앉으며 그렇게 말했다.

"뭐라고요?"

나는 깜짝 놀라서 눈을 동그랗게 뜨고 여자를 바라보았다.

"붉은얼굴원숭이가 우리에서 도망을 쳤다니까요."

여자가 내 얼굴 가까이 자신의 얼굴을 들이밀었다.

"실은…… 나도 이미 알고 있어요."

"이미 알고 있다고요?"

나는 고개를 끄덕였다.

"어떻게요?"

"붉은얼굴원숭이가 우리에서 도망을 친 게 벌써 20년도 더 전의 일인걸요. 도망친 붉은얼굴원숭이 때문에 이 도시가 꽤나 시끄러웠잖아요."

"설마요……!"

"……?"

"붉은얼굴원숭이가 우리에서 도망을 친 지 한 시간도 지나지 않았는걸요."

"또 도망을 쳤다고요?"

"아직 동물원을 빠져나가지는 못했을 거라고 하던데……"

여자의 입이 내 얼굴을 집어삼키기라도 할 듯 벌어졌다.

"조심해요. 붉은얼굴원숭이가 그쪽을 덮칠지도 모르니까요."

한순간 여자의 얼굴이 피가 배어 나오듯 붉어졌다.

"그쪽 얼굴이……!"

나는 비명을 지르듯 소리쳤다.

"내 얼굴이 어때서요?"

"그쪽 얼굴에서 피가 나요."

나는 간신히 그렇게 말했다.

"하지만 그쪽 얼굴에서도 피가 나는걸요."

여자가 생글생글 웃으며 나를 향해 혀를 길게 내밀었다.

"내 얼굴에서 피가 난다고요?"

"그래요, 그래요, 그쪽 얼굴에서도 피가 나고 있어요."

"그럴 리가 없어요."

"난 아주 배가 고파요. 당신의 혀를 먹고 싶어요. 입을 벌려봐요. 당신의 혀가 얼마나 맛나게 생겼는지 보고 싶어요."

나는 여자로부터 도망치듯 그곳을 벗어났다. 성난 사자들의 울부짖음이 들려왔다.

사방을 둘러봤지만 어디에서도 노란 모자를 쓴 안내 요원이 보이지 않았다. 다른 우리에서 도망친 붉은얼굴원숭이를 찾으러 간 것일까. 폐장 시간은 이미 20분이나 지나 있었다. 동물원 출입문이 닫혀버렸을까 봐 더럭 겁이 났다. 두 덩이의 흰 바위가 놓여 있던 우리 안에서 밤을 지새워야 하는 것은 아닐까.

나는 정신없이 헤매다가 홍학 우리 앞으로 와 있었다. 홍학들은 여태도 모가지를 늘어뜨리고 물에 비친 자신들의 그림자를 부리로 쪼아대고 있었다. 웅덩이의 물이 다 마르고, 물에 비친 그림자마저도 다 마르고 나면 홍학들은 서로를 쪼아대지 않을까. 홍학의 털빛이 유독 붉은 것은 먹이 때문이다. 열대와 아열대의 민물 습지에 사는 홍학들은 민물말이나 새우를 즐겨 먹는데 민물말에는 당근의 색소와 같은 카로티노이드계 색소가 들어 있다. 그리고 만약 그런 먹이를 적게 먹으면 털갈이를 할 때 붉은빛이 옅어진다. 갓 태어난 홍학은 깃털이 흰빛이며 2, 3년이 지나면 붉은빛으로 변한다. 번식을 할 수 있는 시기가 되어도 붉은빛이 되기 전까지는 춤을 추거나 번식을 하지 않는다.

나는 무리를 지어 다급하게 홍학 우리 쪽으로 몰려오는 발소리를 들었다. 짐작하건대 적어도 대여섯 명은 될 듯했다. 내 얼굴에서도 피가 난다던 여자의 말이 불현듯 떠올라 나는 불안해졌다. 양손바닥을 비벼 얼굴을 쓱쓱 문질러보았지만 피가 묻어나지는 않았다. 그런데도 발소리가 가까워져올수록 내 불안은 커져갔다. 나는 홍학 우리 속으로 뛰어들었다. 홍학들 사이에 재빠르게 몸을 숨겼다. 홍학들의 길고 붉은 모가지가 차양처럼 나를 숨겨주었다. 노란 모자를 쓴 안내 요원들은 홍학 우리를 살피는 척하다가 서둘러 가버렸다. 그들은 밤나무 숲 쪽으로 몰려갔다.

나는 웅덩이의 물에 얼굴을 비춰보았다. 내 얼굴은 물에 비친 홍학들의 붉은빛으로 얼룩져 피가 나는 것처럼 붉었다. 내 얼굴에서는 정말로 피가 나고 있는지도 몰랐다. 나는 웅덩이의 물에 비친 내 얼굴을 빤히 바라보며 울었다.

"홍학들아, 내가 우는 것은 울 시간이 되었기 때문이란다."

나는 웅덩이 물로 얼굴을 씻고 홍학 우리를 나왔다. 지금쯤 동생들이 사막여우 우리 앞에서 나를 애타게 기다리고 있을지도 모른다는 생각이 들었다.

내가 우리를 도망친 붉은얼굴원숭이였다면 밤나무 숲으로 가지 않았을까.

동물원에서 나는 완전히 방향을 잃었다. 사막여우 우리를 찾는 것은 쉽지 않았다. 나는 풀장처럼 꾸며놓은 수달 우리를 지났지만 수달을 보지는 못했다. 녹색 페인트칠을 해놓은 풀장 속 물은 석유처럼 검고 응고된 듯 보였다. 나는 낙타 우리와 홍학 우리를 또 한번 지나쳤다. 무리를 지은 발소리가 들려올 때마다 나는 풀숲이나 플라타너스 나무 뒤로 재빠르게 몸을 숨겼다.

나는 우여곡절 끝에 사막여우 우리로 되돌아와 있었다. 사막여우는 여전히 바위의 구멍 속에 웅크리고 누워 잠들어 있었다. 그런데 흙바닥에 내팽개쳐져 있던 생닭은 감쪽같이 사라지고 없었다. 사막여우 우리 안으로 뭔가를 던져넣고 싶었지만, 내게는 사과 조각도 김밥도 없었다. 우리의 철조망에 매달려 허탈해하던 나는 동생들과 나누어 먹으려고 챙겨온 한 마리의 튀긴 닭을 떠올렸다. 내 가방 안에는 동생들에게 주려고 사온 튀긴 닭날개가 들어 있었다. 나는 닭날개를 우리 안으로 던져넣었다. 닭날개가 바위를 맞고 떨어졌지만 잠든 사막여우를 깨우지는 못했다.

머리 위에서 흥얼흥얼 노래를 부르는 소리가 들려왔다. 나는 허공을 향해 고개를 쳐들었다. 내 머리 바로 위에서 두 다리가 엇갈리며 흔들리고 있었다. 싸리버섯 빛깔의 원피스 자락이 펄럭펄럭 흔들리는 것도 보였다. 리프트를 타러 갔다는 여자가 분명했다. 저 여자는 밤새도록 저렇게 허공에 떠서 노래를 불러대겠지. 리프트에 매달린 철제 의자들은 가만가만 흔들리기만 할 뿐, 그 자리에 붙박여 움직이지 않고 있었다.

"붉은얼굴원숭이가 우리를 도망쳤대요."

나는 허공에 대고 소리쳤다.

여자가 두 다리 사이로 머리를 내밀고 나를 내려다보았다.

"뭐라고요?"

여자가 내게 물어왔다.

"붉은얼굴원숭이가 우리에서 도망을 쳤다고요."

"뭐, 라, 고, 요?"

내게는 여자의 목소리가 잘 들렸지만 여자에게는 내 목소리가 잘 들리지 않는 것 같았다.

"그쪽 얼굴에서 피가 나요."

나는 여자의 얼굴에서 배어 나오는 피를 보며 소리 질렀다.

"그렇게 놀랄 것 없어요. 나도 알고 있어요. 나는 이미 다 알고 있는걸요."

여자가 나를 놀리기라도 하듯 동물원이 떠나가도록 웃었다.

"그런데 그거 알아요?"

"뭘……요……?"

"그쪽 얼굴에서도 피가 나는 거 말이에요."

여자가 나를 향해 혀를 길게 내밀었다.

동물원의 밤나무 숲을 넘어가면 6차선 도로가 나온다. 그

6차선 도로를 왼편으로 끼고 북쪽으로 5백 미터쯤 걸어 올라가면 터널이 나온다. 길이가 3백 미터에 달하는 터널을 건너가면, 그곳에 엄마의 매표소가 있었다.

나는 우리를 도망친 붉은얼굴원숭이처럼 밤나무 숲에 들었다.

내 등 너머 어둠 속에서는 거대한 몸집의 코끼리가 수백 마리의 자라로 흩어지는 소리가 들려왔다. 나무늘보와 재칼과 물개와 불곰을 보지 못한 것이 못내 아쉬웠다.

나는 꼬박 하루가 지나서야 매표소로 돌아와 있었다. 밤나무 숲에서 발을 헛디뎌 나뒹구는 바람에 밤송이에 얼굴을 긁혔다. 내 얼굴은 피로 범벅이 되었다. 내 얼굴에서 피가 난다던 여자들의 말이 결국 틀린 것은 아니었다.

매표소 앞에는 버스가 한 대 시동과 불을 끈 채 서 있었다. 버스의 앞문과 뒷문이 활짝 열려 있었다. 나는 버스에 올라탔다. 운전기사는 운전석 핸들에 고개를 파묻고 잠들어 있었다. 운전기사의 낮게 코를 고는 소리가 버스 안에 울리고 있었다. 나는 운전석 바로 뒷좌석으로 가서 앉았다. 버스가 나를 매표소로부터 아주 멀리 데려다 주기를 바랐다. 운전기사가 핸들에 파묻고 있던 고개를 들었다.

"운행 시간이 지났어요."

운전기사가 뒤를 훌쩍 돌아다보며 내게 말했다. 나는 하는 수 없이 버스에서 내렸다.

매표소 문에는 자물통이 채워져 있었다. 나는 동전들과 함께 주머니 속에 넣어두었던 열쇠를 꺼내 자물통을 땄다. 문을 조심스럽게 열고 주춤주춤 매표소 안으로 들어갔다. 매표소 문 안쪽에 달린 잠금 고리를 단단히 걸어 잠갔다. 동생들이 찾아온다고 해도 나는 문을 절대로 열어주지 않을 작정이었다.

꾸벅꾸벅 졸던 나는, 문득 고개를 쳐들고 모서리에 매달린 볼록거울을 빤히 바라보았다. 볼록거울 속에서 울고 있는 붉은 얼굴을 보았다. 날이 밝으면 버스는 매표소를 떠나 멀리 가버릴 것이고, 나는 손 하나가 겨우 드나들 만한 구멍으로 껌과 우유와 담배와 김밥을 팔 것이다.

엄마가 물을 흘려보내듯 매표소 밖으로 흘려보낸 3백여 마리의 햄스터들은 다 어디로 갔을까. 쥐나 고양이에게 잡아먹혔거나, 하수구에 빠져 익사했거나, 도로를 건너다 검은 바퀴에 깔려 무참히 으깨어지지 않았을까. 엄마가 정작 기르고 싶어 했던 동물은 햄스터도, 자라도 아니었다. 엄마는 아프리카의 코끼리를 기르고 싶어 했다. 그렇지만 지구상에 코끼리를 기를 수 있는 사람이 도대체 몇이나 될까. 나는 코끼리를 한 마리 훔치기 위해 동물원을 찾아간 것인지도 몰랐다.

나는 천천히 몸을 일으켰다. 매표소 천장이 너무 낮았기 때문에 나는 네발짐승처럼 두 다리뿐만 아니라 두 손마저도 바닥에 붙이듯 내디뎌야 했다.

나는 코끼리처럼 제자리걸음을 걷기 시작했다. 홍학의 모가지처럼 내 두 다리가 붉고 가늘어지지 않게 하기 위해서라도.

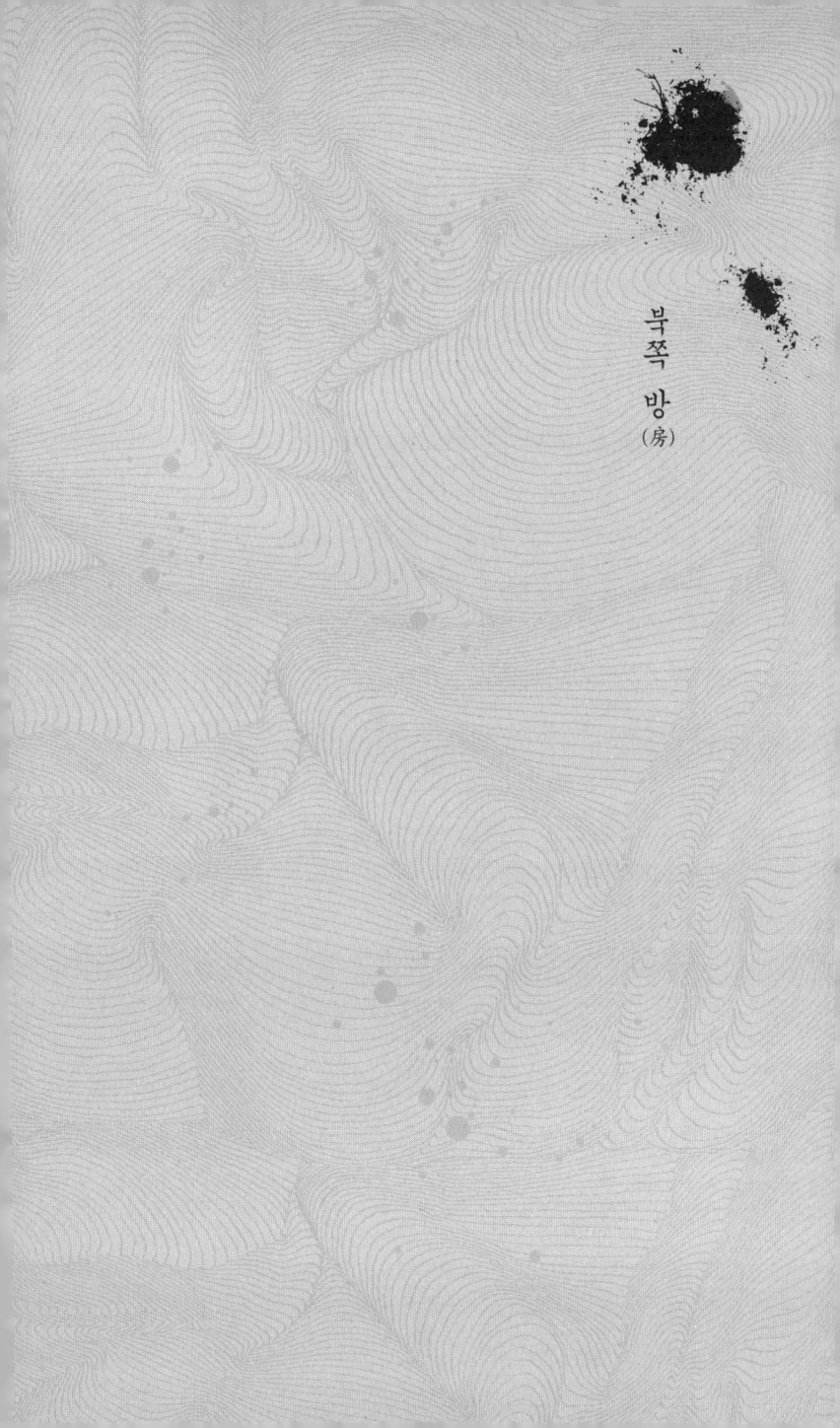
북쪽 방(房)

아내는 우족을 사러 간다고 했다. 아내가 단골로 다니는 정육점에 고기가 들어오는 날이었다. 정육점이 매달 15일마다 소 돼지를 들여온다는 것을, 곽노도 알고 있다. 정육점 주인은 화교 사내였고, 곽노는 그로부터 몇 번인가 고기를 끊었던 적이 있다. 사내는 손님이 없으면 형벌이라도 치르듯 귀주처럼 좁은 골방에 거구의 육체를 구겨 넣고 있었다. 정육점은 아침부터 선지가 그득 담긴 빨간 고무 다라이를 길가에 내놓고 팔고 있을 것이었다. 어디 선지뿐이겠는가. 금양, 천엽, 막창 따위 부속물도 한 다라이 그득 담아놓고 팔고 있을 것이었다. 아내는 우족을 사오며 선지도 한 봉지 사올 것이었다. 젊어서부터 아내는 월경을 치르고 나면 선지를 한 솥 삶아 먹었다. 끓는 물에 넣어 두부처럼 응고시킨 선지 덩어리를 숟가락으로 움푹움푹 떠먹었다. 월경이 일찌감치 말라버렸는데도 아내는 다달이 선지로 한 끼니를 때운다.

곽노는 부동자세에 들어 있다. 두 무릎을 가슴께에 끌어당겨 모으고 앉아 꼼짝을 않는다. 골목에서는 아까부터 담벼락에 쇠공을 던지는 소리가 들려온다. 대여섯 대의 미싱이 들들들 돌아가는 소리도 규칙적으로 들려온다. 곽노가 종양처럼 달라붙어 있는 북쪽 방 바로 아래는 가발 공장이다. 동네 여자들이 이른 아침부터 그곳에 모여 미싱을 돌린다. 인조 가발에 촘촘한 바늘땀을 박아 넣는다. 반지하에 가발 공장을 들인 뒤로 곽노는 미싱을 돌리는 소리에서 헤어나지 못한다. 미싱 소리가 두통까지 일으킬 만큼 지긋지긋하지만 다달이 받아먹는 월세 때문에 내보내지도 못한다. 반지하가 그저 구획 구분 없이 휑하니 넓기만 한 공간이라서 살림을 하는 이들을 들일 수도 없다. 살림하는 이들을 들여서는 지금 월세만큼 받아먹을 수도 없었다.

'기어이 벽을 부수어놓겠구나.'

곽노의 육체에 균열이 지듯 움직임이 감돈다. 곽노는 손으로 더듬더듬 벽을 짚고 일어선다. 미닫이 창문을 힘껏 민다. 드르륵 소리를 내며 창문이 반쯤 열린다. 사절지만 한 창에는 마름모꼴을 반복·교차해서 짠 쇠창살이 쳐져 있다. 쇠창살 그림자가 곽노의 얼굴에 그물처럼 드리워진다. 곽노는 쇠창

살에 바짝 머리를 들이민다. 전봇대에 가로막혀 곽노의 시야가 골목 안으로 시원하게 뻗어나가지 못한다. 그래봐야 차 한 대가 겨우 드나들 만큼 좁고, 3, 4층 높이의 다세대 주택이 다닥다닥 모여 있는 골목이다.

"쇠공을 던지지 말아라."

가래로 들끓는 곽노의 목소리가 골목에 울린다.

"쇠공을 던지지 말아라."

쇠공을 던지는 소리가 뚝 끊긴다. 골목 안이 미싱 돌아가는 소리로만 채워진다.

곽노는 흰 면 소재의 잠옷이나 다름없는 웃옷 주머니에서 약봉지를 꺼낸다. 약봉지는 네 개나 된다. 불투명한 봉지마다 알약이 다섯 알씩 들어 있다. 가래를 가라앉혀주는 약도 있고, 소화를 촉진하는 약도 있다. 피를 맑게 정화시켜준다는 약도 있다. 매 식후 30분마다 한 봉지씩 약을 복용해야만 한다. 곽노는 어제 점심부터 약을 복용하지 않고 있다. 똑같은 성분과 분량의 약을 복용해온 것이 벌써 7개월째다. 곽노는 목구멍에서 들끓는 가래 때문에 숨을 쉬는 것은 물론 밥알을 넘기는 것조차 여의치 않다. 병원에서는 폐의 기능이 무너지며 동반되는 현상이라고 했다. 오로지 가래 때문에 지난봄에는 병원에 두 달간 입원을 하기도 했다. 산소마스크에 의지해 숨을 들이쉬고 내쉬며 지내야 했다. 병원에 입원하던 날 곽노는 몸무게가 무려 38킬로그램까지 내려가 있었다. 폐가 무너지기 전까지만 해도 68킬로그램대를 유지하고 있었다.

곽노는 손으로 약봉지를 뜯어 알약들을 장판지에 쏟아놓는다. 알약들은 노랗고 빨갛고 하얗고 파랗다. 우연히도 겹치는 색이 없다. 곽노는 장판지를 들춘다. 곰팡내가 풍기며 시멘트 바닥이 드러난다. 시멘트 바닥에는 포도나무 줄기가 뻗어나간 듯한 금이 번져 있다. 곽노는 씨앗이라도 심듯 금 안쪽에 알약들을 억지로 쑤셔 넣었다.

골목에서는 또다시 담벼락에 쇠공을 던지는 소리가 들려온다. 곽노는 쇠공이 자신의 등뼈에 와서 박히는 것만 같다.

"쇠공을 던지지 말라고 하지 않았냐."

곽노는 어느덧 창문에 매달려서는, 괄약근을 한껏 조이며 소리를 내지른다. 괄약근이 다하면 명이 다한 것이라고들 하지 않는가. 소리는 풀처럼 끈적거리는 가래에 막혀 목구멍 밖으로 온전히 터져 나오지 못한다.

곽노가 쇠공과 신경전을 벌이기 시작한 것은 한 달 전부터다. 한 달 전부터 정오만 되면 어김없이 담벼락에 쇠공을 던지는 소리가 들려왔다. 적어도 열 살은 먹은 사내아이일 거라고 곽노는 확신한다. 쇠공은 꽤나 힘 있게 담벼락에 부딪친다. 곽노는 쇠공이 담벼락에 부딪치는 순간, 천지사방이 뒤흔들리는 것을 느낀다. 그리고 그것은 어쩌면 부동의 상태인 자신의 육체만이 겨우 감지해낼 수 있는 미세한 흔들림일지도 모른다고 생각한다.

 곽노는 창문을 닫으려다 말고 건넛집 창문을 바라본다. 창문은 완강하게 닫혀 있다. 그림자 한 점 얼씬거리지 않는다. 며칠 전 곽노는 건넛집 창문으로 관(棺)이 들어가는 것을 목격했다. 사다리차가 골목에 들어왔다. 사시사철 굳게 닫혀 있던 건넛집 창문은 활짝 열려져 있었다. 관은 사다리차에 실려 창문턱까지 끌어올려졌다.

 "관이군…… 관이야……"

 곽노는 창문에 악착같이 매달려 관이 창문으로 들어가는 것을 지켜보았다.

 "뭐가요?"

 때마침 속옷을 챙겨 북쪽 방으로 든 아내가 곽노에게 새치름하게 물어왔다.

 "저 집 창문으로 관이 들어가고 있잖아."

 "저게 무슨 관이라고 그래요."

 "저것이 관이 아니고 뭐야."

 "장롱이구만요. 어쩜, 자개장이네요. 고풍스럽기도 해라. 십장생이 다 있네요."

 아내의 말대로 관 안에서는 금조개 껍데기를 조합해 만들어낸, 해 산 물 돌 구름 소나무 불로초 거북 학 사슴이 노닐었다.

 "그래 당신 눈에는 장롱도 관으로 보이는가 보군요."

곽노는 아내의 서울말이 그날따라 귀에 거슬렸다. 아내는 본적이 이북 개성이기는 해도 서울 사대문 안에서 태어나고 자랐다. 그러니 잠꼬대를 하면서도 서울말을 꼬박꼬박 쓰는 것을 탓할 수 없었다. 아내는 똑같은 서울 한복판이지만 사대문 안에서 살던 시절을 호시절이라 생각하고 있다. 여태도 그 시절을 그리워하며 꽃 피는 봄마다 처형들과 창경궁이나 경복궁, 덕수궁으로 나들이 다닌다. 언제부턴가 곽노는 아내가 여태 그리워하는 무엇인가가 남아 있다는 사실에 분노를 느꼈다. 노욕이야…… 노욕. 전화통을 붙들고 서울 말씨를 꼬박꼬박 써가며 세상 돌아가는 이야기를 하는 것만 들어도 노욕이라는 비난이 저절로 나온다. 세상 돌아가는 이야기래봐야 고작 처형네들의 대소사에서 벗어나지 못했다.

"쇠공을 던지지 말아라."

곽노는 창문을 닫고 무너지듯 주저앉는다. 목구멍에서 들끓는 가래를 고르며 분홍색 에나멜 밥상을 흘겨본다. 아내가 멸치 국물에 한 주먹 말아놓은 국수는 퉁퉁 불어 터져 있다. 곽노는 국물을 두어 숟가락 떠먹고는 밥상을 구석으로 밀쳐놓았다. 국수 가락을 못 넘길 만큼 가래가 심하지는 않았지만 그렇게라도 아내에게 불편한 심기를 통보하고 싶었다. 닭 모래주머니만 한 종지 속, 육젓이 풍기는 짜고 비린 냄새가 북쪽 방 공기 중에 퍼져 있다. 곽노는 그 냄새가 자신의 허물어져가는 육신에서 기인한 것만 같아 신경이 쓰인다.

정오경, 아내는 북쪽 방에 에나멜 밥상을 들여놔주고는 방문을 굳게 닫아버렸다. 방문에 매달려 있는 구릿빛의 문고리는, 죽은 자의 잇몸에 박혀 녹슬 줄 모르는 금니만 같다. 곽노는 아내가 우족을 사들고 집으로 돌아올 때까지는 북쪽 방문이 절대로 열리지 않으리라는 것을 알고 있다. 언제부턴가 곽노는 스스로 북쪽 방문을 열지도, 닫지도 않는다. 슬쩍이라도 문고리를 움켜쥐어본 적도 없다. 북쪽 방문은 하루 온종일 기껏해야 대여섯 차례밖에는 열리지 않는다. 아내가 밥상이나 속옷을 들고 북쪽 방으로 들 때만 겨우 열리는 것이다. 아내는 북쪽 방을 나갈 때면 문을 굳게 닫는 것을 절대로 잊지 않았다. 세계를 이분(二分)하듯, 북쪽 방문으로 그녀의 세계와 곽노의 세계를 철저히 나누려들었다.

곽노는 아무래도 건넛집 창문으로 들어간 것이 장롱이 아니라 관이라고 기어이 믿고 싶다. 십장생 문양을 정성스레 짜넣은 관이었다고.

숨통을 틀어막는 가래 때문에 거동마저 불편해지는 것을 지켜보며 아내는 속으로 쾌재를 불렀을 것이다. 아내는 적어도 내가 인간다운 모습을 보일 것이라고 믿었을 것이다. 늙고 병들어 의지할 데라고는 아내밖에 없는 것도 사실이었다.

곽노는 아내와 자신이 이분(二分)된 것이 오로지 종교 때문이라고 믿고 싶다. 곽노는 70 평생을 이분과 대립으로 점철된

세계에서 살아왔지만, 자신과 아내의 이분만큼이나 철저하고 지속적인 예를 보지 못했다. 그것이 명분이든, 이념이든, 사상이든, 국가든 필요에 따라 적당히 타협하고 적당히 결속하지 않았던가.

아내는 첫째를 낳고 어느 날 갑자기 천주교 세례를 받더니, 남편인 곽노로부터 자신을 분리해내기 시작했다. 절대자 앞에서는 부모도 남편도 자식도 어쩔 수 없는 '개별자'라는 것이 아내의 주장이었다. 더구나 절대자 앞에서 겸손하지 못한 곽노는 결성(缺性)된 자일 수밖에 없었다. 별다른 취미 생활이 없어서였는지 몰라도 아내는 나이가 들수록 천주교에 의지하고 집착했다.

"하긴요, 지구의 이치와 우주의 이치를 깨우친 사람인데 하느님이 뭣에 필요가 있겠어요."

천주교에 대해 냉담으로 일관하는 곽노를 아내는 그렇게 비꼬고는 했다. 지구의 이치와 우주의 이치라니…… 곽노는 아내가 그렇게 비꼴 때마다 불덩이가 식도에서 이글거리는 것 같은 분노를 느꼈다. 엄밀히 말하자면, 그것은 아내에게가 아니라 스스로에게 느끼는 분노이기도 했다. 곽노는 32년하고도 8개월 동안 중학생들에게 지구과학을 가르쳤다. 지구과학은 말 그대로 지구를 대상으로 한 학문이었다. 아내는 오로지 곽노가 아이들에게 지구과학을 가르친다는 이유만으로, 지구뿐 아니라 우주까지 싸잡아서 비꼬았던 것이다. 곽노는 단 한 번도 스스로가 지구와 우주의 이치를 깨우쳤다고 생각해본 적이 없었다. 지구와 우주에는 인간에 의해 미처 밝혀지지 않은 원리들이 사막의 모래알만큼이나 무수히 널려 있었다. 곽노가 32년 내내 아이들에게 가르쳐온 원리는, 한 알의 모래만큼도 안 되는 지극히 미미한 원리에 불과했다. 그 한 알의 모래만큼도 안 되는 원리를 가지고 32년여 동안이나 교사라는 직분을 안일하게 누려오지 않았던가. 직분이 가져다주는 다달의 급여와 안락한 생활 또한 보장받지 않았던가. 더구나 그 원리라는 것도 내가 스스로 깨우친 것이 아니라, 오로지 암기에 불과한 백과사전적 지식이 아니었던가. 언젠가 중앙아시아에서 지진이 났을 때도 아내는 지구와 우주의 이치를 운운하며 곽노를 맹렬히 공격했었다.

"당신은 저것이 순전히 지구의 자연적인 작용 때문이라고 믿겠지요."

곽노는 굳이 반발하지 않았다. 아내의 말을 긍정해서가 아니라, 지진이 휩쓸고 지나간 참혹한 광경이 곽노에게 두려움은커녕 아무런 감정의 동요도 불러일으키지 않았기 때문이었다.

곽노는 아무래도 천주교의 영결함이 부담스럽다. 아내가 감탄해 마지않는 영결함이 헛된 의식처럼 보일 뿐이다. 그러나 막연한 냉담이 영결함 때문이라고는 할 수 없었다. 아내가 설령 다른 종교에 집착을 보였다고 해도, 똑같이 냉담할 수밖에 없었으리라.

곽노는 장판지에 오른손 엄지손가락을 대고 태양과 태양을 중심으로 도는 아홉 개의 행성을 그려 넣는다.

지구과학을 가르치며 곽노가 두려웠던 것은, 지구와 우주에서 벌어지고 있는 현상들이 곽노에게 일각의 공포심도 불러일으키지 않는다는 데 있었다. 지진과 화산 따위는 곽노에게 그다지 흥미로운 현상이 아니었다. 허다한 재앙들은 자신의 육신 밖에서 벌어지는, 자신과 무관한 현상들일 뿐이었다.

곽노는 지구와 우주에 대해서뿐만 아니라, 스스로에 대해서도 눈곱만치의 흥미와 감탄을 가졌던 적이 없다. 우주의 팽창은 곽노 자신을 더욱 미미한 존재로 만들 뿐이므로, 스스로에게 어쩔 수 없이 무심해질 수밖에 없다고 합리화하고는 했다. 곽노의 그런 태도는 아내와 두 자식에 대해서도 마찬가지였다. 우주의 팽창 속도가 초속 71킬로미터였던가. 아내가 피에타 상 앞에서 자식들의 행복과 영광과 번영을 위해 힘써 기도하는 동안, 곽노는 힘써 자식들에 대한 기대와 욕심을 버렸다. 자식들이 제아무리 발버둥을 쳐봐야 평교사인 자신보다 나을 것도, 못할 것도 없다고 일찌감치 체념해버렸다. 외려 자식들이 체념과 순응을 일찌감치 터득하기를 바라지 않았던가.

그래서였을까. 곽노는 32년하고도 8개월의 교직 생활을 평교사로 만족해야 했다. 그뿐 아니라, 뇌 속에 각인시켜둘 만

한 제자 한 명 두지 못했다. 교사 생활의 마지막 2년 8개월은 침묵과 체념 속에서 교단 가꾸기로 소일했어야 했다. 곽노가 평교사로 정년퇴직한 것에 대해 아내가 더없는 원망과 서운한 감정을 가지고 있다는 것을, 곽노는 모르지 않는다. 지구의 이치와 우주의 이치를 깨달은 사람이라고 비꼬면서도 아내는 남편의 사회적인 위치에 대해서만은 연연해하지 않았던가. 그것이 종교심과는 무관할 수밖에 없는 아내의 자존심이지 않았던가.

아내는 틀림없이 북쪽 방을 연옥이라고 믿고 있을 것이다. 폐의 기능이 다한 내 육신이 연옥에서마저도 거할 수 없게 될 때, 마침내는 지옥의 유황불로 떨어지는 것인가. 유황의 불길에 타 죽지 않기 위해서라도 북쪽 방에 악착같이 달라붙어 있어야 하는 것인가.

곽노가 지구과학을 가르치며 그나마 흥미를 가진 대상이 있다면 광물과 광석이었다. 기상과 지진, 해양에 비교하자면 광물은 얼마나 실재적이고 분명하며 규칙적인가. 대기 속에서 일어나는 현상인 구름·바람·기온·기압·눈·비는 지나치게 즉흥적이고 변화무쌍하다. 구름과 바람은 변화의 모티프 속에 있다. 어느 순간에 바뀌어버릴지 모를 '모양'에 불과하다. 그리고 그것들은 손에 움켜쥐고서 관찰할 수가 없다. 지진은 재앙이나 다름없다. 지나치게 종교적이라는 이유만으로도 곽노는 지진이 꺼려진다. 해수의 운동과 물성(物性)을 연구하는 학문인 해양은 광범위한 데다가, 곽노는 '물'이라는 물질에 대해 이유 없는 거부감까지 가지고 있다.

그렇다고 해서 곽노가 광물을 수집의 대상으로 대한 것은 결코 아니었다. 수집은 집착의 한 방식일 뿐이고, 집착은 쓸데없는 현시욕과 기대를 낳는다. 수집은 이르자면 물욕의 한 방식일 뿐이다. 곽노는 그것이 식물이든, 광물이든, 박제품이든, 우표 따위의 종이 쪼가리든, 예술품이든 동료 교사들이 애써 수집한 물건들을 세상에 내보이고 싶어 안달하는 것을 흔히 보아왔다. 늙어서까지 그것들이 마치 자신들의 잃어버렸던 뼈나 장기(臟器)라도 되는 양 집착하는 모습은, 노욕으로밖에 보이지 않았다.

곽노는 오로지 암기의 대상으로서만 광물에 흥미를 가질 뿐이었다. 동료 교사들이나 학생들, 아내와 자식들 앞에서 무심히 침묵을 지키고 있을 때도 곽노는 광물의 종류들을 목 안에서 달달 외우곤 했다. 그래봤자 광물의 종류가 무려 2천4백 종이나 되는 데다가 매년 25종의 신종 광물이 발견되었기 때문에, 곽노가 외우는 광물의 종류는 빙산의 일각에 지나지 않았다. 곽노는 백과사전의 범위 내에서만 설명이 가능한 광물들만을 암기하였고, 그 흥미라는 것도 백과사전의 범위 내에서 만족하는 수준에 그쳐버렸다.

굳이 광물로 치자면, 북쪽 방은 철광석을 닮았다.

한 덩이의 철광석만 같다.

철광석에는 적철광과 자철광, 갈철광이 있는데 북쪽 방은 적철광에 가깝다. 광물은 저마다 고유의 색채를 띠는 법이고, 한 덩이의 적철광과도 같은 북쪽 방의 색채는, 하루 온종일 철흑색이나 적갈색에서 벗어나지 못한다. 그것도 오후에 잠시 적갈색이 감돌 뿐 대부분은 철흑색을 띤다. 서쪽이나 동쪽을 조금도 끼지 않은, 정북쪽을 향해 나앉아 있는 방이니 그럴 수밖에 없을 것이었다.

적철광은 추상, 판상, 엽편상, 인상, 마름모꼴의 결정을 이룬다. 곽노는 그중에서도 북쪽 방의 결정은 판상(板牀)이라고 자부한다. 꽃잎을 겹겹으로 겹쳐놓은 것만 같은 집합체. 곽노는 판상이라고 중얼거리며 자신의 기억력이 아직은 녹슬지 않았다고 자부한다. 하긴 30년을 내내 암기하고 다니던 지식이 아니었던가.

그런데 예사롭지 않은 것은, 금속성의 광택이 북쪽 방 공기 중에 빛처럼 떠돈다는 사실이다. 아내로서는 도무지 감지해낼 수 없는 빛을, 곽노는 사그라져가는 육신으로 기어이 포착해내고 있었던 것이다. 곽노는 빛의 근원지가 거울이라고 확신한다. 거울의 표면이 부단히 발산해내고 있는 빛 때문이라고…… 북쪽 방의 한쪽 벽면을 3분의 1이나 차지하고 있는 직사각형 거울은, 40년도 더 되었다. 단 한 군데도 금이 가지 않았지만, 이미 거울로서의 기능이 다해 형체를 온전히 비추어내지 못한다.

거울의 생명은, 형체를 고스란히 비추어내는 데 있다. 형체를 고스란히 복원시키고 반복해내는 데 있다.

그러나 북쪽 방의 거울은 형체를 실제보다 과장할 뿐만 아니라, 기이하게 일그러뜨린다. 곽노는 거울이 비추어내는 자신의 육신이 소름 끼칠 만큼 못마땅하다. 한낱 거울 따위가 자신의 육신에 쓸데없이 과장과 환(幻)을 불어넣는 것만 같아서다. 늙고 쪼그라든 육신을 놀리듯 착시 현상을 구현해내고 있는 것만 같아서다.

거울의 표면에 떠오르는 곽노의 육신은 실재 육신보다 부옇게 살이 올라 있고, 경계가 모호하게 흐려져 있다. 어디 그것뿐인가. 끊임없이 부동을 지향하는 육신에 물결이 번지는 것 같은 움직임까지 부여하고 있지 않는가. 흘러내리는 것만 같은 착시 현상을 불러일으키고 있지 않은가. 곽노는 필멸에 이르려는 육신의 과장을 조금도 원치 않는다. 광물을 변형시키는 것이 시간이듯, 곽노는 자신의 육신을 변형시킬 수 있는 것 또한 오로지 시간뿐이라고 확신한다. 시간이 불러일으키는 육신의 변형에는 얼마든지 순응할 수 있다. 곽노는 자신의 육신이 적철광에 함유되어 있는 철 성분만 같다. 북쪽 방을 용광로에 넣고 가열하면 1500℃까지 끓어오르며 뼈와 살과 저하된 장기들이 녹아내릴 것만 같다. 철이 분리되듯, 북쪽 방에서 분리되어 물처럼 유동할 수 있을 것만 같다.

철흑색으로 꺼져 있던 북쪽 방에 불그스름한 기가 감돈다. 곽노는 고개를 외로 꼬고 거울을 쏘아본다. 거울은 부동자세에 든 곽노의 육신을 일그러뜨리며 부단히 흘러내리고 있다.

광물은 곽노가 그나마 흥미를 둔 대상일 뿐만 아니라 자식들에게 얼마든지 거리낌 없이 이야기할 수 있는 대상이기도 했다. 곽노가 자식들에게 광석에 대해 이야기라도 할라치면 아내는 눈썹을 사납게 추어올리고는 했다. 곽노는 왜 그런지는 몰라도 지구와 우주에서 벌어지고 있는 현상이나 원리에 대해서는 자식들에게 이야기하는 것이 꺼려졌다. 예를 들자면 지진이나 사막화, 행성들 간의 질서 따위에 대해서는…… 마치 그럴듯한 환상이나 잠언이라도 끼워 넣어서 이야기해야 할 것 같은 강박 때문이었다. 아내는 내가 한갓 광물이 아니라 보다 원대한 것에 대해 이야기하기를 바랐을 것이다. 그런데 원대하다는 것은 도대체 무엇인가.

아내는 광물로 치자면 납이다. 금에로의 변형을 꿈꾸는 납. 연금술을 통해 납을 금으로 변환시킬 수 있다고 믿었던 인간의 욕망은 얼마나 어리석은가. 광물의 변형은 인간의 의지 바깥에 있다. 인간이 기원전부터 연금술에 집착해왔지만 도료와 착색이라는 가공 기술밖에 더 낳았는가. 그것은 눈속임에 지나지 않는다.

애야, 쇠공을 던지지 말아라……

곽노는 목 안에서 중얼거리며 꾸벅꾸벅 존다. 자신의 육신을 그나마 살아 움직이게 하는 장기가 다름 아닌 폐인 것만 같다. 심장, 간, 위 따위의 장기들을 관장하는 역할을 폐가 하고 있는 것만 같다. 이를테면 폐의 기능 여부에 따라 다른 장기들도 더불어 기능하고 있는 것만 같다. 폐 기능이 왕성해지면 다른 장기들의 기능도 왕성해지고, 악화되면 다른 장기들의 기능도 악화되고야 만다. 곽노가 그토록 자신하던 위마저 폐가 무너지자 허무하게 무너져내리지 않았는가. 위도 폐처럼 점점 오그라들고 있다. 마비되고 있다.

애야, 쇠공을 던지지 말아라……

곽노는 거울 속으로 들어가 눕는 꿈을 반복해서 꾼다. 거울 속은 혀가 벼락처럼 설 만큼 차갑다.

쇠공을 던지지 마라……

곽노는 폐를 토하듯 격하게 숨을 토해놓는다. 아내가 아직 돌아오지 않았는지 북쪽 방문 너머에서는 아무 소리도 들려오지 않는다. 평소에 곽노는 문틈으로 새 들어오는 소리로 아내의 일거수일투족을 짐작한다. 소리만으로도 아내가 뭘 하고 있는지를 훤히 꿰뚫는다. 북쪽 방에 든 뒤로 시력이 급격히 떨어지는 것과는 달리, 청력은 예민하게 살아나고 있다. 소리를 감각하는 수십 개의 바늘이 귓속을 그득 채우고 있는 것만 같다.

오전 나절에도 아내는 처형들 중 한 명과 30분이 넘도록 전화 통화를 했고 아내의 목소리는 고스란히 곽노의 두 귀까지 전해져왔다.

"언니, 황홀이 뭐요? 더 늦기 전에 황홀이라는 것을 맛보아야 할 텐데 말이에요."

아내는 그토록 종교적인 일상을 살아왔으면서도 황홀이라는 것을 한 번도 맛보지 못했단 말인가. 그토록 영걸한 종교의식들마저도 아내에게 황홀한 순간을 가져다주지 못했단 말인가. 곽노는 아내에게 황홀했던 순간이 단 한순간도 없었을 것이라고는 믿지 않는다. 그것은 황홀했던 순간이 아내에게 없었던 것이 아니라, 아내가 황홀에 대해 무지하기 때문이 아닐까. 그러고도 감히 황홀을 꿈꾸다니.

그렇다면 내게는 황홀했던 순간이 있었던가.

황홀한 순간이 없었다고는 말하지 못하리라. 그러고 보니 곽노에게 황홀경을 맛보게 해준 것은 광물의 집합체인 한 덩이의 퇴적암이었다. 퇴적암의 단면과 마주하던 그 순간, 분명 통제할 수 없는 황홀함을 맛보았었다. 그러니까 20년도 더 전인 그날, 곽노가 어두워져가는 교실에서 들여다보고 있던 것은, 교본으로 삼기에 적합한 퇴적암이 아니라 시간이었다. 시간의 흔적인 선(線)들이 구현해내고 있는 질서였다. 구심력과 원심력에 의해 변형되어온 질서의 극치였다. 고결(固結) 상태이지만 흐르고 있는 것만 같은 질서 앞에서 곽노는 기어이 탄성을 내지르고야 말았다. 곽노가 문득 고개를 들었을 때 시야를 가득 채운 것은 종횡으로 줄지어 선 책상들이었다. 책상들이 만들어내고 있던 질서가 그 순간 얼마나 가볍고 부질없어 보였던가.

그러고 보면, 아내가 내 육신을 북쪽 방으로 내몰아서까지 악착같이 지키고 싶어 하는 질서 또한 얼마나 부질없는가.

곽노는 육신이 짓눌려지는 것 같은 압력을 느낀다. 절벽처럼 가파르기만 한 등허리가 무참하게 짓눌려지는 것만 같다. 육신 속 혈관들이 터질 듯 팽팽하게 당겨지고 부풀어 오르는 것 같다. 순환해야 할 피가 부패를 시작한 유제품처럼 몽글몽글 끓어오르는 듯하다. 우주가 팽창을 지향하는 것과 달리, 광물은 수축을 지향한다. 수축을 거듭해 소멸에 이르려 한다.

그러고 보면 우주는 허다한 것들의 수축을 희생으로 팽창하고 있는 것이 아닐까. 내 육신마저도 수축을 거듭하며 우주의 팽창을 돕고 있는 것은 아닐까. 내 육신 속 폐마저도 우주의 팽창을 위해 희생되고 있는 것은 아닐까.

인간이건 짐승이건 식물이건 광물이건, 종국에는 수축을 거듭해 필멸에 이르게 되어 있다. 따지고 보면 크고 사나운 짐승일수록, 그들의 종말은 얼마나 처절하고 비참한가. 진리라는 것이 엄연히 존재한다면 아마도 그런 것이리라.

곽노는 진리를 위반하면서까지 악착같이 살아 있고 싶지

않다.

 곽노가 유난히 혐오하는 암석이 있다면 마그마로부터 고결된 암석이다. 찰나와 승화의 원리로 탄생한 암석들…… 그 암석들에는 시간의 축적이 만들어놓은 고결한 질서가 없다. 그것들의 형식은 즉흥적이며 광기로 넘쳐난다.

 곽노는 아내가 자신을 유배시키듯 북쪽 방으로 내몰았다고 믿고 있다. 가래가 심해지니 북쪽 방으로 옮겨 앉는 것이 어떻겠는가, 하고 곽노가 자조적으로 중얼거렸을 때 아내는 기다렸다는 듯 반색을 하고 나섰다. 곽노는 들끓는 가래 때문에 잠을 온전히 이룰 수 없었다. 가래를 뱉어내야만 겨우 숨을 쉴 수가 있어서였다. 가래로 들끓는 목에서는 흡사 막힌 수도 배관에서 물이 끓는 것 같은 소리가 났다. 아내는 아침마다 곽노 때문에 한숨도 못 잤다는 불평을 잔소리처럼 쏟아놓았다.
"옥계동 언니가 그러대요. 풍수지리상으로도 북쪽이 꼭 해로운 방향만은 아니라고요."
 아내는 뜬금없이 옥계동 처형까지 끌어들여 북쪽 방행(行)을 적극 부추기지 않았던가. 옥계동 처형은 그렇지 않아도 아내가 유독 믿고 따르는 자매였다. 아내는 옥계동 처형이 복인(福人) 중의 복인이라는 말을 입버릇처럼 하곤 한다. 그도 그럴 것이 옥계동 처형은 젊어서부터 옮겨 가는 집마다 값이 급등을 했고, 두 아들을 의사로 키워냈다. 지방에서 대학을 나온 막내딸까지 의사 집안으로 시집을 보내놓고 말년을 해외여행으로 소일하고 있었다.

"예술장이들한테도 북쪽이 좋다고 하지 않아요."

곽노가 별 대꾸가 없자 아내는 예술장이들까지 끌어들여 곽노를 북쪽 방으로 밀어 넣으려 했다. 곽노가 정년퇴직을 하자 아내는 곽노를 아예 눈도 멀고 귀도 먼 상늙은이 취급이었다. 한결같다고도 할 수 있는 곽노의 무심함마저 늙은이의 노망기 섞인 삐침으로 치부하려 들었다. 그런 아내의 태도에서 곽노는 자신의 사회적 기능이 다 되었다는 사실을 씁쓸히 확인받고는, 스스로를 단종된 기계의 부품처럼 느껴야 했다. 아내는 할 수만 있다면 밥상 위의 찌개 자국을 훔치듯, 행주로 내 육신을 훔쳐버리고 싶을 것이다. 곽노는 아무래도 억센 철수세미의 결이 이마며 광대뼈를 거침없이 문질러대고 있는 것만 같다.

북쪽이 딱히 해로운 방향만은 아니라는 아내의 말이, 곽노는 아무래도 북쪽 방으로 치워버려야 할 만큼 그 자신이 아내에게 해로운 존재가 되었다는 뜻으로밖에는 해석되지 않는다. 아내는 모든 사람에 대해서뿐만 아니라 허다한 사물과 허다한 상황에 대해서도 오로지 해로운가, 해롭지 않은가로 구분했다. 기준은 당연히 아내 자신이었다.

북쪽 방으로 들어앉은 지 어느덧 9개월이나 지났는데도,

곽노는 북쪽 방으로 옮겨 앉던 날을 좀처럼 잊을 수가 없다. 그날 곽노의 몸무게는 생전 처음으로 40킬로그램대로 떨어졌다. 체중계의 눈금은 분명 46킬로그램에서 벗어나지 못하고 있었다. 곽노는 체중계에서 내려와 북쪽 방행을 조용히 감행했다. 일상에 필요한 짐들을 북쪽 방으로 옮겼다. 아내와의 육체적인 결합이 끝난 것은 훨씬 더 전이었지만, 그래도 곽노는 아내와 한방을 썼다. 한 무덤에 합장된 관들처럼 나란히 누워 잠들었다. 짐이라고 해봐야 바둑판과 용각산이나 정로환 따위의 약병들과 30년도 더 된 금성 라디오, 동대문시장에서 구입한 혈압계, 가계부, 알로에 화분, 1962년도에 대한교과서에서 발행한 『광물학원론』이 전부였다.

곽노가 북쪽 방에 들어앉게 되자 아내는 좋은 구경거리라도 났다는 듯이 처형들을 불렀다. 복인 중의 복인인 옥계동 처형도 그녀들 속에 있었다. 처형들은 폐의 회복에 눈곱만치의 도움도 안 되는 일제 약(藥) 세 통과 위로의 말을 몇 마디 건넨 뒤 서둘러 북쪽 방을 나갔다. 그녀들은 혹시라도 곽노가 그림자처럼 들러붙어 따라 나오기라도 할까 봐 문지방을 넘어서자마자 서둘러 방문을 닫았다. 방문을 지나치게 꼭 닫음으로써 단절을 알려왔다. 그러나 소리마저 단절할 수 없었고, 아내와 처형들이 한 땀 한 땀 수놓듯 나누는 이야기는 고스란히 곽노에게 들려왔다.

"얘, 아직 죽을 때가 된 것 같지는 않다."

"그러게 얘, 하느님이 사람을 죽이실 때는 피와 살을 말려서 죽이신다는 것을 네 형부 때도 보지 않았니."

"매제도 고생이지만 누구보다 네가 고생이구나."

"저 꼴로 천년만년 살면 어쩌우. 솔직한 심정으로 나는 저이보다 내가 더 불쌍하우. 말년에 병들어 누워 있는 남편 병수발이나 들면서 살게 되었으니 말이우."

아내는 곽노가 북쪽 방 밖으로 나오는 것을 꺼리는 듯, 속옷이며 양말이며 조간신문이며 광물학회지를 부지런히 북쪽 방으로 날랐다. 하루 세 끼의 밥상도 부지런히 날랐다. 성당에 일이라도 있으면 미리 밥상을 들여놔주고 외출을 했다. 곽노는 아내의 그런 수고로움 덕분에 하루 온종일 북쪽 방에만 틀어박혀서도 일상이 가능했다. 대소변은 북쪽 방에 딸린 화장실에서 해결했다. 화장실이라고 해봐야 독방처럼 창문도 없는 곳에 좌변기와 세면대만 설치해놓은 것이 전부였다. 좌변기에 웅크리고 앉으면 세면대가 교수대처럼 목에 와 닿았다. 곽노의 폐가 나빠지기 전 아내는 무슨 예감이라도 있었는지, 쓰지도 않던 북쪽 방에 화장실을 들여놓았다. 자식들 내외라도 찾아오면 화장실이 한 개뿐이라 여간 불편하지 않다는 것이 아내의 주장이었다. 자식들 내외가 찾아와봐야 명절 때뿐이 아니냐는 곽노의 말에, 아내는 웬만한 아파트에도 화장실이 두 개는 된다는 주장을 폈다. 집으로 인부들을 불러들여 북쪽 방에 기어이 화장실을 들여놓았다.

아내는 필경 내가 북쪽 방 밖으로 나가는 것이 싫은 것이다. 그녀의 일상이 침범당하는 것을 원치 않는 것이다. 곽노가 정년퇴직을 하기 전까지 집 안의 질서는 철저히 아내의 소관이었다. 가구들의 질서뿐 아니라 서랍 속 자잘한 도구들의 질서까지도 아내가 관장했다. 곽노는 질서에 순응했다기보다는, 마찰을 방지하기 위해 질서에 순응해왔다. 퇴적암의 단면이 구현해낸 극치의 질서를 목격하고는 오히려 질서에 순응하는 것이 쉬워졌다.

곽노가 정년퇴직을 하고 집에 들어앉게 되자 아내는 성당의 친목 활동에 집착했다. 성지순례를 다녀온 것도 곽노가 정년퇴직을 한 직후였다. 그것이 평교사의 아내로서 도덕적이고 알뜰하게 살아온 날들에 대한 보상이라도 된다는 듯, 아내는 7박 8일간의 성지순례에 드는 여행 비용을 곽노에게 당당히 요구해왔다. 아내는 빈말이라도 곽노에게 함께 갈 것을 권유하지 않았다.

곽노는 방문을 뚫어져라 바라본다. 숨을 들이쉬고 내쉬는 것이 벅차서 그렇지 일어나 걷는 것이 불가능한 것은 아니었다.

골목에서는 또다시 쇠공을 던지는 소리가 들려온다. 곽노는 쇠공이 언젠가는 골목 안의 멀쩡한 담벼락을 무너뜨리고야 말 것이라고 혼잣말을 중얼거린다.

"쇠공을 던지지 마라……!"

비록 숨이 끊어지는 그날까지 속 시원히 팔지 못하고 떠안고 있을 것이지만, 그래도 다세대 주택이 자신의 명의로 되어 있다는 사실에 곽노는 안도한다. 어차피 자신이 죽으면 온전히 아내와 자식들의 차지가 될 테지만 곽노로서는 그래도 의지할 것이 다세대 주택밖에 없다. 곽노가 지금의 다세대 주택을 지어 올린 것은 1990년도였다. 서울 변두리마다 단층집을 허물고 다세대 주택을 짓는 것이 유행이었다. 전세 대란까지 겹쳐 손바닥만 한 땅만 있어도 바벨탑을 쌓듯 층층이 방을 쌓아 올렸다. 집을 소유하고 있다는 것이 대단한 우세가 되었다. 단층집뿐이던 골목 안에도 앞다퉈 다세대 주택이 들어섰다. 자고 일어나면 전날까지 멀쩡하던 집이 감쪽같이 사라지고 없었다. 그리고 그 자리에는 어김없이 3, 4층 높이의 다세대 주택이 들어섰다. 곽노도 아내의 성화에 못 이겨 멀쩡한 집을 부수고 3층짜리 다세대 주택을 지어 올릴 수밖에 없었다. 똑같은 땅에 이왕이면 조금이라도 더 큰 집을 짓고 싶은 욕심이 곽노에게도 아예 없었던 것은 아니었다. 건축비를 감당하느라 은행에 적지 않는 융자까지 져야 했다. 곽노는 1층에 살림집을 내고 2층과 3층에는 원룸 형식의 방을 다닥다닥 들였다. 아내는 도배한 벽지의 풀이 채 마르기도 전에 방마다 세를 놓아 융자를 갚았다. 그때만 해도 세입자가 넘쳐났다. 세입자들로부터 빼낸 전세금으로 은행에 진 융자를 갚았다. 그러나 전세금은 고스란히 빚이 되었고, 융자를 다 갚지도 못했다. 세를 들이고 내보내는 것은 물론 전기세며 수도세를 아내가 다 알아서 처리해왔지만, 곽노는 세를 내보내고 들이는 것이 지긋지긋하기만 하다. 3층의 방 두 칸은 세입자가 이사를 나간 지 한 달이 다 되어가도록 새로운 세입자를 구하지 못하고 있다. 아내는 도배를 새로 했는데도 적당한 세입자가 나타나지 않는다고 불평을 했다. 불평 끝에는 일찌감치 아파트로 옮겨 가지 못한 것을 원망하며 모든 것을 곽노의 탓으로 돌렸다. 그렇지 않아도 은행에 남아 있던 융자를 마저 갚느라 곽노는 퇴직금의 일부를 쏟아 부어야 했다. 곽노는 다세대 주택을 지어 올리며 계단을 가파르게 쌓아 올린 것이 못내 후회스럽다. 계단은 예순일곱 살인 곽노가 난간을 부여잡아만 간신히 오르내릴 수 있을 만큼 좁고 가파르다. 비록 1층이 살림집이긴 해도 아내가 무릎의 관절염을 오로지 계단 탓으로 돌리는 것이, 아주 억지는 아니라는 생각마저 들 정도다.

6월 초순. 곽노는 곧 장마가 찾아올 것이라는 사실이 두렵다. 그렇지 않아도 몇 해 전 장마 때 가발 공장이 물에 잠긴 적이 있었다. 그것은 지금도 곽노에게 끔찍한 기억일 수밖에 없다. 밤새 내린 장대비가 반지하인 가발 공장으로 스며들었다. 미싱이 빗물에 잠기고 가발들이 죽은 쥐 떼처럼 물 위에 둥둥 떠 있었다.

곽노는 육탈이 된 듯 미동조차 하지 않는다. 담벼락에 쇠공을 던지는 소리는 연속해서 들려온다. 곽노는 미싱 바늘이 들들들 자신의 발등 위로 지나가는 것만 같다. 들들들…… 들들들…… 전날 아내는 느닷없이 보라색 보자기와 가위를 들고 북쪽 방에 들었다. 곽노의 목에 보자기를 두르더니 가위를 찰강찰강 부딪쳐가며 머리카락을 잘랐다. 곽노는 그저 얌전히 아내의 거친 가위질이 멈출 때까지 기다려야만 했다. 그렇지 않아도 몇 가닥 안 되는 머리카락이 횡포와도 다름없는 가위질에 잘려 나가는 것을 맥없이 지켜보기만 했다. 아내는 곽노의 청결에 유난히 신경을 쓴다. 벽에 못을 박아 독한 방향제까지 매달아놓았다. 혹시라도 들이닥칠지 모르는 처형과 조카 들 때문이라는 것을 곽노도 모르지 않는다.

 곽노는 바둑판 위의 주황색 빗을 집어 든다. 꽁치의 가시처럼 날렵한 그 빗은, 곽노가 8년 전 중국 여행을 갔다가 하룻밤 묵었던 호텔에서 가져온 것이다. 정년퇴직을 맞은 교사들끼리의 여행이었다. 곽노의 머리카락은 그 빗에 길이 들었다. 곽노는 빗으로 꾹꾹 머리를 눌러 지압까지 한다. 곽노는 갑자기 그때 북경의 요릿집에서 먹었던 동파육 한 덩어리가 먹고 싶다. 몇 시간을 다다단 간장에 졸인 비곗덩어리의 맛이 생생하게 혀끝에서 되살아난다.

 광물은 외계(外界)를 내계(內界)로 끌어들인다. 외계를 압축해 내계에 기록한다. 기록은 색·조흔색·광택·굳기·비중·쪼개짐·단구·점성·자성·발광성 등 여러 방식으로 구현

된다. 만물이 그러하겠지만, 광물의 형성에도 분명한 메커니즘이 존재한다. 곽노는 북쪽 방이 벽면들로 막혀 있지만, 외계로부터 완벽하게 차단될 수 없음을 안다. 북쪽 방은, 북쪽 방을 둘러싸고 있는 외계의 온도와 습도, 소리로부터 끊임없이 영향을 받는다. 고스란히 곽노의 육신에 영향을 미친다. 담벼락에 쇠공을 던지는 소리만 해도 북쪽 방 밖에서 벌어지고 있는 상황이지만, 나를 불안으로 몰아넣고 있지 않은가. 쇠공이 담벼락에 부딪치는 순간 파장된 떨림이, 북쪽 방의 벽들을 지극히 미미한 떨림 속으로 몰아넣고 있지 않은가. 지하에서 돌아가는 미싱 소리가 꾸역꾸역 장판지를 뚫고 올라오고 있지 않은가.

바둑판 위에 풀어놓은 손목시계는 오후 5시를 지나가고 있다. 아내가 우족을 사러 간 것이 오후 2시가 조금 못 되어서였다. 시장은 걸어서 겨우 10분 거리밖에는 안 되었다. 밥상의 국수는 퉁퉁 불다 못해 꾸덕꾸덕 말라가고 있다. 오후 5시 30분이면 잦아드는 미싱 소리들마저도 서둘러 잦아들고 있다. 곽노는 하루 동안 만들어졌을 가발의 개수를 짐작해본다. 아내는 우족 국물이나 퍼 나르며 내가 목숨을 놓을 때까지 북쪽 방에 처박아두려는 속셈이 틀림없다. 내가 병원에 입원해 있을 때도 우족 국물이나 퍼 나르지 않았던가. 아내가 우족 국물을 퍼 나르는 데 썼던, 김칫국이 벌겋게 든 플라스틱 통이 불러일으키던 자괴감을 어떻게 잊을 수 있을까. 아내는 며칠은 그럭저럭 병실에 붙어 있더니 식사 때만 겨우 얼굴을 내비쳤다. 곽노가 거동을 할 수 있게 되자 사나홀에 한 번 손님처럼 찾아왔다가 서둘러 가버렸다. 성당에 가야 한다, 이불을 빨아 말려야 한다, 가스 검침을 해야 한다, 계모임에 다녀와야 한다 등등 핑계거리는 얼마든지 있었다. 아내는 병실에 붙어 있던 며칠 동안에도 곽노를 아예 산송장 취급했다. 가래 때문에 숨을 쉬지 못해 산소마스크를 쓰고 침대에 누워 지내는 동안에도, 아내는 처형들과 창경궁에 나들이를 다녀오지 않았던가.

곽노는 불어 터지다 못해 까맣게 말라 비틀어져가고 있는 국수 가락들이, 아내가 자신에게 퍼붓는 저주 같기만 하다.

"외삼촌……"

곽노는 북쪽 방 밖에서 들려오는 그 소리가 환청일 것이라고 단정 짓는다. 오롯이 살아나는 청각이 창조해낸 헛소리일 뿐이라고.

"외삼촌…… 어디 계셔요……"

거실을 조심스럽게 살피고 다니던 발소리가 북쪽 방문 바로 앞에서 멈춘다. 곽노는 식도에서 끓어오르는 가래를 참으며 육신의 정지를 지향한다.

"외삼촌…… 혹시 안에 계세요……?"

북쪽 방문이 벼락처럼 덜컥 열린다. 어느덧 지극한 정지에 들어 있던 곽노의 육체가 지진에 들듯 가늘게 떨린다.

"누…… 누구냐……!"

"저예요…… 외삼촌……"

조카다. 북쪽 방으로 자박자박 걸어 들어오는 30대 중반의 여자가 조카임을, 곽노는 간신히 알아본다. 그나마도 조카가 죽은 누이를 닮지 않았다면 알아보지도 못했을 것이다. 유독 인중 부분만 닮았을 뿐인데도 조카는 곽노에게 충분히 죽은 누이를 떠오르게 한다. 곽노는 조카의 갑작스런 등장보다는, 북쪽 방문이 저토록 허술하게 열릴 수 있다는 사실이 당황스럽다. 그렇다면 나는 아내가 북쪽 방문에 자물통이라도 채워 두기를 바랐던 것일까. 조카는 새색시처럼 분홍의 투피스를 차려입고 있다. 화사한 분홍빛과, 조카의 머리카락에서 묻어나는 외계의 밝음 때문일까. 곽노는 발각되기라도 한 것만 같다. 그다지 친근하지도 않은 조카에게까지 내 육신을 내보여야 하다니. 서른 중반을 넘겼을 뿐인 조카의 눈에 폐병 든 늙은이의 육신은 얼마나 참혹하고 추해 보일 것인가.

"외숙모는 어딜 가시고 혼자 계세요. 집에 계실 거라고 하시더니……"

그렇다면 아내는 조카의 방문을 미리 알고 있었나. 조카가 찾아오기로 되어 있다는 것을 뻔히 알면서도 우족을 사러 간 것인가.

"우족을 사러 갔다."

"병원에 입원해 계시는 동안에도 못 찾아뵙고 해서 와봤어요. 우족을 사러 가신 거라면…… 곧 오시겠네요."

조카가 주저하면서도 곽노와 서너 걸음 떨어진 곳에 자리를 잡고 앉는다. 두 무릎을 가지런히 모으며 에나멜 밥상 쪽에 흘끗 눈길을 준다. 필경 조카로서 외삼촌인 내가 죽기 전에 한번 찾아뵈어야 한다는 도리로 왔겠지. 그러나 굳이 찾아오지 않는다고 해도 서운할 것도 없는 사이가 아닌가. 조카는 이것저것 몇 마디 묻다가 지폐 몇 장이 든 흰 봉투를 내놓고 그녀의 일상으로 서둘러 되돌아갈 것이다. 북쪽 방 따위는 까맣게 잊겠지. 그러고 보니 곽노는 아내가 며칠 전에 조카 얘기를 잠깐 꺼냈던 것이 기억난다. 걸레질을 하며 곽노가 들으라는 듯 중얼거렸었다. '당신 조카 말예요. 결혼한 지 10년이 다 되도록 아이가 없지 뭐예요. 돈과 일에만 악착같이 매달려 사는 것 같던데…… 젊은 게 뭔 욕심이 그렇게 많은지.' 곽노에게는 그 말이 조카가 돈과 일에만 악착같이 매달려 살아서 아이가 생기지 않는다는 뜻으로 들렸었다.

"너는 여태 아이를 갖지 않는 게 무슨 고집이냐."

곽노는 자신이 아직은 죽을 때가 되지는 않았음을 조카에게 일깨워주기 위해서인 듯 그렇게 묻는다.

"외삼촌도 참…… 그것이 어디 제 고집이겠어요."

"돈도 중하고 일도 중하지만 시어른들께 손자를 낳아드리는 것도 네 도리다."

곽노는 그것밖에는 조카에게 해줄 말이 없다. 몇 마디 내뱉었을 뿐인데도 등골이 오싹할 만큼 기운이 딸린다.

"외삼촌께서 제 혼인날을 잡아주셨잖아요. 한식날로요. 저는 목(木)이고 제 신랑 될 남자는 수(水)라면서 한식날로 날을 잡아주셨잖아요."

그랬었군. 내가 저 애의 혼인 날짜를 다 잡아주었었군.

"그런데 외삼촌······"

"······"

"일평생 심장이 몇 회나 뛰는지 아세요?"

곽노는 수줍음을 많이 타는 조카가 느닷없이 상냥하게 대해오는 것이 부담스럽지만 딱히 싫지만은 않다. 조카로부터 저토록 관대한 웃음을 지어 보이게 만드는 것이 바로, 사그라져가고 있는 자신의 육체임을 모르는 것도 아니었다.

"70세를 기준으로 하면 평생 26억 회를 뛴다고 해요······"

곽노는 조카가 오래전부터 북쪽 방의 한구석에 놓여 있던 정물만 같다. 조카는 완벽하게 북쪽 방에 동화되어 있다. 거울을 정면으로 향하고 앉아 화석처럼 굳어가고 있다. 어쩐 일인지 담벼락에 쇠공을 던지는 소리도 들려오지 않는다. 곽노는 북쪽 방에 기거하는 동안 좀처럼 경험해보지 못했던 평온을 느낀다. 그것은 순금과도 같은 평온함이다. 아내가 그토록 맛보길 소원해 마지않는 황홀함이란 이런 상태가 아닐까. 시간과 공간과 대상이 겉돌지 않고 일체가 되는 상태가 아닐까.

그렇다면 아내는 평생토록 황홀함을 맛보지 못할 것이다. 곽노는 오로지 아내가 당장이라도 들이닥치기라도 해 평온을 깨뜨리지 않기만을 바랄 뿐이다.

곽노는 아무래도 조카의 신랑 쪽 사주가 수(水)가 아니라 화(火)였던 것만 같다. 화의 기운으로 넘쳐났던 것만 같다. 곽노는 지하의 인조 머리칼들이 불의 기운처럼 장판지를 활활 태우며 올라오고 있는 것만 같다.

"아무래도 제가 너무 두려워해서 그렇게 된 것 같아요. 지난봄에 임신을 했었거든요. 3개월이었는데 심장 박동이 멈춰서 들어내야 했어요."

"……!"

"저는 아무래도 자신이 없었어요…… 제 몸이 생명을 키워낸다는 것이요…… 그러니까…… 제 몸이 뭐라고…… 이렇게 형편이 없는데…… 어디 아름답다고 할 수 있는 곳이 한 군데도 없잖아요. 생명을 키워내는 것이 보통 일도 아니고 자신이 없었다고밖에는…… 씨앗만 해도 그래요. 외삼촌…… 저의 그런 두려움이 3개월밖에 안 된 태아의 심장까지 전해졌던 거겠지요……"

곽노는 어쩐지 박동이 멈추었다는 태아의 심장이 조카의 자궁 속에 고스란히 들어앉아 있을 것만 같다. 심장이 변형 모티브를 통해 광물로 승화했을 것만 같다. 광물은 화학적인 성분이 같아도, 생성 당시의 온도나 압력 조건에 따라서 그

결정 구조와 물리적 성질이 전혀 다른 광물이 된다. 금강석과 흑연이 그렇지 않은가. 흑연은 금강석이 될 수도 있었다. 완전한 광물에 이를 수 있었다.

곽노는 흘끔 거울을 바라본다. 조카의 형상이 오롯이 거울에 떠올라 있다. 거울이 연고처럼 흘러내리며 조카의 형상을 기괴하게 일그러뜨리고 있다. 조카는 자신의 육체에 대해 혐오감이라도 가지고 있는 것일까. 설마 절대의 미(美)를 가진 육체만이 온전히 생명을 키워낼 자격이 있다고 믿는 것은 아닐까. 그녀의 육체에 대한 지나친 결벽이 3개월밖에 안 된 심장을 멎게 한 것이 아닐까. 그러나 살과 피가 말라가는 내 육체에 비해 저 아이의 육체는 얼마나 완전한가.

조카의 일그러진 얼굴에 웃음이 번지는 것을, 곽노는 놓치지 않는다. 조카는 거울 속에서 허무하게 흘러내리고 있는 자신의 육체를 빤히 바라보며 만족한다는 듯 웃고 있다. 곽노는 조카의 웃음이 선뜩하다. 저 애가 왜 나를 찾아온 것일까. 저 애는 내 육체를 빌려 소멸이라는 것을 경험해보려고 했던 것일까. 생명도 키워내지 못할 만큼 부끄러운 자신의 육체가, 종국에 어떻게 사그라져가는지 확인이라도 하고 싶었던 것일까.

"외삼촌, 아무래도 가봐야 할 것 같아요. 외숙모께는 다시 찾아뵙는다고 전해주세요."

조카는 북쪽 방에 들 때처럼 갑작스럽게 북쪽 방 밖으로 사라진다. 북쪽 방에는 또다시 곽노뿐이다.

그러나 거울에 떠 있던 조카의 형상은, 아직도 거울 속에 갇혀 쉼 없이 일그러지고 흘러내리고 있다.

곽노는 조카가 한참이나 미동도 없이 앉아 있었던 자리를 물끄러미 바라본다. 평온이 지속되고 있어서인지 아직도 조카가 그곳에 홀연 앉아 있는 것만 같다. 그렇다면 거울에서도 여전히…… 곽노가 훌쩍 돌아다보는 순간, 거울이 무한대의 밀도로 수축을 시작한다. 북쪽 방 안에 그나마 미미하게 떠돌던 빛들이, 급격히 수축하고 있는 거울 속으로 빨려 들어간다. 거울은 눈 깜짝할 새에 소실점만 하게 줄어들어 있다. 크기만 소실점만 한 것이 아니라 존재 유무도 소실점처럼 모호해진 채로, 초고밀도와 초강중력의 상태에 들어 있다. 거울에 흡입된 빛은 그 속에 갇혀 빠져나오지 못한다. 골목에서 쇠공을 던지는 소리가 들려오는 것을 보면, 밖은 아직 환한 낮이 지속되고 있음이 틀림없다. 북쪽 방이 암흑인 것과는 무관하게, 바깥은 빛으로 넘쳐나는 것이 틀림없다.

그런데 우주는 왜 그토록 팽창하고 있는 것인가. 초속 71킬로미터의 속도로 팽창을 거듭하며, 그 안에 거하는 허다한 것들을 이토록 미미한 존재로 만들어버리는 것인가. 조카는 뭘 근거로 그녀의 육체가 생명을 키워내기에는 너무도 보잘것없다는 의심과 확신에 사로잡혀 있는 것인가. 육체에 대한 지나친 겸손과 혐오가 조카를 석녀(石女)로 만들고 있는 것은 아닐까. 그렇다면 우주는 완전한 것인가. 완전한 미에 도달해 있는 것인가. 인간에 의해 증명되고 밝혀졌든 밝혀지지 않았든, 우주의 원리들은 불변하는 진리인 것인가. 완전하기 때문에 신(新)존재들을 그토록 끊임없이 만들어내고 있는 것인가. 허다한 것들의 생성과 소멸에 관여하고 있는 것인가.

'쇠공을 던지지 말아라.'

나흘 새에 곽노는 몸무게가 1킬로그램이 또 내려 38킬로그램밖에 나가지 않는다. 몸무게가 40킬로그램 밑으로 떨어지면서부터 곽노는 몸무게에 공포심을 갖는다. 육신이 끝없이 가벼워져 언젠가는 깃털처럼 가벼워질 것만 같다. 곽노는 몸무게가 또다시 빠져나가고 있는 것을 아내에게는 알리지 않는다. 아내가 그 사실을 알게 되면 처형들에게까지 알려질 것이다. 아내는 자식들을 불러들여 곽노를 병원에 입원시키려 들 것이다.

곽노는 북쪽 방에 든 뒤로 처음이자 마지막으로 거울과 정면으로 마주하고 앉는다. 온 기운을 다해 육신의 부동을 지향한다. 그러나 거울이 비추어내는 육신은 부동을 배반하며 움직임을 갈망한다. 곽노는 백악기 때 존재했던 암모나이트가 화석으로 굳기 직전 발악하듯 내질렀을 움직임이 꼭 그랬을 것만 같다.

곽노는 어쩐지 미싱 바늘 자국이 흉측하게 난 가발들이 북쪽 방 여기저기에 널려 있는 듯하다. 아내는 집으로 돌아오자마자 정육점에서 사온 우족을 밤새 양은 들통에 넣고 핏물을 우려내겠지. 토막 낸 뼈들마다 구멍이 숭숭 뚫리도록 고고 또 골 것이다. 냉장고의 냉동실을 우족 우려낸 물로 채울 것이다.

담벼락에 쇠공을 던지는 소리가 뚝, 그친다. 어린아이의 것 같은 발소리가 골목 밖으로 다급하게 사라진다.

곧이어 늙은 여자의 외마디 비명이 들려온다.

"머리가 깨졌어요……! 머리가 깨졌어요……!"

울부짖는 듯한 목소리는 아내의 목소리 같기도 하다.

"쇠공이 머리를 부쉈어요……!"

쇠공이 기어이 머리통을 부숴놓았어……! 곽노는 일어서려고 해도 뜻대로 되지 않는다. 곽노는 맥박이 느려지고 폐가 쇠공처럼 딱딱하게 굳어가는 것을 느낀다. 미닫이창은 반쯤 열린 채로 있다. 목 안에서는 가래가 걷잡을 수 없이 들끓는다. 숨통을 끊어놓으려고 한다.

곽노는 미닫이창으로 관 같은 것이 들어오는 환영을 본다. 자개로 짠 관이다. 자개로 십장생을 수놓은 관이다.

'그러게 쇠공을 던지지 말라고 하지 않았냐……'

그러나 그 소리는 가래 때문에 목 밖으로 새어 나오지 못한다.

우족을 사러 간 아내는 돌아오지 않고 있었다.

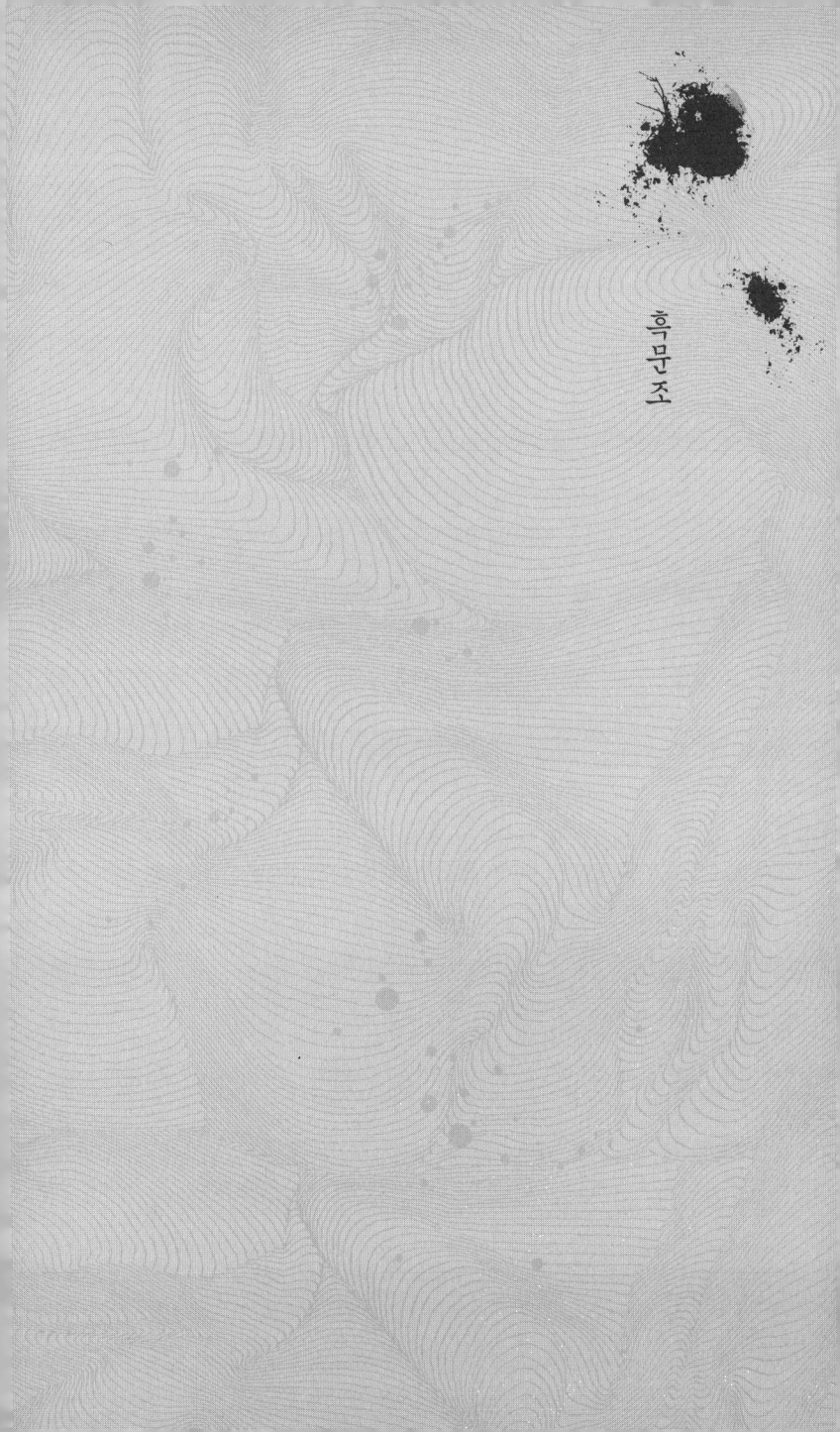
흑문조

1

 이태 전 남편과 나는 집을 한 채 장만했다. 1980년대 초에 지은 단층 양옥이었다. 그 집을 장만하기 위해 청주의 부모님에게 2천 4백만 원의 빚을 져야만 했다. 부모님의 간이나 심장, 폐라도 내다 판 심정이었다. 9월에 그 집으로 이사를 하였다. 이사하던 날 청주의 부모님은 올라오지 않았다. 집 대문과 현관문은 걱정이 될 만큼 낡고 허술했다. 대문은 그렇다 치더라도 현관문은 새로 바꾸어 달고 싶었지만 그러지 못했다. 현관문 열쇠만 바꾸었다. 먼저 부모님에게 진 빚부터 갚아야 한다는 생각 때문이었다. 전에 살던 사람들은 이사를 나가면서 거울과 식칼을 버리고 갔다. 밤이 되어도 집이 낯설어 깊이 잠들지 못했다. 사방천지가 캄캄한 밤, 경유지를 알지 못하는 낯선 버스에 남편과 나 둘만 타고 있는 기분이었다. 아득한 멀미까지 느껴졌다.

이사하고 얼마 지나지 않아 집은 불처럼 타올랐다. 집 담벼락을 울울하게 뒤덮은 담쟁이 잎들이 일제히 활활 타올랐던 것이다. 불꽃이 튀듯 담쟁이 잎들이 날리기도 했다. 남편은 공연히 담 밑에 서 있다가 뒷목 쪽에 화상을 입었다. 담 밑에서 무슨 생각을 하고 있었느냐고 물어도 그는 대답이 없었다. 유심히 관찰해본 사람이나 알겠지만, 담쟁이 줄기는 불화(火) 자를 그리며 뻗어 나간다. 뿌리에서부터 불화 자를 그리며 줄기들이 뻗어 올라온다. 11월이 되자 담쟁이 잎들은 재처럼 스러져갔다. 남편이 입은 화상도 그럭저럭 가라앉고 있었다.

가을 내내 담벼락에 넘쳐나던 불화 자가 무색하도록 그해 겨울은 몹시도 추웠다. 쩍쩍 금이 가듯 손가락들이 시렸다. 탄식을 내지르면 안개처럼 입김이 피어올랐다. 1년 중 밤의 길이가 가장 길다던 날 밤, 남편과 나는 후후 입김을 불어 집 안을 온통 안개로 뒤덮었다. 그의 새파랗게 질린 얼굴이 안개 위로 둥둥 떠올랐다.

이사한 지 5개월쯤 지난 어느 날, 옆집에 살고 있다는 남자가 우리를 찾아오기도 했다. 옆집은 2층 양옥이었다. 남자는 아무리 못해도 예순 살은 되어 보였다. 보통 체구에 국립중고등학교의 서무과장만큼이나 무료한 표정을 짓고 있었다. 남자는 다짜고짜 우리에게 계단을 허물자고 말했다. 옆집과 우리 집은 골목 끝에 나란히 자리하고 있었는데 한 계단을 쓰고 있었다. 그러니까 계단은 옆집 것이기도 했고 우리 집 것이기도 했다. 계단을 반쯤 올라가 왼편으로 틀면 옆집 대문이, 곧장 올라가면 우리 집 대문이 나왔다. 우리는 남자에게 그렇게 하자고도, 그렇게 하지 말자고도 말하지 못했다. 계단을 허문다는 것이 엄두가 나지 않았다. 우리가 선뜻 동의하지 않자 남자는 조용히 그의 집으로 돌아갔다. 옆집 대문이 끼이익 닫히는 소리가 들려왔다. 다음 날도 남자는 우리를 찾아와 계단을 허물자고 말했다. 우리가 여전히 선뜻 동의하지 않자, 남자는 날마다 우리를 찾아왔다. 언제나 계단을 허물자는 말뿐이었다. 남자는 낮이고 밤이고 집에 있는 것 같았다. 2층 양옥인데도, 옆집에는 남자밖에 살고 있지 않은 것 같았다. 남자 말고는 옆집 대문을 그 누구도 드나들지 않았다. 옆집에서는 어쩌다 텔레비전 소리만 들려올 뿐 사람 소리라고는 들려오지 않았다. 나는 옆집이 1층과 2층을 합쳐 도대체 몇 개의 방을 그 안에 품고 있는지 궁금하기도 했다. 하루는 남자와 계단에서 마주치기도 하였다. 남자는 계단을 내려오고 있었고 나는 계단을 올라가고 있었다. 남자는 내게 계단을 허물어야 한다는 말을 혼잣말처럼 해왔다.

봄이 되자 남편은 주말마다 집으로 손님들을 불러들였다. 문병객들처럼 불쑥불쑥 들이닥치는 손님들 때문에 나는 좀처럼 평온을 찾을 수 없었다. 손님들과 섞여 앉아 있는 남편을 손님으로 착각하기도 했다. 손님들이 돌아가고 난 뒤면, 나는 그들이 남기고 간 흔적을 지우느라 고단하게 손과 발을 놀려야 했다. 아무리 얌전한 손님이라도 어떤 식으로든 흔적을 남기고 돌아갔다. 나는 창문이란 창문은 활짝 열어 공기 중에 남아 떠도는 손님들의 체취까지도 집 밖으로 몰아내야 직성이 풀렸다.

백세주를 두 병 사들고 찾아온 손님도 있었다. 평일 오후라 남편은 직장에 나가고 집에는 나와 손님뿐이었다. 그녀는 백세주를 세 잔쯤 비우고는 훌쩍훌쩍 울기 시작했다. 울음을 그쳐서는 내게 몇 가지 질문을 던졌다. 그녀에게는 더없이 절박한 질문들이었겠지만 안타깝게도 지금 내 기억에 남아 있는 질문은 하나도 없다. 내가 그녀에게 해주었던 대답들 역시 기억이 나지 않는다. 그녀가 평소에 질문을 많이 하는 사람이라면, 나는 좀처럼 질문을 하지 않는 사람이었다. 그녀가 울음을 그치더니 우리 집이 흑문조를 기르기에 좋은 집이라는 말을 해주었다. 그녀가 가고 난 뒤 나는 혼자서 소리 없이 울었다. 내가 왜 울었는지는 모르겠다. 나는 그녀가 반병쯤 남기고 간 백세주를 마저 마시고 거실과 방마다 환하게 불을 밝혔다. 새를 기르고 싶다는 생각을 나는 해본 적이 없었다. 그것은 남편도 마찬가지일 것이었다. 굳이 물어볼 필요까지 없었다. 흑문조라는 이름의 관상용 새가 있다는 사실을 그때 처음 알았다.

흑. 문. 조.

늙고 병든 기사(棋士)의 창백한 손에 쥐어져 있는 검은 바둑돌 이미지가 떠올랐다. 흑문조에 대해 남편에게 별다른 이야기를 하지는 않았다.

8월이 되자 집 지하실이 귀뚜라미 천지가 되었다. 밤새 귀뚜라미들이 울었다. 근원적인 분노 같은 것이 귀뚜라미들의 울음에서 느껴졌다. 남편은 시멘트의 독성과 찌든 곰팡내, 칠흑 같은 어둠이 그런 광포한 울음을 울게 하는 것이라는 나름의 해석을 내렸다. 아무리 그렇다고 해도 저토록 그악스럽게 울어대다니…… 남편은 공포에 질려 했다. 지하실로 가려면 부엌을 통과해야만 했다. 부엌에 지하실로 통하는 외닫이 문이 나 있었다. 그 문을 꼭 닫아두는데도 귀뚜라미는 집 안으로까지 침입해 들어왔다. 부엌 개수대에서, 욕실 세면대에서, 신발장에서 불쑥 튀어 올라 나를 놀라게 했다. 전기밥통이나 냄비 속에서 폴짝 뛰어오르기도 했다. 나는 어쩌다 귀뚜라미를 밟기도 했다. 귀뚜라미는 몸통이 으깨어진 뒤에도 명주실처럼 가느다란 다리들을 감전이라도 된 듯 부르르 떨었다. 그것이 또한 그토록 끔찍할 수 없었다.

8월도 다 갈 무렵, 청주의 부모님이 찾아왔다. 어머니는 유령처럼 지하실을 떠돌면서 살충제를 뿌렸다. 질식해 죽은 귀뚜라미들을 빗자루로 쓸었다. 귀뚜라미들을 쓸기 위해 사람의 몸이 90도로 기우는 것을 나는 그때 처음으로 보았다. 아버지는 낮부터 소주를 한 병 비우고 잠들었다. 낮잠에서 깨어나서는 전에 살던 사람들이 버리고 간 식칼을 갈아주었다. 식칼에 슨 녹들이 쓰적쓰적 쓸려나갔다. 어머니는 죽은 귀뚜라미들을 마당 시멘트 바닥에 수북이 쌓아놓고 불을 질렀다. 귀뚜라미들이 타닥타닥 타들어갔다. 그 연기가 하필이면 옆집 쪽으로 불었다. 귀뚜라미들이 한 마리도 남김없이 타들도록 옆집 남자는 다행히 잠잠했다.

그렇게 1년쯤이 지나자 찾아오는 손님들도 뜸해졌다. 나는 때때로 하루 종일 집에만 머물며 평온에 잠기곤 했다. 백세주를 사들고 찾아왔던 손님은 여전히 전화기를 통해 내게 질문을 던져왔고, 나는 하루나 이틀이 지나면 그녀가 던진 질문을 까마득히 잊어버렸다.

뜬금없이 재산세 독촉장이 날아들었다. 전에 살던 사람 앞으로 온 독촉장이었다. 민방위 훈련 통지서도 날아들었다. 그것 역시 전에 살던 사람 앞으로 온 것이었다. 민방위 훈련 통지서가 날아들던 날, 웬 늙은 남자가 하루 종일 계단에 쪼그리고 앉아 갈 생각을 하지 않았다. 늙은 남자는 꾸벅꾸벅 졸기까지 했다. 그렇다고 늙은 남자를 계단 밖으로 내쫓을 수도 없었다. 이미 말했듯, 계단은 우리 집 것일 뿐만 아니라 옆집 것이기도 했다.

어느 날부터인가 옆집 남자가 우리를 찾아오지 않았다. 옆집 대문은 언제나 굳게 닫혀 있었다. 수도 검침원이 옆집 대문을 두드리다 돌아가기도 했다. 옆집 대문 앞에 이런저런 우편물들이 쌓였다. 우편물들 대부분은 '김상우' 앞으로 온 것들이었다. 김상우는 아무래도 옆집 남자의 이름이 분명했다. 밤이 되면 옆집은 저수지로 가라앉듯 어둠 속으로 가라앉았다. 나는 종종 계단이 무너져내리는 꿈을 꾸었다. 계단은 모래로 만들기라도 한 듯 걷잡을 수 없이, 순식간에 무너져내렸다. 문득 남자의 행방이 궁금해졌다. 남자는 도대체 어디를 간 걸까.

마침내 흑문조를 보았다. 흰 플라스틱 횃대에 두 발을 내딛고 서 있는 흑문조를 보며 계단을 떠올렸다. 계단은 흑문조의 다리만큼이나 좁고 울퉁불퉁했으며 위태로웠다. 흑문조는 한참이 지나도 날 생각을 하지 않았다. 흑문조가 들어 있는 새장을 손으로 툭 건드려보았지만 여전히 횃대에 두 발을 내디딘 채 꼼짝하지 않았다. 그렇다고 흑문조의 두 다리를 부러뜨릴 수도 없는 노릇이었다.

9월이 가고 10월이 가고 11월이 갔다.

옆집 남자가 또다시 우리를 찾아왔다. 남자는 못 보던 몇 달 사이에 10년은 늙어 보였다. 몰라보게 살이 내려 있었고 얼굴은 꺼멓게 타들어가 있었다. 남자는 간암으로 석 달 동안 병원에 입원해 있었다고 했다. 죽을 고비를 두 번이나 넘겼다고 했다. 매일같이 찾아오던 옆집 남자를 영영 못 볼 수도 있었다고 생각하니 기분이 이상했다. 죽음을 두 번이나 극복한 남자는 또다시 우리에게 계단을 허물자고 매달렸다. 남자가 구걸이라도 하듯 매달렸기 때문에 우리는 곤란할 수밖에 없었다. 어떻게든 계단을 허물어뜨려야 한다는 의지가 남자로부터 죽음을 세 번씩이나 극복해내게 한 것이 아닐까. 남자는 매일같이 찾아왔고 여전히 계단을 허물자는 말뿐이었다. 옆집에는 여전히 남자밖에 살지 않는 것 같았다. 그 큰 집에서 남자가 하루 종일 무얼 하며 사는지는 도무지 알 수 없었다.

남자가 죽음을 두 번만이 아니라 세 번 네 번 아홉 번을 극복했다고 해도 계단을 함부로 허물 수는 없었다. 계단을 허물면 옆집뿐만 아니라 옆집 전체가 무너져내릴 수도 있었다. 무너져내리지 않는다고 해도 두 집이 섬처럼 공중에 둥둥 떠 있는 꼴이 되어버리고 말 것이다. 지상에서 우리 집 대문턱까지는 그 높이가 적어도 3미터는 되었다.

어느 일요일인가, 남자는 허락도 없이 우리 집 거실에까지 쳐들어와 손님처럼 우두커니 서 있기도 했다. 귀신이라도 본 듯 깜짝 놀라 하는 우리에게 남자는 역시나 계단을 허물자는 말뿐이었다. 남자의 모습이 거실 벽에 걸어놓은 거울에 고스란히 떠올라 있었다. 전에 살던 사람들이 버리고 간 거울이었다. 남자가 가고 난 뒤 남편은 거울을 뒤집어 걸었다. 거울이 벽을 향하도록 한 것이다.

지하철에서 우연히 옆집 남자를 만나기도 했다. 지하철이 새절역과 증산역 수색역 월드컵경기장역 마포구청역을 지나치는 내내 남자는 계단을 허물자는 얘기만 했다. 지하철에 타고 있던 사람들이 남자와 나를 바라보는 것이 느껴졌다. 남자는 다행히 망원역에서 내렸다. 나는 삼각지역까지 갔다. 남자는 망원역에서 내려야만 하는 피치 못할 이유가 있었을 것이다. 내가 삼각지역에서 내려야만 하는 피치 못한 이유가 있었던 것처럼. 그 피치 못할 이유가 무엇이었는지는 잘 모르겠다. 전에 살던 사람 앞으로 재산세 독촉장이 또다시 날아들었다. 그런 와중에서도 바로 앞 빌라에는 사람들이 이사를 나가고 이사를 들어왔다. 밤마다 아이들이 떠드는 소리, 개 짖는 소리, 텔레비전 소리, 싸우는 소리, 주차하는 소리 들로 시끄러웠다.

어쩌다 보니, 청주의 부모님께 진 빚을 아직 갚지 못하고 있었다.

2

1월 초, 보일러 기계가 밤새 말썽을 부렸다. 보일러 기계는 당장이라도 터져버릴 듯 탱크 소리를 냈다. 옆집 남자에게도 그 소리가 들렸을 것이었다. 남편과 나는 김구이와 콩자반과 계란찜으로 아침을 먹고 보일러 기사를 불렀다. 보일러 기사는 집을 잘 찾지 못했다. 남편과 무려 다섯 통화나 하고 나서야 제대로 찾아올 수 있었다. 그날은 마침 남편이 근무하지 않는 토요일이었다. 보일러 기사는 대문을 부술 듯 흔들었다. 보일러 기사를 탓할 수만도 없었다. 집은 위치상 찾기가 그리 쉽지 않았다. 집 주변에 이렇다 할 상징적인 건물이 없는 데다가 대로로부터도 멀찍이 떨어져 있었다. 집까지 오는 동안 거쳐야 하는 골목들은 더구나 비탈까지 졌다. 나는 보일러 기사에게 대문을 열어주기 위해 마당으로 나갔다. 옆집 남자가 담 너머에 서서 우리 집 마당을 건너다보고 있었다. 남자는 밤새 잠을 못 잔 얼굴이었다. 남자는 대문을 열고 나와 계단을 한 층 한 층 무너뜨리기라도 하듯 밟으며 내려갔다.

보일러 기계는 부엌 아래 지하실에 있었다. 보일러 기사는 부엌을 통과해 냉기가 감도는 지하실로 내려갔다. 보일러 기사는 아무래도 보일러 배관에 문제가 발생한 것 같다는 진단을 내렸다. 남편과 내가 걱정했던 보일러 기계에는 아무런 문제가 없다고 했다. 보일러 기사는 서두르는 태도로 출장비를 요구했다. 남편과 나는 어쨌든 출장비를 지불할 수밖에 없었다.

"그렇다면 밤새 말썽을 부린 것이 보일러가 아니라 보일러 배관이었군."

남편은 더 난감한 상황에 부닥쳤다는 표정으로 말했다. 배관공을 불러야 했지만 남편은 작은방으로 들어가버렸다.

점심때가 다 되도록 남편은 작은방에 틀어박혀 나오지 않았다. 남편은 이 집으로 이사를 온 뒤로 취미로 동판화를 배우고 있었다. 남편은 동판 위에 쓸데없는 선(線)들만 그어댔다. 송곳처럼 뾰족한 것이 동판 위를 지나가는 소리가 정적뿐인 집 안에 떠돌았다. 그것은 가늘고 낮은 비명 소리처럼 들리기도 했다. 작은방은 서북쪽으로 나앉아 있어서 대낮에도 형광등을 켜두어야 할 만큼 어둑하다. 내가 작은방의 문을 열었을 때 남편은 형광등도 켜지 않은 채 동판만 빤히 들여다보고 있었다. 가로 20센티미터, 세로 15센티미터의 동판은 온통 남편이 그어놓은 선들 천지였다. 무수한 선들을 통해 남편이 궁극에는 무엇을 그리고 싶어 하는지, 나는 굳이 물어보지 않았다.

나는 점심에 구워 먹을 조기의 비늘을 긁어내다 말고 배관공을 불렀다. 기껏 비늘을 벗겨낸 조기를 비닐봉지에 넣어 도로 냉동실에 처박아버렸다. 냉동실은 지느러미를 잘라내고 비늘을 벗겨낸 조기들로 넘쳐났다.

배관공은 부른 지 30분도 지나지 않아 들이닥쳤다. 위치를 묻는 전화 한 통 없이 용케 이 집을 찾아온 것이었다. 계단 아래에 배관공이 몰고 온 은회색 봉고차가 세워져 있었다. 배관공은 40대 중반의 왜소한 남자였는데, 역삼각형 얼굴에 축 늘어진 녹색 점퍼를 입고 있었다. 배관공의 한쪽 손에는 검은색 007가방이 들려 있었다.

"터진 보일러 배관을 찾는 것이 문제이겠군요."

배관공은 남편과 내가 지켜보는 앞에서 007가방을 열어 보였다. 그 안에는 1970년대식 소니 라디오처럼 묵중하고 둔탁하게 생긴 기계가 들어 있었다. 아마도 '물'의 기운을 감지하는 기계 같았는데, 남편도 나도 그 기계에 대해 별다른 호기심을 보이지 않았다. 배관공은 그 기계에 촉수처럼 달려 있는 장치를 바닥 가까이 들이대고서는 거실과 큰방, 작은방, 부엌, 욕실을 차례로 살피며 돌아다녔다. 남편이 그림자처럼 배관공의 뒤를 조용히 따라다녔다.

나는 남편과 배관공에게 집을 맡기고 외출했다. 이모들 중 한 명이 병원에 입원을 해 문병을 다녀와야 했다. 다른 날 문병을 가도 되었지만, 귀찮은 상황을 남편에게 떠넘기고 싶은 마음도 있었다. 이모가 입원해 있는 병원은 집에서 버스로 네 정거장밖에 안 되었다. 몇 년째 유방암을 앓아온 이모는 버려진 듯 홀로 병실을 지키고 있었다. 이모는 처참하게 야윈 몰골로 내게 뭐라고 뭐라고 물어왔다. 이모와 청주의 어머니는 무척이나 닮아 있었다. 죽음을 앞둔 어머니의 모습과 미리 마주한 것만 같아 나는 침울해졌다. 이모는 내게 자꾸만 뭐라고 뭐라고 물어왔지만, 좀처럼 알아들을 수가 없었기 때문에 아무런 대답을 해주지 못했다. 서둘러 문병을 끝내고 병원 앞 정원으로 나가 오래 앉아 있었다. 정원은 바위와 사철나무 들로 꾸며져 있었다. 검고 반들반들한 바위마다 환자복을 입은 늙은 남자들이 턱을 괴고 앉아 있었다. 늙은 남자들은 마치 박제된 흑문조들 같았다. 옆집 남자를 꼭 닮은 늙은 남자도 있었다. 그 늙은 남자는 다행히도 잠들어 있었다.

집으로 돌아가는 길에 새를 파는 상점에 들렀다. 나는 며칠 전부터 흑문조를 한 마리 기를까 고민하던 중이었다. 마침 내가 눈여겨봐둔 흑문조가 있었다. 그날 나는 될 수 있으면 새장과 함께 흑문조를 사들고 집으로 돌아갈 계획이었다. 그러나 아쉽게도 흑문조를 사려던 계획을 접어야만 했다. 내가 마음에 들어 했던 흑문조의 왼 다리가 감쪽같이 사라져버린 것이었다. 흑문조는 오른 다리만으로 횃대 위에 서 있었다. 금방이라도 횃대 아래로 떨어질 듯 위태로워 보였다. 나는 쓸데없이 카나리아의 값만 물었다. 흑문조의 멀쩡하던 왼 다리가 사라진 사연을 주인 여자에게 묻고 싶었지만, 나는 질문하는 것을 그리 즐겨 하는 사람이 아니었다. 흑문조의 왼 다리는 어쩌면 잿빛 깃털들 속에 감춰져 있는지도 몰랐다.

내가 집을 비운 동안 배관공은 작은방에 한 군데, 욕실에 한 군데의 구멍을 파놓았다. 배관공은 가버리고 집에는 남편 혼자 있었다. 남편은 배관공이 내일 다시 오기로 했다고 알려주었다. 터진 보일러 배관이 잘 찾아지지 않았다고, 남편은 배관공을 두둔하듯 말했다. 세면대를 사용해서는 안 된다는 주의를 주기도 했다. 배관공이 세면대와 연결된 보일러 배관을 건드려놓았기 때문에 배수가 원활하지 않다는 설명이 이어졌다. 시멘트 먼지가 집 안 공기 중에 떠다니고 있었다. 나는 슬쩍 작은방으로 들어가 동판을 들여다보았다. 셀 수 없이 많은 선들이 얽히고설켜 있었다. 한 개의 선 속에 무수한 선들이 겹쳐져 있기도 했다. 배관공이 구멍을 파는 동안 남편은 작은방에 틀어박혀 동판 위에 선들만 그어댄 것이 분명했다. 남편이 긋고자 하는 선이 단 한 개의 직선일 수도 있겠다는 생각이 들었다.

나는 시멘트 먼지 속에서 마른국수를 삶고 멸치 국물을 끓였다. 멸치 국물에 국수를 말아 남편과 나누어 먹었다. 남편은 국수를 젓가락으로 건져 입으로 가져가며 내일 산행이 있다고 말했다. 오래전부터 우인들과 북쪽의 산을 오르기로 약속이 되어 있다고 말했다. 남편은 국수를 반이나 더 남기고 작은방으로 들어가버렸다. 채반에는 삶은 국수가 아직도 세 뭉치나 남아 있었다. 옆집 남자에게 국수를 한 그릇 가져다줄까 하다가 그만두었다. 남자는 어차피 계단을 허물자는 말만을 건네올 것이 분명했다. 송곳 같은 것이 동판 위를 미끄러지는 소리가 또다시 집 안에 떠돌았다. 나는 텔레비전을 틀어 그 소리를 잠재웠다. 채널을 아무리 돌려도 텔레비전에서는 볼만한 프로를 하지 않았다. 남편은 자정이 지나서야 작은방에서 나왔다. 채반에서는 삶은 국수가 까맣게 말라가고 있었다.

남편과 나는 침대로 올라가 천장을 바라보고 나란히 누웠다. 막 잠들려는 내게, 남편은 뜬금없이 배관공이 정직해 보인다고 잠꼬대처럼 중얼거렸다. 나는 그 말이 그다지 듣기에 좋지 않았다. 어쩐지 남편이 나를 의심이 지나친 사람으로 몰고 있는 것 같았다. 나는 남편을 향해 등을 돌리고 누웠다. 8월이 되면 지하실은 귀뚜라미 천지가 되겠지…… 올해도, 내년에도, 내후년에도…… 귀뚜라미가 걷잡을 수 없이 불어날 때마다 청주의 부모님을 불러야 하는 것은 아닌가. 그러고 보니 청주의 부모님은 평생 당신들의 명의로 된 집 한 채 갖지 못하고 이 집 저 집 옮겨 다니며 전세를 살고 있었다. 이태가 지나도록 부모님에게 진 빚 2천 4백만 원 중에서 겨우 8백만 원밖에 갚지 못했다.

 이튿날 배관공은 아침 일찍 늙은 남자를 한 명 데리고 들이닥쳤다. 남편은 날이 밝자마자 등산 가방을 짊어지고 집을 나섰다. 배관공과 늙은 남자는 곡괭이 따위의 연장들을 부지런히 집 안으로 날랐다. 배관공은 어제 들고 왔던 007가방을 또다시 들고 왔다. 나는 그 가방이 마음에 들지 않았다. 나는 배관공에게 터진 보일러 배관은 언제쯤 찾을 수 있는지 물었다. 배관공은 터진 보일러 배관이 한 군데가 아닐 수도 있다는 대답만 해왔다. 배관공은 터진 보일러 배관이 두 군데면 공사비 또한 두 배로 올려 받을 수밖에 없다고 했다. 공사비에 대해서라면 남편과 전날 이야기가 다 되었다고 했다. 남편이 전날 뜬금없이 보일러공이 정직해 보인다는 말을 왜 했는지를 그제야 알 것 같았다.

배관공은 늙은 남자에게 뭔가를 지시한 뒤 욕실에 들었다. 세면대 밑에 파놓은 구멍 앞에 무릎을 꿇고 앉았다. 구멍을 뚫어져라 들여다보았다. 30분이나 지나도록 배관공은 구멍 앞에서 꿈쩍을 하지 않았다. 늙은 남자는 아무래도 기술이 없어 보였다. 발소리를 울리며 부엌과 욕실만 두서없이 오갔다.

 나는 골목에 쓰레기를 버리고 왔다. 배관공이 몰고 온 은회색 봉고차가 계단 밑에 세워져 있었다. 남편과 나, 둘만 사는 데도 날마다 쓰레기가 산더미처럼 쌓였다. 쓰레기를 버리는 일만 아니라면 그래도 하루하루가 지금보다는 훨씬 편하지 않을까. 나는 계단을 오르다 말고 문득 고개를 틀어 북쪽을 바라보았다. 남편은 북쪽의 산을 한참 오르고 있을 것이었다. 북쪽의 산은 아파트들에 가려 봉우리조차 보이지 않았다. 북쪽의 산은 해발 7백 미터였다. 계단을 마저 올라가려는데 옆집 남자가 계단 위에서 나를 내려다보고 있었다. 남자는 마치 심판이라도 하듯 나를 내려다보고 있었다. 남자는 지금도 죽을 고비를 넘기고 있는 중인지도 몰랐다.

 내가 쓰레기를 버리고 오는 동안 배관공은 부엌 장판지를 들추고 구멍을 두 군데나 파헤쳐놓았다. 배관공이 파헤쳐놓은 구멍은 그렇게 해서 네 군데나 되었다. 그것으로도 모자라는지 배관공은 부엌과 욕실 사이에도 구멍을 파놓았다. 저렇게 계속 구멍만 파대다가는 바닥이 구멍 천지가 되어버리지 않을까.

"어째 잘 찾아지지 않는군요."

배관공이 또다시 작은방 문턱 쪽에 구멍을 파는 동안, 늙은 남자는 검은 고무장화를 신고 나타났다. 늙은 남자는 고무장화를 신고 집 안을 심란하게 돌아다녔다. 배관공이 늙은 남자에게 고무장화를 벗으라고 주의를 주었는데도 벗지 않고 고집을 부렸다. 배관공은 늙은 남자를 당숙이라고 불렀다. 늙은 남자는 역시 기술이 없어 보였다. 배관공에게 방해가 될 정도로 우왕좌왕할 뿐이었다. 곡괭이를 들고 쓸데없이 지하실만 들락거렸다.

배관공이 파놓은 구멍들 때문에 집 안에서의 내 동선은 엉망이 되었다. 집의 질서가 흐트러졌다. 고스란히 드러난 보일러 배관들을 바라보는 것도 곤혹스러웠다. 보일러 배관마다 녹 뭉치가 거머리처럼 달라붙어 있었다. 집을 내게 맡기고 북쪽의 산을 오르고 있는 남편이 원망스러웠다.

배관공은 아예 욕실의 물건들을 모조리 욕실 밖에 내놓았다. 좌변기 아래 타일을 깨고 구멍을 파기 시작했다. 목욕 바구니에서 귀뚜라미가 불쑥 뛰쳐나왔다. 귀뚜라미가 내 발쪽으로 팔딱팔딱 뛰어왔다. 나는 소리를 내질렀다. 내 비명 소리를 듣고 늙은 남자가 나타났다. 고무장화 신은 발을 번쩍번쩍 들어 올리며 귀뚜라미를 쫓았다. 귀뚜라미를 향해 고무장화 신은 발을 내리밟았다. 귀뚜라미는 그러나 고무장화 신은 발이 자신을 짓뭉개려는 순간 폴짝 뛰어올랐다. 귀뚜라미는 늙은 남자를 놀리듯 잘도 도망쳐 다녔다. 늙은 남자는 땀까지 흘리며 귀뚜라미를 쫓았다. 배관공은 구멍을 뚫느라 늙은 남자에게는 신경도 쓰지 않았다. 마침내 늙은 남자의 고무장화 신은 발이 귀뚜라미를 정확하게 내리밟았다. 몸통이 으깨어진 귀뚜라미가 촉수와 다리를 바르르 떨고 있었다. 늙은 남자가 나를 보고 스스로가 대견하다는 듯 웃었다. 나는 도망치듯 큰방으로 들어와버렸다.

어쩌면 배관공도 기술이 없기는 마찬가지 아닐까. 곳곳에 구멍을 파놓은 뒤 무책임하게 가버리기라도 하면 어쩌는가.

터진 보일러 배관을 잘 찾지 못한다고 해서 배관공과 늙은 남자의 점심을 굶길 수는 없었다. 배관공과 늙은 남자에게 점심으로 자장면을 시켜주었다. 마른국수라도 삶아주고 싶어도 부엌에서 음식을 만든다는 것이 엄두가 나지 않았다. 배관공이 여기저기 구멍을 파느라 장판지를 들추어놓은 데다가 깨진 시멘트 조각들이 어지럽게 널려 있었다. 배관공과 늙은 남자는 더러운 손으로 나무젓가락을 움켜쥐고 자장면을 입으로 꾸역꾸역 밀어 넣었다. 배관공은 뜬금없이 부엌 바닥에 심어진 보일러 배관을 전부 교체해야 할 거라는 충고를 했다. 보일러 배관들이 너무 낡아서 언제 또 이런 성가신 일이 발생할지 모른다는 것이 배관공의 설명이었다. 늙은 남자는 허겁지겁 자장면을 먹으면서도 고무장화를 벗지 않았다. 고무장화를 벗지 않기 위해 엉거주춤한 자세로 쪼그려 앉아 있었다.

전화기가 울렸다. 하도 심란해 전화를 받지 않았다.

식탁이 놓여 있던 자리에 사람 머리만 한 구멍이 파였다. 구멍은 죽은 고슴도치의 시체처럼 보이기도 했다.

또다시 전화기가 울렸고 나는 여전히 심란하였지만 전화를 받을 수밖에 없었다. 작년 어느 날인가 백세주를 두 병 사들고 찾아왔던 손님이었다. 그녀는 이런저런 이야기 끝에 내게 백세주를 들고 찾아왔던 날을 상기시켰다. 그녀는 내가 그녀에게 해주었던 대답이 무척이나 도움이 되었다고 말했다. 내 대답이 무척이나 따뜻했었다는 말도 덧붙였다. 그녀는 뒤늦어 내게 고마워하고 있었다. 나는 내가 뭔가 그녀에게 잘못을 했다는 생각이 들었다. 내가 뭔가 잘못 살아가고 있다는 생각까지 들었다. 그만 전화를 끊고 싶었지만, 그러지 못했다. 전화 통화를 한 지 30분이 다 되어가는데도 그녀는 여전히 내게 하고 싶은 말이 많은 듯했다. 배관공이 정직해 보인다던 남편의 말이 문득 떠올랐다.

"그쪽도 알겠지만…… 그쪽에게 늘 고마워하고 있어요."

그녀는 또다시 내게 질문을 던져왔다. 질문이 어려웠지만, 나는 이런저런 대답을 해주었다. 그녀는 몇 마디 질문을 더 던진 뒤 기어이 내 대답을 듣고서야 전화를 끊었다. 그런데 그녀가 조금 전 내게 뭐라고 물어왔던가. 나는 급격히 우울해졌다. 나는 배관공과 그가 데리고 온 늙은 남자를 당장이라도 집 밖으로 내쫓고 싶었지만 그렇게 하지 못했다. 내가 전화

통화를 하는 동안 배관공은 쌀통을 옮기고, 냉장고가 놓여 있던 자리에 세숫대야만 한 구멍을 파놓았다. 배관공이 당숙, 당숙 하며 늙은 남자를 불렀지만 늙은 남자는 대꾸조차 하지 않았다. 늙은 남자는 아무런 기술도 가지고 있지 않은 것이 분명했다.

배관공이 나를 불러 구멍에 반 바가지 정도 차오른 물을 보여주었다.

"물이 새 나오는 것이 보이지요?"

배관공은 득의양양해했다. 포도나무 줄기 같은 보일러 배관에서 물이 뿜어져 나오고 있었다.

"내가 뭐라고 했습니까."

배관공은 냉장고를 들어내야 할 것 같다고 했다. 냉장고 밑을 지나가는 보일러 배관에서도 물이 새고 있는 것이 틀림없다고 말했다. 배관공이 냉장고 문짝을 활짝 열더니 그 안의 김치통 따위를 밖으로 꺼냈다. 나는 마치 배관공이 내 복부라도 가르고 그 안의 위나 간, 폐 같은 장기를 꺼내는 것만 같은 기분이 들었다. 냉장고에서 꺼내놓은 김치통 따위로 부엌 바닥은 엉망이 되었다. 배관공은 이참에 부엌 바닥에 깔린 보일러 배관들을 전부 교체할 것을 권유하였다. 배관공은 언제 또 보일러 배관이 터질지 모른다며 나를 또다시 겁주었다. 배관공과 늙은 남자가 협심을 해 냉장고를 옮겼다. 늙은 남자가 힘껏 냉장고를 미는 순간, 냉동실 문짝이 열리며 그 안의 쾅 쾅 언 조기들이 쏟아졌다.

"당숙, 만선(滿船)이군요. 하하하."

배관공이 늙은 남자를 바라보며 농담을 했다.

나는 부엌에서 나와 큰방으로 들어가 꾸벅꾸벅 졸았다. 배관공이 큰방까지 쳐들어올까 봐 겁이 나기도 했다. 큰방의 바닥에까지 구멍을 뚫어놓으면 이 집에서 내가 편하게 머물 곳이 없었다. 나는 문고리의 잠금장치를 소리 나지 않게 눌렀다. 그런데도 불안한 마음은 가라앉지 않았다. 잠이 쏟아졌지만 침대로 올라가 눕지도 못했다. 배관공이 일부러 집 이곳저곳을 부수어놓는 것은 아닌가. 수선만 떠는 늙은 남자까지 꼭 데리고 왔어야 했는가. 하루 만에 끝마칠 일을 이틀까지 연장한 것은 아닌가. 아직은 멀쩡한 보일러 배관들을 억지로 교체하려는 것은 아닌가. 청주의 부모님에게 전화를 넣고 싶었지만 선뜻 전화기가 들어지지 않았다. 아버지는 그렇지 않아도 가는귀가 먹어서 묻고 또 물어올 것이다. 이 집을 팔고 다른 집으로 이사하라는 권유를 들을까 봐 걱정이 되기도 했다. 그러나 무엇보다 미처 갚지 못한 빚이 마음에 걸렸다. 집과 배관공, 늙은 남자를 내게 떠맡기고 북쪽의 산으로 올라간 남편이 원망스러웠다.

시멘트 바닥을 망치로 쿵쿵쿵 내리치는 소리가 부엌 쪽에서 들려왔다. 집 전체가 지진에라도 든 듯 흔들렸다. 잠깐 졸았을 뿐인데 꿈을 꾸었다. 내가 사려고 했던 흑문조가 꿈에 나타났다. 흑문조는 오른 다리마저 잃고 허공에 떠 있었다. 허공에 떠 있기 위해 악착같이 날갯짓을 했는데, 그래봤자 밥통만 한 새장 안이었다. 흑문조의 두 다리가 감쪽같이 사라진 것이 쥐의 짓이라는 여자의 목소리가 들려왔다.

"회색 쥐가 흑문조의 오른 다리를 뜯어 먹었지요."

나는 목소리가 들려오는 쪽을 향해 훌쩍 고개를 돌렸다. 새를 파는 상점의 주인 여자가 나를 물끄러미 바라보고 있었다. 주인 여자의 벌어진 입에서 좁쌀 껍질이 부글부글 끓어오르고 있었다. 주인 여자는 흑문조를 사가지 않은 내 행동을 원망하는 표정이었다. 흑문조가 오른 다리마저 잃은 것이 내 탓이라도 된다는 말인가? 내가 흑문조를 사가지 않아서란 말인가?

"홀딱 뜯어 먹고 발톱만 남겨두었지 뭐예요."

"……"

"새는 머리가 나빠요. 새장 속에 들어서도 쥐한테 다리를 뜯어 먹힌다니까요. 죄다 뜯어 먹히고 대가리만 달랑 남아 있기도 하지요."

"그렇다면……"

나는 잠시 뜸을 들이다가 흑문조 값을 치르겠다고 주인 여자에게 말했다.

"어머나, 흑문조 값을요?"

주인 여자가 반색을 하며 누 눈을 동그랗게 떴다.

하필이면 그 순간에 꿈에서 깨어났다.

나는 흑문조 값이 궁금했다. 그렇다고 흑문조 값을 모르는 것도 아니었다. 내가 사려고 했던 흑문조 값은 2만 5천 원이었다. 그렇지만 어쩐지 현실에서의 흑문조 값과 꿈속에서의 흑문조 값이 다를 수 있겠다는 생각이 들었다. 더구나 두 다리를 쥐에게 홀딱 뜯어 먹힌 흑문조가 아닌가. 두 다리가 멀쩡히 있는 것과 없는 것이 어떻게 같을 수 있겠는가.

흑문조 때문에 마음이 편치 않았다. 꿈속에서처럼 오른 다리마저 사라지기 전에 흑문조를 사와야 하지 않을까. 늙은 남자가 나를 부르는 듯한 소리를 들었지만 꼼짝하지 않았다.

밖이 소란했다. 창문을 조금 열고 밖을 내다보았다. 배관공과 옆집 남자가 계단에 서서 큰소리로 떠들어대고 있었다. 옆집 남자가 배관공에게 뭐라고 뭐라고 떠들어댔다. 옆집 남자는 아무래도 계단을 허물어야 한다는 소리를 하고 있는 것 같았다. 옆집 남자는 어째서 배관공에게 그런 쓸데없는 말까지 하는가. 왜 계단을 허물어뜨리지 못해 저토록 안달복달을 하는가. 늙은 남자는 시멘트 포대를 등에 짊어지고 계단을 힘겹게 오르고 있었다. 시멘트 포대의 무게 때문에 늙은 남자의 몸은 앞쪽으로 꼬꾸라질 듯 기울어져 있었다. 더구나 무릎까지 올라오는 고무장화를 신고 계단에 한 발 한 발 내딛는 것이 힘겨워 보였다. 당장이라도 계단 아래로 굴러떨어질 듯 비틀거리기까지 했지만, 배관공도 옆집 남자도 늙은 남자를 도와주려고 하지 않았다. 배관공은 못마땅하다는 표정으로 늙은 남자를 흘끔흘끔 바라보기만 했다.

나는 창문을 닫고 옷을 갈아입었다. 벌써 오후 5시였다. 남편이 한참 북쪽의 산에서 내려오고 있을 시간이었다. 남편이 어쩐지 북쪽의 산에 함께 올랐던 우인들을 이끌고 집으로 들이닥칠 것만 같았다. 한동안 집에 손님이 뜸했던 것도 사실이었다. 나는 일부러 거실 텔레비전을 켜두었다. 딱히 신경을 쓴 것은 아닌데 성장을 한 꼴이 되었다. 전화기가 또다시 울렸지만 받지 않았다.

부엌 안을 슬쩍 들여다보았더니, 배관공이 세숫대야만 하게 파놓은 구멍 앞에 무릎을 꿇고 앉아 있었다. 두 손을 무릎 위에 올려놓고 구멍을 뚫어져라 들여다보고 있었다. 체구에 비해 손이 기형적으로 커다래 보였다. 구근과도 같이 불거진 마디들 때문일 것이었다. 배관공이 정직해 보인다던 남편의 말이 또다시 떠올랐다. 배관공은 구멍으로 물이 홍건히 차오르기만을 기다리고 있는 듯했다. 나는 배관공에게 뭔가 질문을 던지고 싶었지만, 그 어떤 질문도 떠오르지 않았다.

늙은 남자는 작은방에 있었다. 배관공이 허투루 파놓은 구멍들을 시멘트 반죽으로 메우고 있었다. 빨간 고무 대야 그득 시멘트 반죽이 개어져 있었다. 시멘트 반죽을 퍼 구멍에 흘려 넣던 늙은 남자는 내 달라진 옷차림을 알아차리고는 고개를 갸웃거렸다.

옆집 남자가 가만가만 비질을 하고 있는 계단을 내려갔다. 골목을 내려가다 말고 문득 뒤를 돌아다보았다. 옆집 남자는 여전히 계단을 쓸고 있었다.

새를 파는 상점은 집에서 두 정거장 정도를 걸어가면 있었다. 나는 새들 사이에서 내가 사려고 했던 흑문조를 찾았다. 흑문조는 횃대 위에 웅크리고 앉아 있었다. 나는 흑문조가 날아오르기만을 기다렸지만 꼼짝을 하지 않았다. 지난번에 봤을 때 의심했던 것처럼, 흑문조가 정말로 왼 다리를 잃었는지 궁금했다.

"흑문조 값이 얼마지요?"

"2만 원에 줄게요."

한 달 전에 물었을 때보다 무려 5천 원이나 깎인 값이었다. 그렇다면 5천 원은 쥐가 뜯어 먹어버린 왼 다리에 해당하는 값인가. 내가 아무 말이 없자 주인 여자는 흑문조 값을 더 깎아줄 수 있다고 했다.

"1만 5천 원에 줄 테니 저 흑문조를 가져가요."

그렇다면 꿈속에서처럼 오른 다리마저 쥐에게 뜯어 먹혔단 말인가. 새장을 손으로 툭 건드려보았지만 흑문조는 미동도 하지 않았다.

"어떻게, 흑문조를 사겠어요?"

"다음에…… 다음에 사러 올게요……"

나는 상점을 나왔다. 등 뒤에서 주인 여자의 울음소리가 들려왔다. 주인 여자는 찌르르르찌르르르 울었다. 그 울음소리는 내게 흑문조가 언제까지나 살아서 기다려줄 것 같으냐는 소리로 들렸다.

등 너머에서 흑문조가 푸드덕 날아오르는 날갯짓 소리가 아득히 들려왔지만 나는 뒤를 돌아다보거나 하지는 않았다. 대신에 북쪽을 물끄러미 올려다보았다. 북쪽은 소실점처럼 멀기만 했다. 나는 집 쪽으로 발걸음을 재촉했다.

3

내가 우려했던 대로 계단은 감쪽같이 사라지고 없었다. 우리 집과 옆집 대문 아래는 그대로 깎아지른 절벽이었다. 배관공이 계단 밑에 세워놓았던 은회색 봉고차도 가버리고 없었다. 남편이 집에 돌아왔는지, 돌아오지 않았는지 도무지 알 수 없었다. 우리 집도 옆집도 어둠 속으로 조용히 가라앉고 있었다.

그러고 보니 내 나이 마흔세 살이었다.

청주의 부모님에게 진 빚은 아직 다 갚지 못했다.

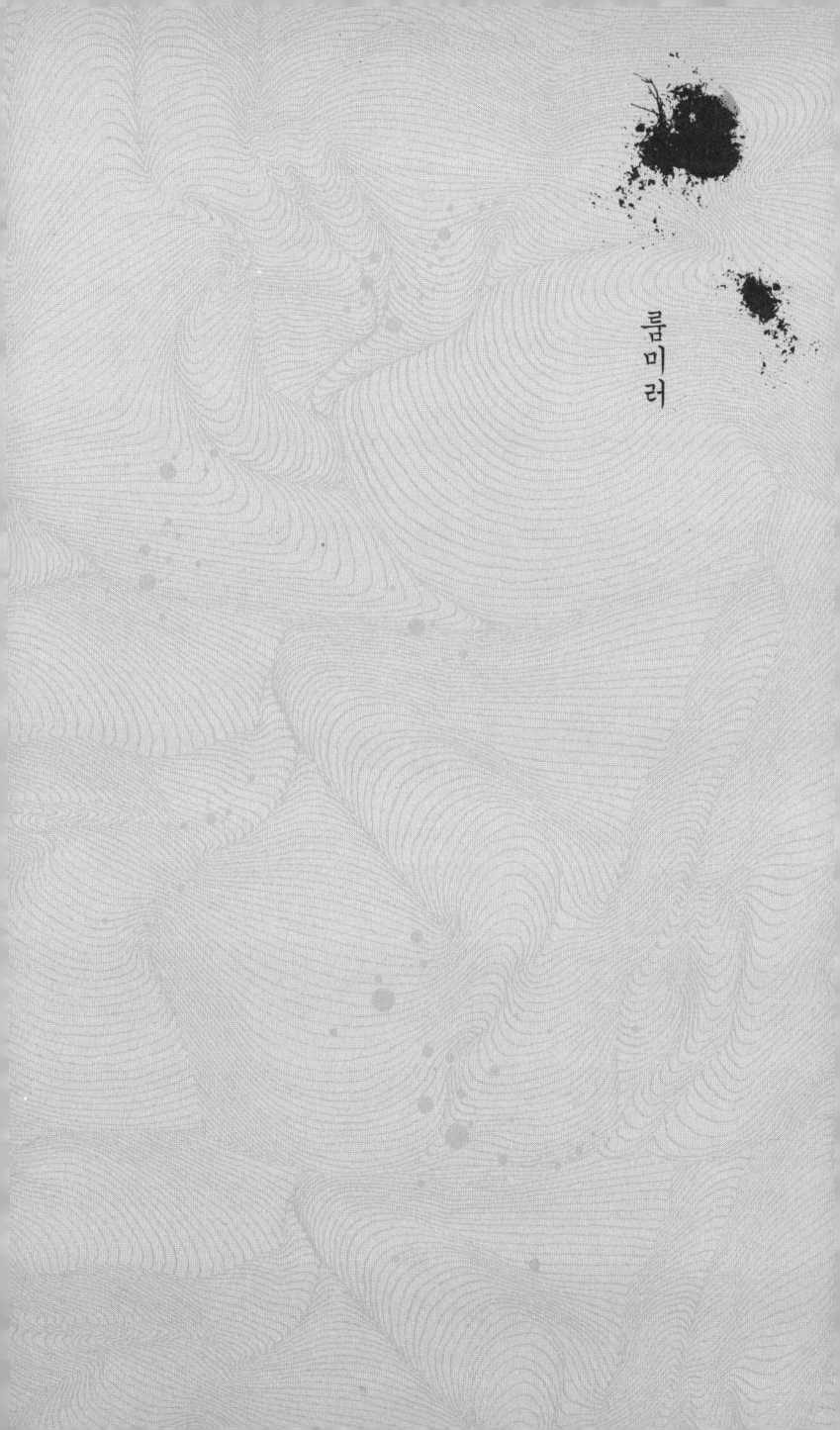

름
미
러

아이들이 마침내 잠들었다. 우리에게는 아이가 둘 있었다. 둘 다 사내아이였다. 남편이 운전을 하고 나는 조수석에, 아이들은 뒷좌석에 타고 있었다. 횡단보도에서 신호를 받고 서면서 그는 룸미러로 아이들을 흘끔 살폈다. 그는 얼마 전 320밀리미터 와이드 룸미러를 새로 달았다. 보통 룸미러보다 면적이 확연히 넓고 모서리마다 90도로 각이 져 있었다. 아이들이 잠결에 뒤척거리는 소리가 간간이 뒷좌석에서 들려왔다. 남편은 차선을 바꾸면서도 룸미러로 뒷좌석의 아이들을 흘끔 살폈다. 아무래도 아이들이 깨어나기라도 할까 봐 조마조마해하는 것 같았다. 아이들이 뒤척이는 소리가 들려올 때마다 그의 두 눈동자가 흘끔 룸미러를 향하고 얼굴이 긴장하듯 굳었던 것이다. 아이들이 깨어나면 차 안이 시끄러워질 것이었다. 연년생인 아이들은 차에 타자마자 저희들끼리 치고받고 싸우며 떠들었고, 남편과 나는 아이들이 어서 잠들기만을 기다렸다.

토요일, 오전 근무를 하고 온 남편은 지쳐 보였다. 두 달 전 그는 불가피하게 직장을 옮겼다. 직장을 또 옮겨야 하는 불상사가 발생하지 않도록 하기 위해 그는 거의 매일 야근을 했다. 아이들이 잠들어 있는 시간에 출근을 해 아이들이 잠들어 있는 시간에 퇴근을 했다. 간혹 사무실에서 내게 전화를 걸어와 아이들이 잠들었는지를 물어오고는 했다.

전날도 남편은 밤 9시쯤 사무실에서 집으로 전화를 걸어왔다. 내가 전화를 받자마자 다짜고짜 물었다.

"아이들은 잠들었나?"

아이들이 아직 잠들지 않았다고 말하자 남편은 3, 4초간 침묵하다가 전화를 끊었다. 침묵하는 동안 짜증 섞인 한숨 소리를 내뱉기도 했다. 아이들은 좀처럼 잠들지 않으려고 했다. 잠들지 않으려는 아이들을 잠재우는 것은 여간 성가스럽고 힘에 부치는 일이 아니었다. 저희들 스스로 잠들 때까지 내버려두는 것이 가장 속 편했다. 밤 10시가 조금 넘어 남편은 집으로 또다시 전화를 걸어왔고 나는 아이들이 막 잠들었다고 말했다.

"그렇군."

남편은 그렇게 중얼거리고는 전화를 끊었다. 40분쯤 지나 남편은 집에 돌아왔다. 그의 직장에서 집까지는 차로 30분 거리였다. 나는 거실 소파에서 텔레비전을 보다가 그가 현관문을 열고 들어서는 것을 보았다. 전자키로 바꾼 뒤로 나는 남편이 퇴근해 집으로 돌아올 때마다 일일이 현관문을 열어주지 않아도 되었다. 그는 내 쪽으로 곧장 걸어오더니, 내 손에 들려 있는 리모컨을 빼앗듯 낚아챘다. 리모컨을 꾹꾹 눌러 텔레비전 소리를 음소거로 해놓았다.

"아이들이 깨면 어쩌려고 그래."

남편은 낮게 소리 지른 뒤 아이들이 잠들어 있는 방문 쪽으로 걸어갔다. 조금 열려 있던 방문을 꼭 닫았다. 방문이 닫히는 순간 잠금 고리가 돌아가는 것 같은 찰칵 소리가 들려왔다. 방문이 안에서 잠겼을 수도 있었다. 전에도 몇 번 그런 적이 있었다. 남편은 문고리를 고친다고 하면서도 고치지 않고 있었다. 그는 꼭 닫힌 방문 앞에 서서 가늘게 어깨를 떨었다. 방문에 매달아놓은 박제 새가 날아오를 듯 허공을 향해 모가지를 길게 빼고 있었다. 핑크빛 부리가 여차하면 남편의 눈동자를 파먹을 듯 그악스럽게 벌어져 있었다. 꿩 종류의 새였는데, 꼬랑지와 날개 부분의 보라색 깃털이 방금 니스를 칠한 듯 반질거렸다. 1년 전 남편이 중국에 출장을 다녀오면서 사온 새였다. 그는 아이들에게 줄 선물로 박제 새를 세 마리나 사왔는데 세 마리 중 한 마리를 아이들의 방문에 매달았다. 남은 두 마리는 아이들 품에 안겨주었다. 박제 새를 끌어안고 몹시도 좋아하던 아이들의 모습을 남편도 나도 잊지 않고 있었다.

"아이들이 잠들지 않으려고 해서 박제 새를 한 마리씩 안겨주었어."

내가 농담으로 그렇게 말했지만 남편은 웃지 않았다. 그는 아무래도 내 말을 곧이곧대로 믿는 눈치였다. 그래서였을까. 나는 어쩐지 정말로 아이들이 박제 새를 한 마리씩 끌어안고 잠들어 있을 것만 같은 기분이 들었다. 아이들은 잠버릇이 심한 편이었다. 아이들이 뒤척거리다 박제 새의 부리가 턱이나 얼굴, 목을 찌를까 봐 걱정이 되기도 했다. 남편이 씻기 위해 욕실로 들어간 뒤 나는 소파에서 스르르 일어나 아이들 방문 쪽으로 다가갔다. 방문 손잡이를 움켜쥐던 나는 그만 소스라치게 놀라며 낮게 비명을 내질렀다. 박제 새의 부리가 내 머리를 콕 찔러왔던 것이다.

갑자기 비가 흩뿌렸다. 남편은 와이퍼를 작동시키는 동시에 룸미러를 흘끔거렸다. 횡단보도에서 급하게 신호를 받고 서며 그는 또다시 룸미러를 재빠르게 흘끔거렸다. 브레이크가 밀리며 차가 불안정하게 흔들렸지만 다행히 아이들은 깨어나지 않았다.

그날, 우리는 아이들을 데리고 파주에 있다는 장례식장을 찾아가는 길이었다. 우리는 경기도 구리에 살고 있었다. 구리에서 파주까지는 넉넉잡아 두 시간 거리였다. 강변북로를 타고 서쪽으로 무작정 달리다 보면 자유로가 이어졌다. 자유로를 타고 계속 직진하면 파주였다. 시간은 오후 3시를 지나고 있었다. 5시쯤이면 장례식장에 도착해 있을 것이었다. 장례식장이 파주 어디쯤인지는 남편만이 알고 있었다. 오늘 아침 출근할 때까지만 해도 남편은 장례식장에 혼자 다녀올 생각이었다. 죽은 이는 남편의 이모부 되는 사람이었는데 나는 그를 한 번도 본 적이 없었다. 어쨌든, 남편의 이모부라는 사람이 죽지 않았다면 지금쯤 남편과 나는 아이들을 데리고 대형마트로 장을 보러 갔을 것이다. 아이들은 차로 10분 거리에 있는 대형 마트에 가는 것을 좋아했다. 대형 마트에 가면 먹고 싶은 과자나 갖고 싶은 장난감을 손쉽게 살 수 있었다. 강변북로가 막히지만 않는다면 장례식장에 다녀오는 길에 대형 마트에 들를 수도 있을 것이었다.

가로수들이 어수선하게 흔들릴 만큼 바람이 불고, 날이 흐렸다. 대낮이었지만 헤드라이트를 밝힌 차들이 간간이 보였다. 아까부터 우리 차 뒤에 바짝 붙어서 따라오는 차도 헤드라이트를 환하게 밝히고 있었다. 흰색 승합차였는데, 우리 차를 앞지르지 못해 안달이 난 듯했다. 교차로를 통과할 때 흰색 승합차는 우리 차를 아슬아슬하게 앞질렀다. 아이들이 타고 있는 뒷좌석 쪽을 들이받을 듯 앞질러서는 쏜살같이 달려

나갔다. 남편은 반사적으로 클랙슨을 누르며 룸미러로 뒷좌석의 아이들을 흘끔 살폈다. 클랙슨 소리에 아이들이 깼을까봐 염려가 되어서였을 것이다. 장례식장에 가는 길이었기 때문에 남편도 나도 검은 옷차림이었다.

장례식장에는 나와 아이들이 모르는 사람이 대부분일 것이었다. 오늘 아침 출근할 때까지만 해도 남편은 혼자 장례식장에 다녀올 계획이었다. 그런데 오후 2시쯤 퇴근해 집에 돌아온 그는 장례식장에 함께 가자고 했고, 나는 별로 내키지 않았지만 아이들을 데려가기 위해 머리카락을 감기고 얼굴을 씻겼다. 아이들만 집에 남겨두고 장례식장에 다녀올 수는 없었다. 집을 나서기 전 나는 냉동 만두를 한 봉지 프라이팬에 구워 아이들에게 먹였다. 서른 개나 되는 냉동 만두를 아이들이 한 개도 남김없이 먹어치운 뒤에야 냉동 만두의 유통기한이 14일이나 지났다는 사실을 깨달았다. 아이들이 복통을 호소하지는 않았지만 나는 아이들에게 소화제를 한 알씩 먹였다.

차가 신호를 받고 설 때마다 남편은 룸미러를 흘끔 바라보았다. 차는 첫째 아이와 둘째 아이가 태어난 산부인과 병원 앞 4차선 도로를 지나가고 있었다. 차량이 유난히 많아서 우리 차는 산부인과 병원 앞을 천천히 지나쳐 갔다. 산부인과 병원 건물은 리모델링을 해 외관이 완전히 바뀌어 있었다. 정사각형 유리가 비늘처럼 외관을 온통 뒤덮고 있었다. 나는 산

부인과 병원 건물을 올려다보며 8년 전 첫째 아이가 태어나던 날을 문득 떠올렸다. 남편은 그 애가 태어나기 전부터 그 애를 무척이나 두려워했다. 임신 7개월이 조금 못 되었을 때 나는 배 속의 아이가 사내아이라는 것을 알게 되었고, 그 사실을 남편에게 귀띔해주었다. 그는 배 속의 아이가 자신을 닮았을까 봐 두려워했고, 두려워하던 대로 아이는 그를 꼭 닮아 있었다. 그는 자신을 닮았다는 사실 때문에 그 애를 더욱 두려워하게 되었다. 그 애가 태어난 지 1년이 다 되어가던 어느 날, 그는 술에 취해 그 애가 세상에서 가장 두렵다는 고백을 내게 털어놓기도 했다. 그러나 언제부터인가 그가 가장 두려워하는 대상은 첫째인 그 애가 아니라 둘째 아이였다. 그 애가 첫째보다 자신을 더 닮았다고 생각하기 때문이었다. 두 아이는 자랄수록 점점 더 남편을 닮아가고 있었고, 그도 그 사실을 알고 있었다.

남편이 흘끔흘끔 룸미러로 아이들을 살피는 사이, 차는 어느새 강변북로로 접어들고 있었다. 토요일 오후임에도 불구하고 강변북로는 교통이 원활한 편이었다. 초저녁처럼 날이 어두워서인지 달리는 대부분의 차들이 헤드라이트를 밝히고 있었다.

"헤드라이트를 켜지그래."

남편은 그러나 룸미러를 흘끔거리기만 할 뿐 헤드라이트를 켤 생각을 하지 않았다.

"헤드라이트를 켜!"

"날 의심하고 있는 게 분명해……"

남편이 룸미러를 만지작거리며 중얼거렸다.

"뭘……?"

"내가 죽였다고 의심하고 있는 게 분명하다니까."

"혹시 도마뱀 말이야?"

한 달 전쯤 아이들이 애지중지 키우던 도마뱀이 온데간데없이 사라졌다. 도마뱀은 아이들이 잠든 동안에 사라졌고, 집을 샅샅이 뒤졌지만 어디에서도 찾을 수 없었다. 그렇지 않아도 남편은 도마뱀을 마음에 들어 하지 않았다. 도마뱀이 무섭게 자랐기 때문이었다. 어찌나 무섭게 자라던지, 겨우 남편의 새끼손가락만 하던 녀석이 1년 만에 팔뚝만 해졌다. 나는 아이들에게 '너희들이 잠든 동안 도마뱀이 그만 죽어버렸단다' 하고 거짓말을 했다. 그렇게라도 하지 않으면 아이들이 당장 도마뱀을 찾아내라고 난리를 칠 것이 뻔했다. 아이들은 내 말을 곧이곧대로 믿었다. 우리 아이들은 기특하게도 자신들이 잠든 동안에 벌어진 일들에 대해서는 별 의심을 품지 않았다.

"나는 그저 도마뱀이 죽었다고만 했어."

내 말이 끝나자마자 남편이 나를 흘끔 바라보고는 룸미러로 얼른 시선을 돌렸다.

"당신이 도마뱀을 죽였다고는 말하지 않았어. 그리고 당신이 도마뱀을 죽인 것도 아니잖아."

"그렇지만 내가 도마뱀을 죽였다고 의심하고 있는 게 분명해……"

"설마……"

나는 고개를 저었다. 뒷좌석에서 저희들끼리 잠들어 있는 아이들이 궁금했지만 룸미러는 운전석 쪽으로 방향이 틀어져 있었다. 남편만이 룸미러로 뒷좌석의 아이들을 살필 수 있었다. 조수석에 앉아 있는 내가 아이들을 살피려면 고개를 뒷좌석 쪽으로 돌리는 수밖에 없었다. 나는 그러나 꼼짝하기가 싫었다. 고개를 조금 돌리는 것조차 짜증 나고 귀찮았다.

"아이들이 지켜보는 앞에서 도마뱀을 죽이는 시늉을 해 보인 적이 있거든……"

남편은 속도를 조금 더 높이며 룸미러를 흘끔 쳐다봤다. 차선을 2차선에서 3차선으로 바꾸더니 속도를 90킬로까지 높였다.

천호대교를 지날 즈음 '우주관광'이라고 적힌 노란 관광버스 네 대가 4차선으로 줄을 지어 지나갔다. 네 대 다 운전석에만 사람이 앉아 있을 뿐 좌석들이 텅 비어 있었다. 청담대교 못미처 관광버스들은 한 대씩 차례로 우리 차 앞으로 끼어들어왔다. 관광버스들에 가려 앞이 잘 보이지 않았다. 나는 차선을 바꾸기를 바랐지만 남편은 굳이 그러지 않았다.

"도마뱀을 소파에 거꾸로 뉘어놓고 모가지를 손으로 조르는 시늉을 해 보였어. 도망치지 못하게 한 손으로는 도마뱀의 볼록한 배를 꾹 누르고서 말이야."

아이들뿐 아니라 나도 그 광경을 보았다. 소파가 아니라 식탁이었다. 남편은 유리가 깔린 식탁 위에 도마뱀을 거꾸로 뉘어놓고 손으로 모가지를 졸랐다.

"장난이었다는 것을 아이들도 알 거야. 그쯤은 우리 아이들도 알 거라구. 당신도 알다시피 우리 아이들이 아주 어리석지는 않잖아."

나는 그렇게 말하며 팔짱을 꼈다.

"난 장난이 아니었어."

남편의 목소리가 조금 높고 크게 튀어나왔다.

"대체 무슨 소리를 하는 거야?"

"나는 그때 정말로 도마뱀을 죽일 작정이었어……!"

남편은 그리고 룸미러로 뒷좌석의 아이들을 살폈다. 곤히 잠들었는지 아이들은 깨어나지 않고 있었다.

한남대교에서 반포대교까지 차량이 조금 많아 속도가 60킬로를 넘지 못했다. 적재함 그득 돼지를 실은 트럭이 우리 차와 나란히 달리고 있었다. 우리 차는 2차선을 달리고 있었고, 돼지들을 실은 트럭은 3차선을 달리고 있었다. 차창을 다 올렸는데도 돼지들이 풍기는 오물 냄새가 차 안으로 꾸역꾸역 밀려들었다. 냄새는 구역질이 나도록 역겨웠다. 적재함에 지붕처럼 씌워놓은 파란 방수천이 날아갈 듯 펄럭였다. 다행히 아이들은 깨어나지 않고 있었다. 강변북로에서 뜻하지 않게 돼지들을 보면 아이들은 무척이나 신나 할 것이었다. 나는 그러나 돼지들을 구경시켜주기 위해 아이들을 깨우거나 하지는 않았다. 장례식장에 무사히 도착할 때까지 아이들이 깨어나지 않았으면 하고 바랐기 때문이었다.

"죽었을까?"

남편이 룸미러를 흘끔거리며 내게 불쑥 물었다.

"뭐가?"

"도마뱀 말이야……"

우리 차와 돼지들을 실은 트럭은 원효대교까지 앞서거니 뒤서거니 하며 달렸다. 마포대교를 조금 못미처 트럭은 멀찍이 뒤처졌다. 마포대교 위쪽으로는 비가 오지 않았다. 썩은 두부 같은 구름들 사이로 빛이 환하게 쏟아져 내리고 있었다. 우리 아이들이 잠들어 있는 차 안으로 빛이 스며들었다. 빛 때문에 눈이 부신지 남편이 미간을 찡그리며 룸미러를 흘끔거렸다.

사고라도 났는지 양화대교는 차들로 꽉 막혀 있었다.

가양대교를 지나 자유로에 들어서서도 남편은 헤드라이트를 켜지 않았다. 남편과 나 그리고 아이들, 그렇게 넷이나 타고 있는데도 차 안 공기가 춥게 느껴졌다. 핸들을 움켜잡고 있는 남편의 손이 창백하게 질려 있었다. 나는 히터를 켰다.

따뜻한 기운이 차 안에 퍼졌다. 남편이 룸미러를 흘끔거리며 속도를 100킬로까지 높였다. 자유로에서의 제한속도는 시속 90킬로였다.

행주산성 입구를 지나 조금 더 달려가다가 한강 쪽에서 날아오르는 새 떼를 보았다. 스무 마리쯤 되는 새들이 허공에서 브이 자를 그리며 질서 있게 날고 있었다.

"저기 좀 봐, 새 떼야……"

수 마리, 수십 마리씩 무리를 지은 새 떼가 허공 여기저기서 출몰했다. 무리에서 떨어져 홀로 날고 있는 새도 보였다. 새들은 추락하듯 조금 낮다 싶게 날았다. 자유로 왼편과 오른편으로 펼쳐진 추수가 다 끝난 논에는 새 떼가 지천으로 널려 있었다. 대체로 몸집이 닭만큼 크고 검은빛이나 잿빛을 띤 새들이었다.

비닐을 물어뜯는 것 같은 새들의 울음소리가 차 안에까지 들려왔다. 남편이 룸미러를 흘끔 쳐다보았다. 그는 새들의 울음소리가 잠든 아이들을 깨워놓기라도 할까 봐 걱정이 되는 것 같았다.

"새들이 점점 늘어나고 있어."

그때, 은색 카니발이 깜박이도 켜지 않고 우리 차 앞으로 급하게 끼어들었다. 남편이 반사적으로 클랙슨을 누르면서 룸미러를 흘끔거렸다. 그는 깜박이를 넣고 3차선에서 2차선으로 차선을 바꿨다.

"부조만 할걸 그랬어."

남편은 차가 막히는 것도 아닌데 장례식장에 가기 위해 집을 나선 것을 후회하고 있었다. 그러나 집으로 되돌아가기에는 너무 멀리 와 있었다. 더구나 자유로에는 유턴을 할 만한 곳이 없었다.

"그래도 당신 이모부잖아."

"부조만 했어도 됐어. 더구나 이모가 돌아가신 뒤로는 한 번도 뵌 적이 없는걸."

"그 이모님은 언제 돌아가셨는데?"

"내가 고등학교 3학년 때 돌아가셨으니까 20년도 더 지났어. 밤늦게 학교에서 돌아왔는데 어머니가 내 방에서 훌쩍훌쩍 울고 계셨어. 왜 내 방에서 울고 계시냐고 물었더니 이모가 돌아가셨다고 하셨지. 나는 그저 어머니가 내 방에서 울고 계시는 게 짜증 났던 것 같아."

남편은 또다시 룸미러를 흘끔 쳐다보고 2차선에서 3차선으로 차선을 바꿨다. 다른 차들도 어지럽게 차선을 요리조리 바꿨다. 그는 룸미러로 뒷좌석의 아이들을 살피는 틈틈이 사이드미러도 살폈다.

"그래도 장례식장에 가지 않으면 어머님이 서운해하실 거야. 지금쯤 장례식장에서 당신을 눈 빠지게 기다리고 계실걸."

남편은 그렇지 않아도 외아들이었다. 집안에 경조사가 있을 때마다 시어머니는 아들에게 알렸다. 남편이 지금 입고 있는 검은 양복과 넥타이도 실은 시어머니가 특별히 맞춰준 것이었다.

논에 흩어져 있는 새들 중에는 박제된 듯 꼼짝도 않는 새들도 있었다. 논들 너머 멀리 아파트들이 보였다. 나는 집에 두고 온 박제 새들을 생각했다. 거실 소파에 놓아둔 박제 새들이 살아서 집 안을 어지럽게 날아다니고 있을 것만 같은 기분이 들었다. 플라스틱만큼이나 딱딱한 핑크빛 부리로 집 안의 거울과 유리창들을 모조리 깨뜨려놓을 것만 같았다.

"호석이는 박제 새가 살아 있는 줄로만 알고 있어."

호석은 둘째의 이름이었다. 남편은 룸미러만 흘끔거릴 뿐 아무 대꾸가 없었다.

"오늘 아침에는 글쎄 박제 새의 부리에 뭘 넣어주었는지 알아?"

내 말이 미처 끝나기도 전에, 4차선을 달리고 있던 덤프트럭이 3차선을 달리고 있는 우리 차를 깔아뭉개기라도 할 듯 덤벼들었다. 적어도 우리 차의 대여섯 배는 되는 덤프트럭은 무작정 3차선으로 밀고 들어왔고 남편은 차가 휘청거릴 정도로 급하게 2차선으로 차선을 바꾸었다. 뒤에서 클랙슨 소리가 두 번 길게 울렸다.

"미친 새끼!"

남편은 욕설을 내뱉으면서도 룸미러를 흘끔거렸다. 뒤에서 달려오고 있는 차를 살피는 것일 수도, 뒷좌석의 잠든 아이들을 살피는 것일 수도, 그 둘 다일 수도 있었다.

"오늘 아침에는 글쎄 배가 고플 거라면서 박제 새의 부리에 생쌀을 한 알 한 알 넣어주고 있지 뭐야."

남편은 룸미러만 흘끔흘끔 쳐다볼 뿐 아무 대꾸가 없었다.

〈선인장연구소〉라고 적힌 표지판을 지나면서부터였다. 최고제한속도인 90킬로를 훌쩍 넘겨 110킬로까지 치닫던 속도가 조금씩 떨어지고 있었다. 60킬로까지 떨어지더니 40킬로대까지 떨어졌다. 40킬로를 정점으로 속도가 급격히 떨어지더니 아예 멈춰 서고 말았다. 앞차가 멈춰 서버렸기 때문에 남편의 차도 어쩔 수 없이 멈춰 설 수밖에 없었다. 남편이 옴짝달싹 않는 앞차를 향해 클랙슨을 짧게 울렸다. 그는 클랙슨 소리가 아이들을 깨우기라도 할까 봐, 손으로는 클랙슨을 누르면서도 두 눈으로는 룸미러를 흘끔거렸다. 그러나 옴짝달싹 못 하는 것은 앞차뿐만이 아니었다. 앞차의 바로 앞차도 마찬가지였다. 양옆 차선의 차들 또한 꼼짝을 않고 있었다. 여기저기서 클랙슨 소리가 들려왔다. 다행히 아이들은 깨어나지 않고 있었다. 나는 굳이 뒷좌석 쪽을 살피지 않고도 아이들이 깨어나지 않았음을 알 수 있었다. 시끄럽고 어수선한 차 밖과는 달리 차 안은 아무도 타고 있지 않은 것처럼 조용했기 때문이었다. 아이들은 별다른 뒤척거림도 없이, 숨소리조차 들리지 않을 만큼 곤히 잠들어 있었다.

10여 분이 지나도록 차들은 꼼짝하지 않았다.

남편은 시동을 끄는 대신 기어를 중립으로 해놓은 채 룸미러로 뒷좌석의 아이들만 흘끔흘끔 살필 뿐 아무런 말이 없었다. 시간을 보니 오후 4시가 조금 지나 있었다. 아이들을 데리고 집을 나선 지 한 시간이나 지나 있었다. 히터를 틀어놓아 차 안 공기가 후덥지근하고 답답했지만 남편도, 나도 차창을 내리지 않았다. 차에서 내려 담배를 피우거나, 발을 동동 구르며 어딘가로 전화를 걸고 있는 사람들이 보였다. 갓길에 쪼그리고 앉아 오줌을 누고 있는 여자아이도 보였다. 새들이 끼우룩끼우룩 울며 차들과 사람들 위를 어지럽게 날고 있었다. 나는 도대체 무슨 일인가 궁금했지만 새들 때문에라도 차 밖으로 나가고 싶지 않았다.

그렇게 5분여가 더 지나 나는 남편에게 물었다.

"대체 무슨 일일까?"

룸미러만 빤히 들여다볼 뿐 그는 아무 대꾸가 없었다.

"시동을 끄지그래."

나는 연료 계기판을 살피며 그에게 말했다. 연료가 그다지 넉넉한 편이 아닌데도 그는 시동을 끄지 않았다. 그는 아무래도 정체가 곧 풀릴 거라고 생각하는 것 같았다.

10여 분쯤이 더 지나서야 차들이 천천히 움직이기 시작했다. 차들은 20킬로에도 못 미치는 속도로 기듯이 움직이면서 차선을 이리저리 바꾸고 있었다. 100미터쯤 가다가 차는 또

다시 멈춰 섰다. 다른 차들도 꼼짝없이 멈춰 섰다. 차선 위에 어중간하게 서 있는 차도 있었다.

"장례식장에는 사람들이 많겠지……"

나는 중얼거리며 히터를 껐다.

"장례식장에서 애들이 소란을 떨지 말아야 할 텐데 말이야……"

차창 밖으로 무심히 고개를 돌리던 나는 화들짝 놀랐다. 우리 차 바로 옆에 '우주관광'이라고 쓴 노란 관광버스가 서 있었기 때문이었다. 그렇지만 강변북로에서 만났던 관광버스는 아닌 것 같았다. 강변북로에서 만났던 네 대의 관광버스는 전부 텅 비어 있었지만, 지금 우리 차 바로 옆에 서 있는 관광버스에는 사람들이 그득 타고 있었기 때문이다. 순 늙은 사람들뿐인 걸로 봐서는 단체로 관광이라도 가는 길인 듯했다. 늙은 사람들은 잠들어 있거나, 뭔가를 우물우물 먹고 있거나, 꾸벅꾸벅 졸고 있었다. 단체로 통일동산이나 판문점을 둘러보러 가는 길인지도 몰랐다. 차창에 머리를 찧듯이 박고서 잠들어 있는 늙은이가 유독 내 눈에 들어왔다. 늙은이의 입이 남편과 나, 그리고 아이들이 타고 있는 우리 차를 향해 발악적으로 벌어져 있었다. 그저 무심히 늙은이의 입속을 들여다보던 나는 그만 소리를 내질렀다.

"왜 그래?"

내 비명 소리에 남편은 깜짝 놀라면서도 룸미러로 뒷좌석의 아이들을 흘끔 살폈다.

"혀가 없어……!"

"그게 무슨 소리야?"

"혀가 없다니까……!"

나는 손으로 늙은이의 입속을 가리켰다. 남편은 그러나 룸미러로 뒷좌석의 잠든 아이들을 살피는 데에만 온 신경이 집중되어 있었다.

나는 두려웠지만 늙은이의 입속을 빤히 들여다보았다. 유심히 들여다봤지만 금을 씌운 어금니만 얼핏 들여다보일 뿐 혀는 찾을 수 없었다. 잠이 들어 있어서인지 늙은이는 죽은 듯 보이기도 했다. 차 밖에서 들여다보면 내 아이들도 죽은 듯 보일지도 모르겠다는 생각이 불현듯 들었다. 내 아이들도 저 늙은이처럼 잠들어 있었으니까.

"아무래도 큰 사고가 벌어진 게 분명해."

그렇지 않고서야 40여 분이나 지나도록 차들이 전혀 움직이지 않을 리가 없었다.

"내 말 듣고 있어?"

남편은 그러나 입을 꾹 다문 채 룸미러로 뒷좌석의 아이들만 살폈다.

"돌아가신 이모부는 어떤 분이셨어?"

나는 그다지 궁금하지 않으면서도 남편에게 물었다.

"여보! 방금 내가 당신한테 이모부가 어떤 분이냐고 물었어."

나는 목소리를 조금 높여 말하며 히터를 다시 켰다.

"모르겠어……"

남편이 겨우 알아들을 수 있을 만큼 작고 불분명한 목소리로 말했다.

"여보……!"

"모르겠다고 했잖아……"

남편은 두통이라도 오는지 손으로 머리를 꾹꾹 누르며 룸미러로 뒷좌석을 흘끔 살폈다. 기어는 중립에 있었다.

"어떻게 모를 수가 있어?"

"이모가 돌아가신 뒤로는 한 번도 만난 적이 없다고 했잖아."

"그래도 당신 이모부였잖아. 게다가 그분은 바로 전날 밤에 돌아가셨어. 돌아가신 지 스물네 시간도 안 지났어."

"목소리 좀 낮춰. 그러다 애들이 깨겠어."

내 목소리에 애들이 깨기라도 할까 봐 그는 과도하게 짜증을 냈다.

남편과 내가 또다시 아무 말도 하지 않는 동안 20여 분이 지났다. 그 20여 분 동안 나는 히터를 끄고 켜기를 대여섯 번이나 반복했다. 히터를 켜면 차 안 공기가 답답할 만큼 더웠고, 끄면 금세 추워졌다.

나는 팔짱을 끼며 도무지 원인을 알 수 없는 극심한 정체가 앞차의 잘못이기라도 한 듯, 앞차를 쏘아보았다. 우리 차 앞을 가로막고 서 있는 차는 흰색 아반떼였다. 운전석과 조수석에만 사람이 타고 있었는데 서로를 향해 거칠게 손짓을 해가며 이야기를 나누고 있었다.

우리 차 뒤에 바짝 붙어 서 있는 은색 승용차가 갑작스레 헤드라이트를 밝혔다. 헤드라이트 불빛이 우리 차 안을 후비듯 비추었다. 어두침침하던 차 안이 느닷없이 밝아져서 나는 마치 발각이라도 당한 듯한 기분이 들었다. 날이 흐렸기 때문에 뒤의 차가 고의적으로 헤드라이트를 켠 것이라고는 볼 수 없었다. 게다가 멈춰 서 있는 대부분의 차들이 헤드라이트를 환하게 밝히고 있었다. 실내등까지 환하게 밝히고 있는 차도 더러 보였다. 헤드라이트를 밝히지 않은 차는 우리 차뿐인 것 같았다.

"저기 좀 봐."

유심히 주위를 둘러보던 나는 남편의 어깨를 툭 건드렸다.

"강변북로에서 만났던 그 돼지들이야."

나는 남편이 돼지들을 바라봐주기를 바랐지만, 그의 두 눈동자는 아예 룸미러에 고정되어 있었다.

"도축장으로 끌려가는 돼지들일 거야."

남편이 돼지들을 바라보는 척하다가 얼른 룸미러를 흘끔거렸다.

"살이 뒤룩뒤룩 쪘어."

남편은 돼지들에는 아무 관심도 없는 듯 기지개를 켜며 룸미러만 흘끔거렸다. 나는 어쩐지 우리의 아이들이 바로 뒤에서 잠들어 있다는 사실이 믿어지지 않았다. 차 안에 남편과 나, 둘밖에는 타고 있지 않은 것 같은 착각이 들기까지 했다.

"차들이 꼼짝도 안 하는 바람에 조금 더 살게 되었어."

내가 그렇게 중얼거리는 동안 차 안이 갑자기 조금 전보다 더 밝아져 있었다. 비현실적인 빛이 차 안을 그득 채우고 있었다.

"이상해…… 왜 이렇게 밝은 거지?"

빛이 룸미러와 좌우 백미러에 반사되며 미간이 찡그려질 만큼 눈이 부셨다.

"너무 밝아……!"

나는 탄식을 내질렀다.

"뒤차가 상향등을 켰어."

남편이 룸미러를 흘끔거리며 별로 대수로운 일도 아니라는 듯 중얼거렸다. 나는 뒤차가 헤드라이트를 켠 것까지는 이해가 되었지만, 상향등을 켠 것은 도무지 이해가 되지 않았다. 상향등은 시야가 현저하게 어두울 때나 점등하는 장치였다. 날이 어둑하기는 했으나 헤드라이트 불빛만으로도 충분히 밝았고, 어차피 차들이 옴짝달싹 못 하는 상황이었다. 상향등 불빛 때문인지 남편의 얼굴은 창백하게 질려 보였다.

남편이 두 눈을 룸미러에 고정시킨 채 부스럭부스럭하더니 바지 오른쪽 주머니에서 담배를 꺼냈다. 담배를 한 개비 입에 물고는 라이터를 켜 불을 붙였다. 운전을 하는 동안 참아서인지 담배 생각이 간절했던 모양이었다. 나는 그에게 담배를 피우려거든 차 밖으로 나가 피우라고 말하려다가 그만두었다. 내가 차 밖으로 나가고 싶어 하지 않는 것처럼, 그도 차 밖으로 나가고 싶어 하지 않는 것 같았다. 그는 차창을 반 뼘 정도 내리고 담배에 불을 붙였다. 불이 붙은 담배를 급하게 빨며 룸미러를 흘끔 살폈다. 차창을 아주 조금밖에는 열어놓지 않았기 때문에 담배 연기가 그대로 차 안에 들어찼다.

 상향등 불빛과 담배 연기가 뒤엉켜 차 안이 비현실적인 공간처럼 느껴졌다. 남편과 나, 그리고 잠든 우리의 아이들을 가두고 있는 것이 1998년에 출고된 금색 베르나 승용차가 아니라 매캐한 담배 연기와 서늘하도록 푸르스름한 상향등 불빛인 것만 같았다. 그 와중에도 새들의 울음소리와 클랙슨 소리, 사람들이 웅성거리며 떠드는 소리가 차 밖에서 이명처럼 들려왔다. 나는 안전벨트가 갑갑하게 느껴졌지만, 그것을 풀지는 않았다. 차 안에 안개처럼 들어차 있던 담배 연기가 걷힌 뒤에도 상향등 불빛은 집요하게 우리 차를 비추고 있었다.

 "일부러 저러는 건 아니겠지?"

 내가 그렇게 중얼거리며 남편을 흘끔 바라보는 것과 동시에 남편이 룸미러를 흘끔거렸다.

"뒤차 말이야……"

꼬리에 꼬리는 문 차들이 옴짝달싹 못 하는 상황이 지속되면서 차에서 내리는 사람이 점점 많아지고 있었다. 새들도 눈에 띄게 몰려들고 있었다. 내가 걷잡을 수 없이 몰려드는 새 떼들에 정신이 팔려 있는 사이 뒤차는 상향등뿐만 아니라 안개등까지 밝히고 있었다.

"대체 무슨 일일까……?"

나는 중얼거리며 한강 쪽에서 몰려오는 새 떼를 보았다. 적어도 서른 마리는 될 것 같은 새 떼가 브이 자를 그리며 날아오다가 뿔뿔이 흩어지고 있었다. 사람들은 아예 행렬을 지어 앞쪽으로 걸어가고 있었다. 아무래도 무슨 일인지 알아보기 위해 앞쪽으로 몰려가고 있는 것 같았다. 남편도 더는 궁금증을 참지 못하겠는지 라디오를 틀고 교통방송에 채널을 맞추었다. 그는 라디오 소리가 아이들을 깨우기라도 할까 봐 소리를 최대한 작게 해놓고 룸미러를 흘끔거렸다. 교통방송은 서울 시내와 내부순환도로의 정체 상황만을 알려줄 뿐 자유로에서 벌어지고 있는 교통 정체 상황에 대해서는 한마디도 없었다.

"도대체 왜 아무도 무슨 일 때문에 차들이 꼼짝도 안 하는지 알려주지 않는 걸까?"

나는 남편이 차에서 내려 도대체 무슨 일인지 알아봐주기를 바랐지만 그는 룸미러로 뒷좌석의 아이들만 살필 뿐이었다.

"이러다 장례식장에도 못 가겠어."

나는 짜증을 참지 못하고 투덜거렸다.

"내 탓이 아니야."

남편이 룸미러를 바라보며 미간을 찡그렸다.

"누가 당신 탓이래?"

"하여튼……!"

시간은 어느새 저녁 6시가 다 되어가고 있었다. 뒤차는 여전히 헤드라이트와 상향등, 안개등을 전부 밝히고 있었다. 차가 들들 떨렸다. 폭발할 듯 떨리는데도 남편은 룸미러만 흘끔거릴 뿐 시동을 끄지 않았다.

"아무래도 무슨 일인지 알아보고 와야겠어."

불안해진 나는 더는 참지 못하고 차에서 내렸다. 차문을 닫으며 차 안을 들여다보니 남편은 룸미러만 뚫어져라 바라보고 있었다. 나는 차 뒷문에 매달려 차창 안을 빤히 들여다보았다. 뒷문 차창의 선팅이 지나치게 짙어서 안이 좀처럼 들여다보이지 않았다. 남편이 룸미러만 뚫어져라 바라보고 있는 것으로 봐서는 아이들이 깨어나지 않고 있는 것 같았다.

차 밖으로 나와 보니 차 안에서 짐작하던 것보다 정체가 더 극심했다. 소실점 끝까지 차들이 꼬리에 꼬리를 물고 서 있었다. 행렬을 이루어 앞쪽으로 걸어가는 사람들 또한 꼬리에 꼬리를 물고 있었다. 헤드라이트 불빛들 때문에 사람들은 유영하는 것처럼 보였다. 초조해하는 표정으로 담배를 피우고 있는 중년 남자에게 무슨 일인지 물어보았지만, 남자는 자신도 도무지 모르겠다는 듯 어깨를 으쓱해 보이더니 검정색 카니발 안으로 숨듯이 들어가버렸다.

나는 하는 수 없이 사람들 행렬에 끼어 걷기 시작했다. 내 바로 앞에서는 갓난아기를 안은 키가 작고 마른 여자가 걸어가고 있었다. 갓난아기는 잠들어 있는 것 같았는데 얼굴이 여자의 머리카락에 파묻혀 있었다. 허리까지 길게 기른 여자의 머리카락은 굵고 검었으며 억세어 보일 만큼 뻣뻣했다.

"이봐요!"

나는 내 바로 앞에서 걸어가고 있는 여자의 어깨를 손으로 툭 쳤다.

"머리카락 때문에 애가 질식하겠어요."

내가 그렇게 말했지만 여자는 뒤를 돌아다보기는커녕 들은 척도 하지 않았다.

열 발짝쯤 걸어가다가 나는 문득 뒤를 돌아보았다. 고장이라도 난 듯 멈춰 서 있는 수많은 차들 속에서 우리 차를 찾았다. 노란 관광버스 덕분에 우리 차를 쉽게 찾을 수 있었다. 바로 뒤차가 내쏘고 있는 헤드라이트와 상향등, 안개등 불빛 때문에 우리 차는 허공에 떠 있는 듯 보였다. 나는 그 차 안에 남편과 아이들이 타고 있다는 사실이 좀처럼 믿어지지 않았다. 잠든 내 아이들이…… 차 안은 마치 텅 빈 듯 보이기도 했다. 그 안에 아무도 타고 있지 않은 것처럼.

"좀 비켜요."

50대 초반쯤 되어 보이는 남자가 내 어깨를 거칠게 밀치며 지나갔다. 나는 휘청거리며 행렬을 따라 앞쪽으로 더 걸어가야 할지, 아니면 그쯤에서 우리 차로 되돌아가야 할지 망설여졌다. 그렇게 계속 앞쪽으로 걸어가다가는 남편의 차로 되돌아가지 못할 것 같은 불안한 생각이 들었다. 아이들이 깨어났으면 어쩌나 하는 걱정이 들기도 했다. 남편 혼자 두 아이를 감당하는 것은 아무래도 무리였다.

한 떼의 검은 새가 내 머리 위로 지나갔다. 새들은 지나치게 낮게 날고 있었고 저주를 퍼붓듯 끼우룩끼우룩 울었다. 새들의 울음소리가 내 머리 위에서 들려올 때마다 나는 반사적으로 두 손을 들어 올려 얼른 머리를 감쌌다.

나는 떠밀리듯 열대여섯 발짝 더 걸어가다가 걸음을 멈추고 훌쩍 뒤를 돌아보았다. 내 뒤에서 사람들이 물밀듯 밀려오고 있었다. 나는 거센 물살을 거스르는 심정으로 사람들을 거슬러 우리 차로 향했다. 사람들과 어깨가 부딪치거나 눈이 마주칠 때마다 나는 깜짝깜짝 놀랐다. 사람들이 공포가 가득한 눈으로 나를 쏘아보고 있기 때문이었다. 나는 신물이 올라오도록 멀미를 느꼈다. 남편과 아이들이 타고 있는 차는 여전히 텅 빈 듯 보였다.

나는 간신히 남편과 아이들이 타고 있는 차로 되돌아왔다. 우리 차와 앞차 사이에 쪼그리고 앉아 조금 토했다.

"차들로 꽉 막혔어."

나는 차에 올라타며 남편에게 말했다. 그는 나를 흘끔 바라보는 척하다가 룸미러를 흘끔흘끔 살폈다. 나는 그를 흘겨보다 앞차 쪽으로 고개를 돌렸다. 뜻밖에도 앞차는 운전석에만 사람이 타고 있었다. 내가 무슨 일이지 알아보기 위해 차에서 내릴 때까지만 해도 조수석에도 사람이 타고 있었다. 아무래도 조수석에 앉아 있던 사람도 나처럼 무슨 일이 벌어졌는지 알아보러 간 모양이었다.

"나는 그분이 어떻게 돌아가셨는지도 모르고 있어…… 당신의 이모부 말이야."

내가 그렇게 말하는 것과 동시에 남편의 입이 벌어지더니 가늘게 떨렸다.

"당신은 왜 나한테 그분이 어떻게 돌아가셨는지조차 말해주지 않는 거야?"

남편이 빨려들기라도 하듯 룸미러로 머리를 바짝 들이밀었다. 벙긋 벌어져 있는 입에서 안도의 한숨이 새어 나왔다.

"이해가 안 돼……"

나는 중얼거리며 차창으로 고개를 돌려버렸다.

돼지들을 실은 트럭 운전석 문이 열리더니 중키의 통통하고 늙은 남자가 내렸다. 남자는 트럭과 돼지들을 버려둔 채 앞쪽으로 걸어가는 행렬을 따라 사라졌다. 한 무리의 새 떼가 요란하게 울며 몰려오더니 돼지들을 잡아먹기라도 할 듯 트럭 주위를 빙빙 맴돌았다. 공포에 질린 돼지들이 좁은 트럭 적재함 속에서 서로 뒤엉키며 쾌홱쾌홱 울어댔다. 한 무리의 새 떼가 더 몰려왔고, 돼지들 주위를 맴도는 새들과 한 무리를 이루었다. 새들은 부리로 돼지들의 살점을 뜯어 먹기라도 할 듯 공격했다. 새들이 내지르는 울음소리와 공포에 질린 돼지들이 울부짖는 소리가 뒤섞여 차 밖은 몹시 시끄러웠다.

"새들이 저러다 돼지들을 다 잡아먹어버리겠어."

새들은 정말이지 돼지들을 잡아먹기라도 할 듯 그악스럽게 굴었다. 내가 새들과 돼지들에 정신이 팔려 있는 사이에 앞차 운전석에 앉아 있던 사람도 어딘가로 사라지고 없었다.

"앞차도 텅 비었어……!"

장례식장에 가기 위해 집을 나선 지 무려 세 시간이 흘러 있었다. 헤드라이트를 켜야 할 만큼 날은 어두워졌다. 잔뜩 긴장을 해서인지 참을 수 없을 만큼 잠이 몰려왔다. 멀미가 좀처럼 가라앉지 않았다.

"좀 자야겠어. 내가 깨어나지 못하면 깨워주겠어?"

남편은 그러나 대답이 없었다. 나는 그가 깨워주지 않을까 봐 걱정이 되었지만 잠들기 위해 눈을 감았다. 아이들이 잠들어 있기를 바라는 것처럼 나 또한 잠들어 있기를 그는 바라는 게 아닐까.

나는 기절하듯 잠들었고 새들의 발악적인 울음소리를 듣고 잠에서 깨어났다.

"아이들은?"

나는 얼떨결에 남편에게 그렇게 물었다.

"자고 있어……"

나는 아이들이 자고 있다는 말에 안심이 되었다.

"꿈을 꾸었어."

깜박 잠든 동안 나는 한 무리의 새 떼가 돼지를 통째로 잡아먹는 꿈을 꾸었다. 새들이 돼지의 등에 까맣게 내려앉아서는 핏빛 부리로 살을 뜯어 먹고 있었다. 나는 꿈 얘기를 남편에게 해주었다.

"꿈이 아니야."

"그게 무슨…… 소리야?"

"새들이 돼지를 잡아먹었어."

"그럴 리가……"

"돼지의 등과 머리에 까맣게 내려앉아서는 부리로 살점을 뜯어 먹고 있었어."

나는 남편의 말을 도무지 믿을 수가 없었다. 내가 꿈을 꾸지 않았거나 그가 거짓말을 하고 있거나, 둘 중 하나였다. 나는 잠들었던 게 아닌가. 잠들지 않고 깨어 있었던 걸까. 차 안에서 남편과 함께 새 떼가 돼지를 잡아먹는 광경을 구경이라도 했던 것일까. 어쨌든 돼지들이 실려 있는 트럭 주위를 빙빙 맴돌던 새들은 이미 어딘가로 날아가버리고 없었다.

앞차는 여전히 텅 비어 있었다. 나는 다른 차들도 둘러보았는데 내가 잠들기 전보다 텅 빈 차들이 더 늘어나 있는 것 같았다.

대여섯 마리의 새들이 강 쪽에서 도로 쪽으로 끼우룩끼우룩 소리를 내며 날아왔다. 닭만큼이나 큼직하고 검은 새들이었다. 새들이 우리 차를 향해 곧장 날아오는가 싶더니, 그중 한 마리가 차 앞유리에 와서 부딪쳤다. 새는 차가 뒤흔들릴 만큼 세게 부딪쳤다. 남편과 나는 소스라치게 놀랐다. 남편이 반사적으로 클랙슨을 눌렀고, 나는 눈을 질끈 감았다가 떴다. 남편의 두 눈이 룸미러에 고정되어 있는 걸로 봐서는 아이들이 아직 깨어나지 않은 모양이었다. 나는 앞유리에 달라붙어 있는 검은 털실 뭉치 같은 것을 보고는 한 번 더 소스라치게 놀랐다.

"뭐지?"

나는 그것이 새라는 것을 알면서도 남편에게 물었다.

"새잖아."

남편이 마지못하다는 듯 건성으로 말했다.

"죽은 것 같아……!"

새는 모가지가 부러지고 몸통이 터진 채로 앞유리에 찰싹 달라붙어 있었다. 남편이 와이퍼를 작동시켰다. 그러나 새는 꿈쩍도 하지 않았다. 와이퍼는 새를 더 비참한 몰골로 만들고 있을 뿐이었다. 남편은 그런데도 와이퍼의 작동을 멈추지 않았다. 남편은 워셔액까지 분사하고, 와이퍼를 더 빠르게 작동시켰다. 왼쪽 와이퍼가 새와 엉키며 작동을 멈췄다. 새의 뭉개진 몸통에서 피가 흘러내렸다.

"와이퍼로는 안 되겠어."

남편은 그러나 와이퍼의 작동을 멈추지 않았다.

"그러다 와이퍼까지 고장 나겠어. 그만해!"

남편이 그제야 룸미러를 흘끔거리며 와이퍼의 작동을 멈추었다.

"내려서 치워야겠어."

"내버려둬……!"

남편이 낮게 소리 질렀다.

"피가 계속 흘러내리고 있잖아. 내버려두었다가는 앞유리가 피범벅이 될 거야."

"내버려두라니까!"

"아이들이 깨어나면 놀랄지도 몰라. 아이들한테 죽은 새를 보여주고 싶지 않아."

나는 주유소에서 사은품으로 받은 화장지를 챙겨들고 차에서 내렸다. 내가 새의 날개를 집으려는 순간 새의 부리가 나를 향해 벌어졌다. 나는 화들짝 놀라며 뒷걸음질쳤다. 모가지가 부러지고 몸통이 터졌는데도 새는 아직 숨이 붙어 있었다.

나는 앞쪽으로 걸어가는 사람들을 바라보다가 피가 묻은

화장지 뭉치를 도로에 버리고 차에 올랐다.

"새가 살아 있어."

내 목소리는 떨려 나왔다.

"그러게 내버려두라고 했잖아."

"그렇지만 곧 죽겠지. 날도 추워지고 있잖아. 앞유리에 달라붙은 채 얼어버리면 어쩌지? 아이들이 잠에서 깨어나기 전에 치워버려야 하는데…… 아이들이 무척이나 놀랄 거야."

남편은 두 손으로 핸들을 꽉 움켜쥔 채 룸미러만 뚫어져라 바라보았다.

"아무래도 아이들이 깨어나기 전에 새를 치워야겠어."

나는 다시 차 밖으로 나갔다. 손가락으로 새의 모가지 쪽을 건드려보았다. 새는 죽은 것 같았다. 나는 날개 끝을 잡고 새를 집어 들었다. 새는 웬만한 닭보다도 무거웠다. 나는 새를 들고 운전석 쪽으로 걸어갔다. 남편이 차창을 아주 조금 내렸다. 나는 그에게 트렁크를 열어달라고 말하고 차 뒤쪽으로 걸어갔다. 피를 뚝뚝 흘리며 축 늘어져 있는 새를 트렁크에 던져 넣었다. 새의 벌어진 주둥이에서 끼이이, 하는 소리가 새어 나왔다. 죽은 줄로만 알았던 새의 숨이 아직도 붙어 있었던 것이었다. 나는 성급히 트렁크를 닫았다. 뒤차를 유심히 들여다보니 뒤차도 텅 비어 있었다. 헤드라이트와 상향등, 안개등을 켜둔 채로 사람들이 어딘가로 가버리고 없었다.

앞쪽으로 걸어가는 행렬이 점차 거대해지고 있었다. 유모차를 끌며 걸어가는 사람도, 지팡이를 짚으며 걸어가는 사람도, 아이의 손을 잡고 걸어가는 사람도 있었다. 한 손에 풍선을 들고 걸어가는 어린아이도 있었다. 묵 덩어리 같은 허공에는 새들이 널려 있었다. 살아 있는 새들이 아니라 박제된 새들이 널려 있는 것만 같았다.

나는 행렬에 휩쓸리지 않기 위해 얼른 차에 올라탔다.

"기름이 얼마 남지 않았어."

나는 남편에게 경고라도 하듯 말했다. 남편은 그러나 룸미러만 흘끔 바라볼 뿐 차 시동을 끄지 않았다.

"무슨 일인지 보고 와야겠어……"

남편이 룸미러를 뚫어져라 바라보며 중얼거리고는 차 시동도 끄지 않고 차에서 내렸다. 나는 그가 행렬에 휩쓸리는 것을 바라보며 차창을 내렸다. 남편을 불렀지만, 그는 뒤를 돌아보지 않았다.

연료 부족 경고등이 깜박깜박 들어왔다. 나는 차에서 내려 남편을 쫓아가고 싶었지만 아이들 때문에 그럴 수 없었다. 남편과 나, 둘 중 한 명은 차 안에 남아 있어야 했다. 잠든 아이들만 차에 둘 수는 없었다. 혹시라도 잠에서 깨어나 자신들만 차에 타고 있다는 사실을 알면 무척이나 놀랄 것이었다.

나는 룸미러를 흘끔 바라보았다. 룸미러는 뒷좌석 쪽을 향해 이물스럽게 빛나고 있었다.

20분이 지나도록 남편은 돌아오지 않았다. 나는 아이들을 그만 깨울까 하다가 관뒀다. 남편이 차로 돌아올지 몰랐다. 아이들이 깨어 있으면 그는 무척이나 당황할 것이었다. 장례식장에 무사히 도착할 때까지 그는 아이들이 깨어나지 않기를 바라고 있는 것이 틀림없었다. 차 트렁크에 처박아둔 새가 지금쯤이면 죽었을 거라는 생각을 문득 했지만, 확신할 수는 없었다.

어느 순간 갑자기 차 시동이 꺼졌다. 나는 깜짝 놀라 룸미러를 흘끔 바라보았다. 흘끔흘끔 바라보다가 룸미러로 손을 뻗었다. 룸미러의 방향을 내 쪽으로 조금씩 조금씩 틀었다. 아이들이 잠들어 있는 뒷좌석이 내 시야에 온전하게 담겨올 만큼 룸미러의 방향이 내 쪽으로 틀어졌을 때, 나는 그것을 운전석 쪽으로 홱 돌려버렸다. 내가 너무 세게 밀어서인지 덜커덕 소리가 나더니 룸미러가 반쯤 떨어졌다.

금방이라도 떨어질 듯 아슬아슬하게 매달려 있는 룸미러를 쏘아보다가 나는 차에서 내렸다. 차 문을 꼭 닫았다. 여전히 우리 차를 향해 헤드라이트와 상향등, 안개등 불빛을 내쏘고 있는 뒤차를 잠깐 바라보다가 사람들에 휩쓸려 앞쪽으로 걸어갔다. 나는 뒤를 돌아다보거나 하지는 않았다.

5백 미터쯤 걸어가서야 진을 치듯 몰려 서 있는 사람들을 보았다. 수많은 사람들이 겹겹으로 진을 치듯 서 있었다. 나는 사람들을 헤치고 앞으로 나아갔다. 그리고 마침내 내 눈앞에 펼쳐진 그 광경을 보았다. 지금쯤 내 아이들이 잠에서 깨어났을지도 모르겠다는 끔찍한 생각을 하며……

육(肉)의 시간

1

 남편이 여자를 데려오기 전까지 집은 평화로웠다. 여자가 우리와 함께 살게 되었다고 해서 집의 평화가 눈곱만치라도 훼손되었다는 뜻은 결코 아니다. 집은 여전히 평화로웠고, 앞으로도 평화로울 것이 분명했다. 남편과 나, 그리고 여자. 죽을 때까지 한집에서 그렇게 셋이서 함께 살아가야만 한다고 해도 말이다.
 그 주의 일요일에 남편은 뜬금없이 대문을 새것으로 바꾸었다. 충치라도 뽑듯 녹슬고 부식된 대문을 뽑아버리더니 그것보다 훨씬 크고 육중한 대문을 세웠다. 다만 대문 하나를 바꾸었을 뿐인데도 집은 견고한 성(城)처럼 보였다. 대문은 꽤나 무게가 나갔고, 열리고 닫힐 때마다 둔중한 소리를 냈다.

당연하겠지만, 남편은 여자와 잠자리를 하지는 않았다. 그것은 남편과 여자가 육체를 나누는 관계가 아니라는 의미도 되었다. 꼭 그 때문은 아니지만, 나는 굳이 여자를 경계하지는 않았다. 나는 쓸데없이 남을 의심하거나 경계하는 사람이 아니었다. 더구나 여자는 남한테 해로움을 끼칠 사람처럼 보이지는 않았다. 나는 남편을 믿었고, 그것으로 충분했다. 설사 내가 남편을 믿지 않는다고 해도 여자를 이 집 대문 밖으로 쫓아내거나 하지는 않았을 것이다.

이 집은 두 사람보다는 세 사람이 살기에 적당했다. 10년 전 남편과 나는 앞으로 태어날지도 모를 우리의 아이들을 위해 마당이 딸린 집을 얻었다. 그래봤자 40평 안팎의 단독주택이지만, 언제부터인가 이 도시에서 마당이 딸린 단독주택을 소유하기란 그리 쉽지 않은 일이 되어버렸다. 여하튼 우리에게 아이는 태어나지 않았고, 우리의 나이도 어느덧 마흔 줄에 접어들고 있었다. 우리는 아이를 영원히 갖지 못할지도 몰랐지만, 아이를 갖기 위해서 별다른 노력을 하지는 않았다. 남편이 마지막으로 한 노력이라면 마당에 그네를 세운 것이었다. 남편은 언젠가 태어날지도 모를 아이를 위해 기꺼이 그네를 세웠던 것이다. 그러나 그 그네마저도 바람과 비와 눈과 햇빛에 쓸려 곳곳이 녹슬고 부식되어버렸다.

마흔 줄에 접어들면서 서로의 육체를 그다지 갈망하지 않게 되었다. 한때 서로의 육체에 안달했던 적도 있지만, 자연스럽게 덤덤해져갔다. 우리가 기껏해야 서로의 육체에 보이는 배려라고는 그저 덤덤히 서로의 목을 쓰다듬어주는 것 정도였다. 남편은 어쩌다 내 목에 뜨거운 입김을 뿜어대기도 했는데, 죽어가는 짐승처럼 시름시름 신음 소리를 내다가 깊은 잠 속으로 도망쳐버렸다. 그런 남편의 모습이 너무나 고단해 보였기 때문이기도 했지만, 나는 기껏 잠든 남편을 흔들어 깨울 만큼 모진 여자가 아니었다.

  나는 여자를 위해서라기보다는 나를 위해서, 몇 년 전부터 계획해오던 여행을 포기했다. 여자를 이 집에 혼자 남겨두고 여행을 떠날 수는 없는 노릇이었다. 여자는 텔레비전과 라디오를 켜는 것뿐만 아니라 수도꼭지를 트는 것, 변기 밸브 내리는 것 등등 서투른 것이 한두 가지가 아니었다. 나는 이 집의 질서가 여자에 의해 흐트러지는 것을 원하지 않았다. 이르자면, 남편과 여자의 '관계'를 의심하거나 염려해서가 결코 아니라는 뜻이다.

  여자는 남편보다도 수천 년은 더 늙어 보였다.
  적어도 천 년 이상.

  그것은 10년이나 20년 더 늙어 보이는 것과는 차원이 다른 느낌이었다. 여자는 수백 년은 더 늙어 보였지만, 스무 살 안팎으로밖에는 읽히지 않는 외모를 소유하고 있었다. 그런데 그 외모라는 것도 모호하기 그지없었다. 여자는 일관되게 백치 같은 표정을 짓고 있었는데, 그 표정이 여자의 아름다움을 객관적으로 판단하는 것을 방해했다. 여자는 아름답다고도 아름답지 않다고도 말할 수 없는 모호한 경계에 있었다.

두어 번인가 친척들이 이 집을 방문하려고 했지만, 남편과 나는 적당한 구실로 거절했다. 여자가 불편해할지 모른다는 것이 표면적인 이유였지만, 실은 여자의 존재를 친척들에게 들키고 싶지 않아서였다. 나는 여자가 친척들에 의해 '드러내지는 것'을 원하지 않았다. 친척들은 우리가 의도하지 않은 상상을 할 것이 분명했다. 남편이 젊은 여자를 집으로 끌어들여 기묘한 동거를 하고 있다는 따위의 상상을 말이다. 그렇지 않아도 친척들은, 아이가 없이도 견고하게 부부 관계를 유지하는 우리에 대해 과도한 호기심을 보여왔다.

여자가 나타난 뒤로 남편은 간혹 내게 괜찮으냐고 물어오고는 했다. 나는 그때마다 괜찮지 않을 이유가 없다는 대답을 해주었다. 그것은 사실이었다. 집은 평화로웠고, 질서는 더없이 잘 유지되고 있었으며, 나는 질서 속에서 더없이 평온했다. 남편과 나, 그리고 여자. 우리 셋은 태양을 중심으로 공전하는 행성들처럼 서로를 떠돌며 적절한 거리와 그 거리가 주는 적당한 긴장감, 그리고 적당한 안정감을 유지했다. 집에서 내 평온을 깨뜨릴 만한 것은 없었다. 굳이 한 가지라도 찾아야 한다면 그네뿐이었다.

늦은 밤 그네가 흔들릴 때마다 내지르는 쇳소리는 마치 내 자궁 속에서 들려오는 소리 같기만 했다. 자궁 속에서 날리는 쇳가루의 서늘함에, 나는 가볍게 어깨를 떨기도 했다. 한두 달에 한 번 자궁이 쏟아내는 검붉은 피가 쇳가루로 착각될 때도 있었다.

2

 남편은 직장에 다녀야 했기 때문에, 여자와 나는 낮 동안 집에서 단둘이 지내야 했다. 남편은 박물관 연구원이었다. 여자는 이 집에서 지내는 대부분의 시간을 잠으로 소일했다. 하긴 이 집에서 여자가 잠을 자는 것밖에 또 무엇을 할 수 있겠는가. 어쩌다 깨어 있는 동안에는 한곳에 정물처럼 앉아 있었다. 여자가 식탁에 앉아 있는 동안, 나는 소파에 앉아 있을 수밖에 없었다. 그리고 여자가 소파에 앉아 있는 동안에는, 식탁이나 어디 다른 곳에 앉아 있을 수밖에 없었다.
 여자를 위해서는 아니었겠지만, 남편은 소파를 바꾸었다. 그렇지 않아도 소파는 바꿀 때가 되었다. 남편은 반영구적이라는 이유로 대리석 소파를 선택했다. 낮고 넓으며 상앗빛을 띤 소파였다. 나보다도 여자가 소파를 마음에 들어 했다. 여자는 소파에서 많은 시간을 보냈는데, 부동자세로 천장을 향해 누워 대여섯 시간 동안 손가락 하나 꼼짝하지 않고는 했다. 나는 여자 때문에 소파에 좀처럼 앉아볼 수도 없었다.

환한 대낮에 여자와 단둘이 지내다 보면, 시간이 무구하게 흘러가는 듯한 기분이 들었다. 한 백 년쯤 훌쩍 시간이 지나간 것 같은 착각이 들어 시계를 확인해보면, 20~30분밖에는 지나 있지 않았다. 나는, 자신이 받아들이는 시간과 실제의 시간 사이에서 아득한 멀미를 느끼기까지 했다.

여자는 고요하지만 불가항력적인, 전염성을 띤 그 어떤 기운에 휩싸여 있었다. 내가 그 기운을 깨달은 것은, 여자가 우리와 함께 살게 된 지 보름 정도가 지나서였다. 나는 식탁에서 늦은 아침 식사를 하고 있었다. 참치의 흰 살점을 반찬으로, 딱딱하게 굳은 밥알을 성의 없이 씹어 먹고 있었다. 환풍구조차 없는 지하실에서 풍겨 나오는 듯한 습윤한 냄새가 나를 자극했다. 그것은 냄새라기보다는 기운이었다. 나는 기운이 시작된 지점을 찾아 기민하게 내 마른 눈동자를 굴렸다. 내 눈동자는 소파에 고요히 앉아 있는 여자에게 고정되었다. 나는 숟가락을 조용히 식탁에 내려놓았다. 식탁에서 일어나 욕실로 걸어갔다. 욕실 문을 닫고 세면기의 수도꼭지를 틀었다. 좌변기를 끌어안고는 삼킨 참치의 살과 밥알들을 토해냈다.

여자가 내뿜는 기묘한 기운은 이 집을, 그리고 나를 조금씩 점령해나가기 시작했다.

그렇다고 그것이 여자를 이 집 밖으로 내쫓아야만 하는 절대적인 이유가 되어주지는 못했다. 나는 조금은 자포자기 심정으로, 여자의 기묘한 기운에 이 집과 내가 점령되어가는 것을 지켜보았다. 사실 나는, 이 집의 평온을 깨뜨리지만 않는 것이라면 그 어떤 것도 상관없었다.

나는 외출을 거의 하지 않았다. 나는 집 밖에서 이루어지는 모든 허다한 일들에 무관심할 수 있었다. 남편은 간혹 내게 이 집 바깥에서 벌어지고 있는 일들에 대해 들려주고는 했다. 대개 기아와 전쟁과 지진에 관한 이야기들이었다. 남편은 어떻게 된 것인지, 이 세상 어딘가에서 엄연히 벌어지고 있는 일이면서도 비현실적일 만큼 처참하고 속수무책인 일들에 관심이 많았다.

봄이 되자 햇빛은 축복이라도 하듯 이 집 마당을 장광하게 내리비추었다. 마당의 단풍나무들은 가지들을 마구마구 뻗었다. 나뭇가지들은 지붕을 타고 얼키설키 뻗어 나갔다. 지어진 지 30년도 더 된 이 집은, 나뭇가지들에 집어삼켜진 채 급격히 부식되어가고 있었다. 햇빛이 아낌없이 선사하는 축복에 보답하기라도 하듯이.

그날따라 햇빛은 유난히 눈부시게 내리쬐었다. 바람까지 불어 나뭇가지들은 뱀처럼 꿈틀거렸다. 나뭇잎들은 독을 품고 날름거리는 뱀의 혓바닥처럼 흔들렸다.

나는 문득, 여자가 언젠가 죽었던 적이 있을지도 모른다는 의심을 품게 되었다. 아주 오래전 언젠가, 한 번쯤 죽음을 경험해본 적이 있을지도 모른다는.

여자의 육체에서는 오랫동안 죽어 있던 사람에게서 날 법한 냄새가 났다. 한 번도 죽은 사람의 냄새를 맡아본 적이 없었지만, 나는 죽은 사람의 냄새가 아마도 저럴 것이라고 확신했다. 40 줄에 접어들면, 경험을 하지 않고서도 깨달아지고 짐작되어지는 것들이 있는 법이다. 냄새는 의외로 역겹지도, 두려움을 불러일으키지도 않았다. 외려 내게 야릇한 위안과 평안을 안겨주기까지 했다. 그 냄새는 이 집 공기 중으로 차츰차츰 퍼져 나가더니, 서랍들 속까지 스며들었다. 손톱깎이 따위를 찾으려고 서랍을 열면, 그 냄새가 먼지처럼 일어내 온 감각을 자극했다. 장롱 속 이불과 옷가지들에도 그 냄새가 뱄다. 심지어는 냉장고 안 밀폐 용기 속 음식물들에도.

나는 마침내 남편에게 여자가 언젠가 죽었던 적이 있느냐고 물었다. 그날 남편은 다른 날과 다르게 일찍 귀가했다. 남편과 나는 여자를 거실 소파에 홀로 남겨두고, 우리의 침대 위에 나란히 누워 있었다. 너무나 뜬금없는 질문이어서인지 남편은 내가 질문한 뜻을 제대로 알아듣지 못하는 것 같았다.

여보, 저 여자 말이야…… 어쩌면 이미 죽은 여자가 아닐까……? 괜히 그런 생각이 드네……

어쩌면 그럴지도 모르지…… 어쩌면……

남편은 어딘가 불안해 보였고, 내 목을 쓰다듬다가 잠들었다.

나는 여자가 설사 죽었던 적이 있다고 해도, 그리고 설사 이미 죽은 여자라고 해도 그다지 문제될 것이 없다는 결론을 내렸다. 나는 침대에서 내려와 거실로 나갔다. 여자는 소파에 고요히 앉아 있었다. 나는 여자 곁으로 움직여 가서 나란히 앉았다. 소파는 한없이 차갑고 딱딱했다.

여자가 숨을 들이마시고 내쉬는 소리가 비현실적일 만큼 아득하게 들려왔다.

여자가 온 지 두 달쯤 지나, 나는 여자에게 뜨개질을 가르치기 시작했다. 여자가 무언가 쓸모 있는 것을 만들어낼 수도 있겠다는 생각이 들어서였다. 하고 많은 시간을 잠과 침묵과 고요한 응시만으로 보내는 것은, 어떻게 보면 죄악을 저지르는 것과도 같다. 쓸모 있는 것을 만들어내는 데는 뜨개질만큼 좋은 소일거리도 없었다. 나는 그동안 여자에게 아무것도 바라지 않았다. 나는 여자에게 뭔가를 바랄 수도 있었다. 이 집은 남편의 집일 뿐만 아니라, 내 집이기도 했다. 그러나 집안일은 나 혼자로도 충분했다. 나는 집 안을 구석구석 청소하고도 시간이 남아서 오후에는 책을 읽거나 차를 마시며 시간을 소일했다. 나는 내 유일한 노동인 집안일을 여자와 나누고 싶지 않았다. 더구나 수도꼭지 하나 제대로 틀지 못하는 여자에게 어떻게 집안일을 시킬 수 있겠는가.

여자의 손가락들은 뜨개질을 하기에 적당할 만큼 가느다랗고 예민해 보였다. 깊은 밤에 나는 장롱을 뒤져, 여자를 위한 뜨개바늘과 털실뭉치를 찾아냈다. 여자의 손에 뜨개바늘을 쥐여주기 위해 나는 불가피하게 여자와 접촉할 수밖에 없었다. 나는 조심스럽게 손을 뻗어 여자의 손을 움켜쥐었다. 그리고 그 순간 나는 마치 드라이아이스를 움켜쥔 듯한 서늘함에 부르르 어깨를 떨어야만 했다. 여자는 뜨개질을 처음 해보는 것 같았다. 여자의 손가락은 털실에 무참히 엉켜버렸다. 나는 여자의 손가락에 감긴 털실을 풀어주었다. 손가락에 털실이 엉키고, 엉킨 털실을 풀어주기를 지루하게 반복하는 동안, 여자는 그럭저럭 뜨개질을 익혀갔다. 뜨개바늘은 금속이었고, 부딪칠 때마다 경쾌한 금속성 소리를 냈다.

뜨개질을 가르쳐준 지 엿새 만에 여자는 목도리를 한 장 만들어냈다.

썩 반듯한 목도리를 완성했군요. 스웨터에 도전을 해도 되겠는걸요.

나는 칭찬을 아끼지 않았다. 여자는 자신이 완성한 목도리를 목에 감고 털실 먼지 속에서 눈꺼풀만 끔벅거렸다.

털실 먼지가 가라앉은 뒤, 여자는 자신의 손가락을 뚝뚝 분질렀다. 나는 그저 망연히 여자가 하는 행동을 지켜볼 수밖에 없었다. 여자의 무참히 부러진 손가락들이 햇빛 속에 분필처럼 날렸다. 나는 당장 여자의 손가락들을 봉했다.

그날 밤 붕대에 친친 감겨 있는 여자의 손을 발견하고 남편은 비명을 내질렀다. 남편은 내게 말했다.

나는 저 여자가 훼손되는 것을 조금도 원하지 않아……!

……?

눈곱만치라도!

참으로 이해하기 어려운 반응이었다. 훼손되는 것을 원하지 않다니…… 그러나 나는 그것이 곧 당연한 반응이라고 이해해버렸다. 남편은 오랫동안 박물관 직원으로 일해왔다. 남편은 그것이 무엇이든 훼손되는 것을 강박처럼 두려워했다.

나는 용서를 비는 의미로, 남편에게 여자가 완성해놓은 목도리를 선물했다.

다행히도 여자의 부러진 손가락들은 잘 아물었다.

여자가 붕대를 풀던 날, 나는 재봉틀을 돌려 원피스를 한 벌 만들었다. 여자는 그동안 내가 장롱 깊숙이 처박아두었던, 유행이 한참 지난 옷들을 입으며 지내왔다. 마침 장롱 속에는 원피스를 한 벌 해 입을 수 있는 아마포 천이 있었다.

내가 재봉틀을 들들들 박는 동안 여자는 기품 있는 자태로 소파를 점령하고 누워 있었다. 나는 여자의 발목까지 내려오는 치렁한 원피스를 완성했다.

자, 받아요. 이 옷은 당신을 위한 거예요. 나는 이 옷을 당신에게 바치고 싶어요.

여자에게 원피스를 건네며 나는 그렇게 말했을 것이다. 여자는 내게 고개를 살짝 숙여 보이며 고마움을 표현했다. 원피스는 여자에게 더없이 잘 어울렸다.

3

 남편과 나, 그리고 여자와의 동거도 어느덧 1년여가 다 되어가고 있었다. 어느 날부터인가 남편은 여자와 소파에서 함께 잠들었다. 소파는 두 사람이 나란히 누워도 될 만큼 넓었던 것이다. 남편과 여자는 마치 한 관 속에 입관된 사람들처럼 다정히 누워 두 손을 가슴께에 모으고 잠들었다. 그러나 그렇다고 해서 남편과 여자가 육체적인 관계를 맺는 것은 결코 아니었다. 남편과 여자는 대리석 소파 위에서 함께 잠드는 것뿐이었다. 나는 남편의 행동을 무심히 지켜보기만 했다. 나는 어느 날인가는 푸른빛이 돌도록 희디흰 천을 가져다가 그들의 육체를 덮어주기도 했다.
 그러는 동안 단풍나무들은 마구마구 가지를 뻗어 부엌 창문을 깨뜨려놓았다. 환풍기의 날개들 틈으로도 가지를 뻗었다. 나뭇가지들을 쳐내기 위해서는 벌목꾼 무리를 마당으로 불러들여야만 할 것 같았다. 그네는 밤마다 나를 흔들어 깨웠다. 거의 매일 밤, 나는 자궁 속에서 녹슨 쇳가루가 날리는 것 같은 불모의 기운을 견디며 날이 밝기를 기다렸다.

 그것은 주전자 속에서 물이 끓는 소리 같기도 했고, 마른 모래가 날리는 소리 같기도 했다. 소리는 부엌 쪽에서 들려왔다. 나는 방에서 나와 부엌 쪽으로 움직여 갔다. 부엌 문턱에 이르러, 식탁에 웅크려 앉아 있는 여자를 발견했다. 여자는 질로 빚은 소금 항아리를 양팔로 끌어안고는 국자로 소금을 퍼먹고 있었다. 냉장고 냉동실 문이 활짝 열린 탓에 냉동실에서 뿜어대는 냉기와 불빛이 여자를 점령하고 있었다. 푸르스름한 냉기 때문인지 여자는 창백하게 질려 있었다. 여자의 도톰한 이마는 성에가 낀 듯 창백하게 얼어 있었다. 나는 문득 여자를 냉장고에 안치시키고 싶은 충동이 일었다. 혈관 속을 흐르는 피마저 얼려버릴 만큼 차가운 어둠 속에.
 나는 식탁 쪽으로 한 발짝 한 발짝 움직여 갔다. 소금 항아리를 들여다보며, 여자가 이미 식도까지 차오를 만큼 많은 양의 소금을 먹어치웠다는 사실을 깨달았다.
 여자가 소금 묻은 입술을 복숭아 씨앗만큼 벌리고 내게 희미하게 웃어 보였다.
 그자들이 내 심장과 간과 폐를 가져가버렸어요.
 여자의 입안 그득 들어차 있던 소금알들이, 여자의 벌어진 입으로 줄줄줄 흘러내렸다.
 다음 날 확인해보니 소금 항아리는 말끔히 비워져 있었다.

한 알의 소금도 남아 있지 않았다. 소금을 두 항아리나 비우고서도 여자는 물을 찾지 않았다.

여자가 무언가 쓸모 있는 것을 만들어낼 수도 있겠다는 내 생각에는 여전히 변함이 없었다. 그러나 여자의 손에 또다시 뜨개바늘을 쥐여줄 수는 없는 노릇이었다. 때마침 남편이 찰흙을 한 덩어리 들고 집으로 돌아왔다. 남편이 나를 위해서가 아니라 여자를 위해서 찰흙을 가져왔다는 것쯤은 충분히 눈치챌 수 있었다. 나는 질투심이 일기는 했지만 여자에게 찰흙을 안겨주었다.

여자는 온종일 찰흙을 만지고 놀았다. 찰흙을 치대고 뭉개 주먹 크기만 한 하나의 형상을 빚어냈다. 그것은 한없이 추상적이고 모호한, 뭐라 설명하기 힘든 형상이었다. 나는 굳이 여자에게 그 형상이 무엇을 모방하고 의미하는지를 묻지 않았다. 형상이 어느 정도 완성되는 순간, 그것이 그다지 쓸모 있는 것은 아님을 깨달았기 때문이었다. 쓸모 있는 것이든 쓸모없는 것이든 간에, 나는 여자가 무언가를 만들어낸다는 사실에 만족하기로 했다. 만들고 만들다 보면 사람의 얼굴을 흉내 낸 형상을 만들어낼 수 있지 않을까.

여자는 젓가락을 써서 형상의 한가운데에 두 개의 구멍을 나란히 뚫었다. 구멍을 중심으로 두 개의 눈동자와 입을 그려 넣었다. 두 개의 구멍을 향해 탄식하듯 입을 벌리더니, 들척

지근하고 뜨거운 숨을 오래오래 불어넣어주었다. 나는 멀찍이서 여자가 두 눈을 가느다랗게 감고 숨을 불어넣는 과정을 지켜보았다. 형상은 여자가 숨을 불어넣으면 넣을수록 입체적으로 부풀어 올랐다. 선(線)에 불과하던 두 눈동자가 발아하듯 부어올랐다. 금이 가듯 입이 쩍 벌어졌.

여자는 다섯 개의 형상을 더 만들어냈고, 모든 형상에 두 개의 구멍을 뚫고는 오래오래 숨을 불어넣어주었다.

나는 여자가 빚은 형상들을 거실 햇빛이 잘 드는 창가에 놓아두었다. 형상들보다 몇 배로 과장된 형상들의 그림자가, 거실 바닥과 가구들에 무겁게 드리워졌다.

형상들은 겨울 내내 햇빛을 받아 단단히 굳어갔다. 노쇠한 뼈의 마디마디들이 부딪치듯, 마당의 그네가 삐걱삐걱 흔들렸다. 단풍나무 가지가 스스로 부러지기도 했다.

4

그들의 방문은 예고 없이 이루어졌다. 거실 시계가 오전 10시를 지나고 있을 때였다. 형상들의 그림자가 여자와 내 위로 드리워져 있었다. 대문을 부술 듯 두드리는 소리가 들렸다. 여자는 고요하게 소파를 차지하고 앉아 있었다. 나는 아마도 수도 검침원이나 자매들일 거라고 생각했다. 조용히 현관문을 열고 마당으로 나갔다. 미로처럼 얽혀 있는 나뭇가지들을 헤치며 드디어 대문에 이르렀다. 나는 쓸데없이 심장이 뛰었다. 나는 호흡을 한번 가다듬은 뒤 대문의 빗장을 풀었다. 내가 대문을 활짝 열었을 때 그들은 광기와도 같은 흥분에 휩싸인 채 무리를 지어 서 있었다. 나는 그들이 이 집으로, 남편과 내가 아니라, 여자를 찾으러 왔음을 단박에 알아차렸다. 그들은 공교롭게도 손에 망치와 끌, 삽, 붓, 줄자, 돋보기, 망원경 따위를 하나씩 나누어 들고 있었다. 그들은 사파리를 걸치고 있었는데, 그들의 피부는 사막을 건너온 것처럼 모래 빛깔로 그을려 있었다. 그들 중 가장 늙은 남자의 손에는 나침판이 들려 있었다. 나침반 바늘은 남서쪽을 집요하게 지시하고 있었다. 그리고 이 집은 공교롭게도 남서쪽을 향해 세워져 있었다.

나는 대문을 가로막고 섰다.

우리는 지난 30년 동안 그것을 찾아 헤매왔습니다. 경이롭고도 지난한 작업이었습니다. 이제야 겨우 한 줄기의 가느다란 빛이 보이는군요.

그들은 다만 그렇게 말했다.

글쎄요. 30년이라면 그렇게 긴 시간도 아닌 것 같군요.

나는 그들이 말하는 30년의 의미를 온전히 이해하지도 못하면서 그렇게 대꾸했다.

그들은 발굴, 불멸, 흔적, 보존 따위의 단어가 뒤섞인 말을 두서없이 내게 건넸다. 나는 그들의 말을 좀처럼 이해할 수가 없었다. 나는 다만, 그들이 이를테면 여자를 '발굴'하기 위해 이 집을 찾아왔음을 어렴풋이 눈치챘을 뿐이다. 나는 불현듯 그들로부터 여자를 '보존'해야 한다는 생각이 들었다. 나는 그들에 의해 여자가 발굴되는 것을 원하지 않았다. 왜냐하면 발굴로 인한 소란에 휩싸이고 싶지 않아서였다. 이 집은 여자를 위해서만이 아니라 남편과 나를 위한 안식처였다. 나는 하루하루를 평온하게 지내고 싶었다.

지난 30년은 우연의 연속이었고, 우리는 우연의 일치가 이루어지는 기적의 순간을 애타게 기다리고 있습니다.

그들은 당장이라도 나를 밀치고 마당으로 뛰어 들어올 기세를 취했다. 집 안으로 뛰어 들어가 여자의 육신에 끌과 망치와 줄자와 돋보기와 붓과 삽을 들이댈 것만 같았다.

나는 다급히 대문을 닫았다. 빗장을 단단히 걸어 잠갔다. 마당을 가로질러 현관문으로 뛰어 들어갔다. 남편이 세워놓은 대문은 높고 두꺼웠으며 견고했다. 담벼락 위에 깨진 유리병 조각을 박아놓았기 때문에, 나는 그들이 담을 뛰어넘어 올지도 모른다는 걱정 따위는 하지 않았다. 그들은 하나같이 키가 작달막했다.

나는 여자에게 그들이 찾아왔었다는 사실을 알리지 않았다. 남편에게도 물론 알리지 않을 작정이었다. 그는 고대 이집트 유물 전시로 눈코 뜰 새 없이 바빴다. 전시품들 중에는 3천

년 된 미라도 포함되어 있다고 했다. 그는 불가피하게도 박물관에서 며칠 밤낮을 새울 수밖에 없었다. 남편이 집을 비운 어느 날 밤인가, 나는 그가 미라와 육체를 섞는 꿈을 꾸기도 했다. 아마도 남편이 미라 이야기를 내게 들려주었기 때문이었을 것이다. 그는 내게 미라에 대해 이렇게 말했다.

믿을 수 없게도, 어느 한 곳도 부패되지 않았더군.

내가 꾸었던 꿈을 굳이 기억해내자면 이러했다.

남편은 박물관의 전시실 중 한 곳에 서 있었다. 미라는 디근 자로 짜인 전시실의 가장 깊숙한 곳에 제단처럼 성스럽게 놓여 있었다. 박물관의 밝지도 어둡지도 않은 조명이 미라를 축복하듯 내리비추고 있었다. 미라는 찹쌀로 쑨 풀처럼 희부옇고 끈적거리는 물질로 온몸이 뒤덮여 있었으며, 머리에는 금으로 짠 그물 모양의 장신구가 씌워져 있었다. 남편이 미라의 육체 위로 기어 올라갔다. 한껏 발기된 살덩어리를 미라의 그곳에 버둥거리며 집어넣었다. 3천 년이라는 장구한 시간 동안 부패되지 않은 미라의 육신 속에, 그는 자신의 정액을 충만히 쏟아놓고는 만족스러운 탄식을 내질렀다. 나는 정액의 비릿한 냄새를 맡으며 꿈에서 깨어났다. 꿈에서 깨어나는 순간 나는, 남편의 정액이 미라의 육신에서 새 생명으로 싹트기를 주술처럼 기원했는지도 모르겠다.

나는 여자와 식탁에 마주 앉아 내가 꾼 꿈 이야기를 들려주었다. 여자는 고요한 표정과 자세로 내 이야기를 귀 기울여

들었다. 형상들의 그림자가 식탁까지 드리워졌다. 내 이야기가 끝나자 여자가 스르르 일어섰다. 가스레인지 위 주전자에서는 커피 탈 물이 데워지고 있었다. 주전자 속 물이 남편의 정액이라도 되는 듯 부글부글 끓어올랐다. 나는 여자가 앉아 있던 식탁 의자로 옮겨 앉아 커피를 마셨다. 식탁 의자에는 여자의 온기가 눈곱만치도 남아 있지 않았다. 여자가 바로 조금 전까지 그곳에 앉아 있었다는 사실조차도 나는 실감할 수 없었다.

나는 막연히 언젠가 남편이 여자와 육체를 섞게 될지도 모른다는 생각이 들었다. 그러나 그렇다고 해서 여자를 이 집 밖으로 내쫓을 마음은 조금도 없었다. 이 집은 여전히 더없이 평온했기 때문이었다. 더구나 남편과 내가 육체를 섞지 않은 지도 오래였다.

며칠 동안 나는 불면에 시달렸다. 새벽까지 깨어 있는 동안, 나는 남편이 3천 년 된 미라의 육신에 수혈이라도 하듯 쏟아 부은 정액에 대해 생각했다. 꿈속에서 이루어진 일이기는 했지만, 나는 그것이 어쩌면 꿈에 지나지만은 않을 수도 있다는 생각이 들었다. 남편은 박물관의 연구원이었고, 남편이 원하기만 한다면 얼마든지 미라와 육체적 교감이 가능할 것이었다. 어느 한 곳 부패하지 않은 미라였으니, 가랑이의 깊숙한 그곳 또한 온전하지 않을까.

부엌 쪽에서 의자가 넘어지는 것 같은 소리가 들렸다. 내가 불안감에 휩싸일 틈도 없이 한 무리의 사람들이 거실에 나타났다. 그들은 모래바람에서 맡아지는 불모의 냄새를 풍기며 내 앞에 서 있었다. 나는 그들이 며칠 전에 이 집의 대문을 부술 듯 두드리던 사람들이라는 것을 깨달아야만 했다. 그들은 여전히 각자의 손에 망치와 끌, 삽, 붓, 줄자, 나침반 따위를 하나씩 나누어 들고 있었다. 나침반 바늘은 여자가 잠들어 있는 침실 쪽을 '예시'라도 하듯 지극히 가리키고 있었다.

 그들은 나침반이 가리키고 있는 침실 문 쪽으로 일사불란하게 움직여 갔다. 너무나 준비 없이 맞닥뜨린 상황이라서 나는 그들을 막아서지 못했다. 그들은 어느새 소파에 다다라 있었다. 소파를 둘러싸고서 경이로움에 찬 표정으로 여자를 내려다보았다.

 나는 그들이 여자를 그대로 고요하게 내버려두지 않으리라 것을 직감적으로 알아차렸다.

 여자를 내버려둬요……!

 나는 그들에게 소리 질렀다.

 나는 여자가 그들에 의해 발견되거나, 드러내지거나, 추측되거나, 보고되는 것을 원하지 않았다. 그러나 그들은 당장이라도 여자를 향해 망치와 끌과 삽과 붓을 들이댈 것만 같았다.

 나는 그들을 내쫓기 위해 부엌으로 가 식칼을 꺼내 들었다. 나는 식칼을 들고 그들로부터 여자를 지켰다. 그들은 소파에서 물러서더니 부엌 쪽으로 우르르 몰려갔다. 식탁을 온통 차지하고 앉아 꿈쩍도 하지 않았다.

남편은 자정이 다 되어서야 집으로 돌아왔다.

그들이 왔었어요.

나는 남편에게 그들이 우리의 식탁을 점령하고 있다고 말했다.

그렇군…… 결국에는.

남편은 자포자기라도 하듯 그렇게 중얼거렸다. 옷도 갈아입지 않고 곧장 부엌으로 들더니, 그들과 심각한 표정으로 담배를 나누어 피웠다. 담배가 떨어지자 그들에게 붉은 술을 한 잔씩 대접하고는 조용히 침실로 가서 잠들었다. 아침이 되자 남편은 여느 때와 다름없이 출근을 하기 위해 집을 나섰다.

그들은 여자에게 함부로 손을 대지는 않았지만, 떠날 생각을 하지 않았다.

어째서 저들을 내쫓지 않는 거야.

나는 남편에게 항의도 해보았다.

왜냐고? 그것이 고집불통인 저들이 해야 하는 일이니까.

나는 어쩌면 남편이 그들의 존재에 대해 전부터 알고 있었을지 모른다는 의심이 불현듯 들었다. 어쩌면 여자의 존재를 알기 훨씬 이전부터 그들과 알고 지내던 사이가 아니었을까. 남편은 그들과 이를테면, 한통속처럼 보이기도 했다.

다행히도 그들이 이 집을 점령했다고 해서, 이 집의 평온이 깨지지는 않았다. 남편과 내가 지난 10년 동안 다져온 평온은, 내가 믿어왔던 것보다 더욱 견고했다.

이 집은 남편과 나, 그리고 여자, 그리고 일곱 명이나 되는 그들이 함께 살아가는 데 별 무리가 없었다. 그들은 늘 무리를 지어서 행동했다. 그들은 동시에 식사를 했고, 동시에 한곳에 모여서 잠들었으며, 동시에 발가벗고 목욕을 했다. 따라서 그들은 숫자가 무려 일곱 명이나 되었지만 단 한 명인 것처럼 여겨졌다. 여자와 그들이 나타난 뒤로 시작된 이 기묘한 동거는 내게 권태 따위를 느끼게 할 틈을 주지 않았다. 나는 이 집 바깥에서 일어나는 일들에 대해 관심을 가질 필요도, 또 그럴 여유도 없었다. 그들이 나타난 뒤로는 남편도 이 집 바깥에서 벌어지는 일들에 대해 내게 이러쿵저러쿵 이야기해주지 않았다. 그렇지 않아도 남편은 박물관의 이런저런 전시로 눈코 뜰 새 없이 바빴을 것이다.

굳이 불편한 점을 들자면, 그들 때문에 나는 여자의 곁을 한시도 떠날 수가 없었다. 나는 언제나 한 손에 식칼을 들고서 그들을 경계해야 했다.

나는 그들에 대해 스스로도 납득하기 어려운 적의와 분노를 느꼈지만, 서서히 그들의 언어와 행동을 편하게 받아들이기 시작했다. 그들은, 그들이 사용하는 언어나 행동으로 봐서 꽤나 고지식하고 학식이 있는 무리임이 분명했다. 그들은 유리컵을 사용하거나 냉장고 문을 열 때조차도 내게 정중히 허락을 구했다. 나는 그들에게 먹을 것을 만들어 주기도 했고 차를 대접하기도 했다. 그들은 내가 대접한 차를 마시며 그들끼리, 인류 역사상 기념비가 될 만한 위대한 발굴들에 대해 떠들기도 했다. 예를 들자면 투탕카멘 왕의 무덤, 라코스 동굴벽화, 모헨조다로의 유적, 클레오파트라의 궁전, 마우솔레움 등등의 발굴들에 대해서. 그들은 인류 최초로 발견된 미라에 대해서도 이야기했는데, 그 미라는 어느 한 곳 부패된 곳이 없었다고 했다. 진실로, 어느 한 곳도. 그들은 하나같이 목소리가 컸기 때문에 나는 그들이 나누는 이야기에 집중할 수밖에 없었다.

그들은 머지않아, 그들이 세상에 발표할 역사적이고도 위대하며 세계사적인 발굴에 대해 비밀스럽게 떠들며 걷잡을 수 없는 광분에 휩싸이고는 했다. 그들은 마치 신화와 역사의 수수께끼를 풀듯, 여자에 대해 이야기했다.

그들은 여자에 대해 무수한 추측과 정의와 암시들을 내놓았다. 그들의 논리적인 것 같으면서도 두서없는 추측이 난무하는 동안에도, 그들 중 한 명의 손에 쥐어져 있는 나침판은 집요하게 여자를 지시하고 있었다.

그들은 내가 깜박 조는 틈을 타 여자의 육체에 느닷없이 줄자나 붓을 들이대기도 했다. 재단사들처럼 줄자를 늘여 여자의 키와 목둘레, 허리둘레, 발 치수를 쟀다. 먼지를 털듯 붓으로 여자의 어깨와 겨드랑이와 가랑이를 신중한 손놀림으로 털었다. 그들은 심지어 여자의 육신에 사진기를 들이대고 수백 장의 사진을 찍기도 했으며, 도화지 위에 목탄으로 여자를 그려내기도 했다. 그들은 그들의 그러한 행동을 '발굴'의 과정이라고 주장했으며, 자신들의 발굴이 결국에는 여자를 영구히 보존하기 위한 행위임을 주장했다.

그들은 여자뿐만 아니라 여자가 '안치'(그들은 그런 표현을 썼다)되어 있는 이 집에도 흥미를 보이기기 시작했다. 그들은 이 집의 공기 중에 떠도는 냄새를 맡았고, 습도를 측정했으며, 여자가 만들어낸 형상들에도 지나친 관심을 보였다.

남편과 나는 여전히 여자에게 아무것도 바라지 않았다. 그러나 어느 날부턴가 나는 나를 위해서라기보다는, 여자를 위해서 이 집에 격리된 듯 살아가고 있었다. 나는 그들로부터 여자를 보호해야 했을 뿐만 아니라, 여자가 내 도움을 필요로 하는 순간에 곁에 있어야 했다. 여자는 시도 때도 없이 내 도움을 필요로 했다. 여자는 여전히 수도꼭지를 틀거나 머리카락을 빗거나 텔레비전을 켜거나 하는 단순하고 사소한 일들에 서툴었다. 여자는 수도꼭지를 틀 때도 굳이 내 손을 빌렸던 것이다. 나는 내 머리카락을 빗어야 할 시간에, 여자의 머리카락을 빗겨야 했다. 여자는 내가 그녀 때문에 치르는 이런저런 희생을 당연하게 여기는 듯했다.

그러고 보니 여자는 언제나 당당한 위엄을 잃지 않는 태도로 나를 대해왔다. 내게서 뜨개질을 배울 때조차도 여자는 위엄과 도도함을 잃지 않았던 것이다.

여자에 대한 그들의 지나친 관심 때문이었을까. 언제부턴가 여자는 내게 묘한 질투심을 불러일으켰다. 나는 여자에게, 내가 도무지 흉내 낼 수 없는 그 어떤 것이 있음을 인정할 수밖에 없었다. 일전에도 이야기했듯, 여자는 남편보다 수천 년은 더 나이가 들어 보였다. 적어도 천 년 이상은. 우리가 죽은 뒤에도 여자는 지금과 같은, 훼손되지 않은 모습으로 살아 있을 것만 같았다. 영원불멸성 같은 것이 축복처럼 부여되어 어느 한 곳, 부패된 곳 없이 살아 있을 것만 같았다. 우리의 살과 뼈가 부패되고 부패되어 한 줌의 티끌로 사라진 뒤에도.

어느 날 밤, 나는 질투심에 시달리다가 여자가 언젠가 그랬던 것처럼 소금 항아리를 양팔로 끌어안고는 소금을 국자로 미친 듯이 퍼먹고 있었다. 마른 식도로 소금을 꾸역꾸역 삼키고 있었다. 혀가 소금에 닿아 없어지도록.

5

그날은 마침 일요일이었다.

박물관에서는 고대 이집트 유물 전시가 한창이었지만, 남편은 오랜만에 집에 있었다. 그들은 밤새도록 여자에 대한 분

분한 의견을 나누다가 빈방으로 우르르 몰려가 잠들었다. 며칠 밤낮을 꼬박 새운 뒤라서 그들은 고단한 잠 속으로 빠져들었다. 그들은 코를 심하게 골고, 이빨을 부드득부드득 갈며, 불분명한 잠꼬대를 중얼거리기도 했다. 나는 그들이 오랫동안 깨어나지 않기를 바라며 그들이 잠들어 있는 방문을 꼭 닫았다. 남편은 어떻게 된 일인지 오전 11시가 다 되도록 깨어나지 않았다. 여자도 소파에서 잠들어 있었기 때문에 이 집에 깨어 있는 사람은 오로지 나뿐이었다.

나는 오랜만에 남편에게 먹일 만두를 빚었다. 돼지고기를 으깨고, 양파와 삶은 당면과 표고버섯을 잘게 다져서 속을 만들었다. 그렇지 않아도 그동안 내가 남편에게 소홀했던 것은 사실이었다. 남편은 특별히 만두를 좋아했고, 나는 그를 기쁘게 해주기 위해 자주 만두를 빚곤 했다. 육체적인 관계가 끝났다고 해서 부부의 관계가 끝나는 것은 절대로 아니다. 나는 남편과 나의 견고한 부부 관계를 한 번도 의심하거나 불안해한 적이 없다. 만두는 남편이 만족할 만한 모양과 크기로 빚어졌다.

나는 마흔 개째의 만두를 빚다가 말고 문득, 소파 쪽을 바라보았다.

소파는 흡사 대리석으로 짠 석관 같았다. 그리고 여자는 석관 속에 매장된 시체처럼 누워 있었다. 여자는 내가 만들어준 원피스를 입고 있었다. 가운데 가르마를 탄 머리카락들은 차

분하게 여자의 두 귀와 목을 덮고 있었다. 여자의 육신은 어느 한 곳 상처가 나거나 부패된 데가 없었다. 말하자면 방금 매장이라도 한 듯 더없이 완벽하고 정결했다. 내 두 눈이 여자를 바라보는 동안, 내 손에 쥐어져 있던 만두는 으깨져 있었다. 나는 기껏 빚어놓은 만두들마저도 무참히 으깨버렸다.

햇빛이 거실 창으로 비쳐들었다. 창틀에 올려놓은 형상들의 그림자가 여자의 육신 위로 고대의 주술적이고 비밀스러운 문자나 문양처럼 드리워졌다. 형상들은 햇빛과 바람을 받아 여자가 빚었을 때보다 더 기묘한 형태와 빛깔을 띠고 있었다.

침실 문이 스르르 열리더니 남편이 뚜벅뚜벅 걸어 나왔다. 그는 흰 면으로 짠 반팔 티셔츠에 파자마 차림이었으며, 잠이 덜 깨었는지 몽환에 잠긴 표정이었다. 그는 여자가 누워 있는 소파 쪽으로 미끄러지듯 다가갔다. 희부연 먼지 같은 것이 그를 따라다녔다. 그는 곧 소파에 이르렀고, 여자를 향해 혼잣말을 중덜거리더니, 내가 말릴 새도 없이 여자의 육신 위로 올라갔다. 여자의 어깻죽지에 머리를 파묻고는 깊고도 들뜬 숨을 내쉬었다. 그의 팔과 다리의 핏줄들이 시퍼렇게 팽창하는 것을 나는 그저 넋을 놓고 바라보았다.

마당에서 그네가 흔들리는 소리가 들려왔다. 나는 자궁 속에서 쇳가루가 날리는 듯한 고통을 간신히 참으며 남편과 여자의 육체의 결합을 지켜보았다.

남편은 아래위로 천천히 몸을 움직이기 시작했다. 차분하게 가라앉아 있던 여자의 머리카락들이 물결처럼 출렁거렸다. 그의 움직임은 점점 더 빨라져 걷잡을 수 없는 지경에까지 이르렀다. 여자의 머리카락들이 해일처럼 일어 그를 삼키듯 뒤덮었다. 형상들의 그림자는 악귀들처럼 여자와 그의 육신에 악착같이 달라붙었다. 형상들의 한가운데마다 뚫어놓은 구멍들에서 휘파람을 부는 듯한 소리들이 새어 나왔다. 단풍나무의 나뭇가지가 거실 창을 뚫고 뻗어 나왔다. 그 순간, 그는 촉수처럼 날카로운 신음 소리를 내뱉으며 움직임을 멈췄다. 썩은 우유와도 같은 정액 냄새가 공기 중에 감돌았다.

 남편이 여자의 육신에서 미끄러지듯 내려왔다. 거실 창으로 비쳐들던 햇빛이 사그라지며, 형상들의 그림자가 점차 엷어졌다. 원피스는 여자의 배꼽 위까지 치켜 올라가 있었고, 여자의 두 다리는 45도 각도로 벌어져 있었다. 여자의 가랑이 쪽은 축축이 젖어 있었다.

 남편이 벌목꾼처럼 나뭇가지들을 헤치며 마당을 건너가는 소리가 아득히 들려왔다. 나뭇가지들 위로 얼음 알갱이에 가까운 눈이 내리고 있었다.
 언제까지나 잠들어 있을 것 같던 그들이 깨어나고 있었다.

6

　남편이 집으로 돌아오지 않은 지도 꽤나 오래되었다. 나는 그가 이집트로 떠났기를 바랐다. 이집트는 그가 어린 시절부터 동경해 마지않던 곳이었다. 마당은 이제 단풍나무의 나뭇가지들이 얽히고설켜 발 내디딜 틈조차 없어졌다. 창틀 위의 형상들에는 지진이 지나간 듯 쩍쩍 균열이 갔다. 여자가 숨을 불어넣던 구멍들을 따라 균열이 부챗살처럼 번져 나갔다.

　그리고 그들.

　남편이 집을 나가던 날, 그들도 이 집을 떠났다. 그들은 여자의 가랑이에서 풍기는 정액 냄새를 맡았고, 그 냄새를 맡는 순간 가차 없이 이 집을 떠나버렸다. 그들은, 지난 30년 동안 종교처럼 매달려왔던 여자의 육체에 털끝만치의 미련도 남아 있지 않은 것 같았다.

　그리고 여자는 지금도 소파에 죽은 듯이 누워 있다.

　남편의 불온한 욕망에도 불구하고, 여자의 육체는 어느 한 곳도 부패되지 않았다.

　진실로, 어느 한 곳도.

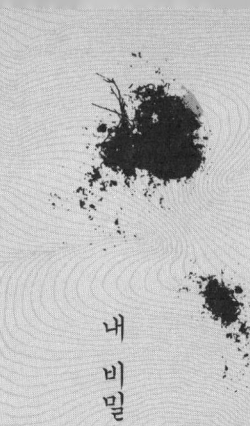

내 비밀스런 이웃들

그날, 내가 집에 갔을 때 남편은 소파에 앉아 맥주를 마시고 있었다. 남편은 출근할 때 입은 양복을 그대로 입고 있었다. 텔레비전에서는 배구 경기가 중계 중이었다. 나는 소파를 지나쳐 방으로 갔다. 옷을 갈아입고 방에서 나왔을 때도 남편은 소파에 그대로 죽치고 앉아 있었다. 욕실로 들어가 손을 씻고 나왔을 때도. 남편은 내 쪽으로 고개조차 돌리지 않았다. 나는 면접을 보고 오는 길이었다. 8년 전 직장을 그만둔 뒤로, 나는 집에서 살림만 하며 지내고 있었다. 아이가 생기길 바랐지만, 별다른 원인도 없이 아이가 생기지 않았다. 내가 구할 수 있는 직장이란 대형 마트의 시간제 계산원 일밖에는 없었다. 그것이 기혼에 마흔두 살인 내가 받아들여야 하는 현실이었다. 그러나 시간제 계산원 일도 막상 구하려고 하니 쉽지가 않았다. 아르바이트나 다름없는 비정규직이었지만, 채용이 되기 위해서는 누군가의 추천과 보증 같은 것이 필요했다. 대형 마트에서 연락이 올 때까지 무작정 기다리는 것밖에는, 내가 할 수 있는 일이 없었다.

밥솥이 텅 비어 있었지만, 밥을 할 필요는 없었다. 냉동실에는 밥이 얼마든지 있었다. 일요일마다 나는 밥을 한 솥 그득 짓는다. 막 뜸이 든 밥을 주먹만 하게 뭉쳐 랩으로 싼 뒤 냉동실에 넣어둔다. 냉동실에는 밥이 얼마든지 있다. 냉장실 야채 통에서 찾아낸 어묵 한 봉지를 냄비에 쏟아 넣고 물을 부은 뒤 가스레인지에 올렸다. 어묵국이 끓어오를 즈음에야 나는 어묵의 유통기한이 이틀이나 지났다는 것을 알았다. 이틀 정도는 그래도, 괜찮을 것이다. 먹어도 죽지는 않을 것이다.

"오늘 밤 그들은 그곳으로 갈 거라더군."

남편이 텔레비전을 뚫어져라 바라보며 중얼거렸다. 나는 그들이 어떤 자들인지 몰랐기 때문에 대꾸하지 않았다. 그리고 그들이 나랑 무슨 상관이란 말인가. 그렇지 않아도 나는 몹시 피곤했다. 베란다에는 일주일째 걷지 않은 빨래가 그대로 걸려 있었다. 나는 빨래를 걷으려다가 그만두었다. 그들은 어쩌면 남편의 직장 동료들인지도 모른다.

나는 냉동실에서 꽝꽝 언 밥 두 덩이를 꺼내 전자레인지에 넣고 돌렸다.

전자레인지가 돌아가는 동안, 주인 할머니가 다녀갔다. 남편과 나는 지하철 6호선 망원역에서 걸어서 15분 거리인 다세대주택에 살고 있었다. 지은 지 20년도 더 된 다세대주택이었다. 지상 4층인 그 건물에는 우리 말고도 다섯 가구가 세 들어 살고 있었다.

주인 할머니는 그녀의 아들을 데리고 왔다. 그녀는 어디를 가든 아들을 그림자처럼 데리고 다녔다. 그는 50대 중반쯤 되어 보이는 왜소한 남자였는데 머리가 기형적으로 부풀어 올라 있었다. 나로서는 그의 머리가 어쩌다가 그렇게 되었는지 도무지 알 수 없었다.

"뭐든지 아껴 써야 해."

그녀는 그렇게 말하며 내게 전기세와 수도세 금액이 적힌 종이쪽지를 내밀었다. 전기세는 지난달과 비교해 2, 3백 원밖에 차이가 나지 않았지만, 수도세는 2천 원이나 올라 있었다. 나는 지난달보다 물을 많이 쓰거나 하지는 않았다. 주인 할머니는 전기세든 수도세든 세입자들에게 절대로 고지서를 보여주지 않았다. 나는 주인 할머니가 달라는 대로 줄 수밖에 없었다.

나는 지폐와 동전을 세어 주인 할머니에게 주었다.

"2백 원이 모자라잖아."

나는 2백 원을 그녀에게 더 주었다. 그녀의 아들이 갑자기

꾹 다물고 있던 입을 쫙 벌리고 웃었다. 누런 치아들 위로 드러난 잇몸은 거머리가 달라붙어 있는 것처럼 거무스름했다. 나는 그가 바라보고 있는 쪽을 흘끔 바라보았다. 그는 내 남편을 바라보고 있었다. 남편은 그가 자신을 바라보며 웃는 것도 모르고 텔레비전 화면만 뚫어져라 바라보고 있었다.

"뇌수술을 세 번이나 받더니 이렇게 되었어. 교통사고가 났었거든."

주인 할머니가 동전들을 다시 세며 내게 말했다.

"한순간이야."

"……"

"알았어?"

"……"

"조심해, 조심하라고!"

주인 할머니는 아들의 손을 꼭 잡고 계단을 올라갔다. 그녀는 4층에 살고 있었다. 그녀는 수도세와 전기세를 받아 갈 때마다 내게 조심하라는 경고를 잊지 않았다. 언젠가 나는 그녀가 302호 여자에게도 조심하라고 말하는 것을 들은 적이 있다. 나는 그러나 도대체 뭘 조심하라는 것인지 알 수 없었다.

"조심하라지 뭐야."

나는 현관문을 닫고 식탁 쪽으로 걸어가며 남편에게 말했다.

"조심하라고!"

나는 주인 할머니의 목소리를 흉내 내 탄식을 내지르듯 말했다.

　남편과 나는 식탁에 마주 앉아 어묵국과 꽁치 통조림과 쉬어 터진 배추김치를 반찬으로 밥 한 덩이씩을 해치웠다. 나는 어묵을 씹으며 주인 할머니의 아들이 어쩌다 머리가 그 지경이 되었는지 남편에게 알려주었다.

　"뇌수술을 세 번이나 받았다지 뭐야."

　남편은 어묵 국물을 떠먹느라 별다른 대꾸가 없었다.

　"글쎄, 세 번이나! 믿을 수 있겠어?"

　"뭘……?"

　"주인 할머니의 아들 말이야."

　"주인 할머니의 아들?"

　"그래, 뇌수술을 세 번이나 받았다지 뭐야."

　"그렇지만 나는 그를 한 번도 본 적이 없는걸."

　"설마……"

　"어쨌든, 나는 그를 한 번도 본 적이 없어."

　남편은 꽁치의 으깨진 살점을 숟가락으로 떠 입으로 가져갔다.

　"아까도 주인 할머니가 아들을 데려왔었어. 현관에 서서 당신을 빤히 바라보았어. 당신을 보고 웃기까지 했단 말이야."

　"나보고 지금 그걸 믿으라는 거야? 그걸?"

　남편은 식탁에서 몸을 일으켰다. 소파로 가서 앉더니 리모컨을 집어 들었다. 나는 집에서 지하철로 두 정거장 거리인

내 비밀스런 이웃들　257

대형 마트에서 면접을 보고 온 사실을 그에게 비밀로 했다. 남편과 나는 일요일마다 자가용을 몰고 그 대형 마트로 장을 보러 간다. 지난 일요일에도 우리는 대형 마트에 다녀왔다. 주차장으로 진입하기 위해 20분도 넘게 도로에 서 있어야 했다. 우리는 천 밀리리터 우유와 식빵, 맥주 스무 병, 삶은 문어 다리 한 쪽을 샀다.

내가 설거지를 하는 동안, 남편은 베란다에 나가 담배를 피웠다. 우리가 3년째 세 들어 살고 있는 다세대주택 바로 앞에는 오래된 양옥집이 한 채 있었다. 양옥집에는 중풍이 들린 늙은 여자가 살고 있었다. 3년 전 이곳으로 이사를 들어오고 며칠 지나지 않은 어느 날, 베란다에서 빨래를 널던 나는 깜짝 놀랐다. 머리카락이 허옇게 센 늙은 여자가 마당을 기어 다니고 있었기 때문이었다. 늙은 여자는 무수한 균열이 진 시멘트 바닥 위를 거북처럼 느리게, 엉금엉금 기어 다니고 있었다. 마당 구석에는 가지를 모조리 잘라버린 감나무가 한 그루 서 있었다.

남편과 나는 12시쯤 침대로 가서 누웠다. 나는 잠들며 베란다 빨래 건조대의 걷지 않은 빨래들을 생각했다. 나는 내가, 빨래들이나 생각하며 잠들 거라고는 상상조차 못했다. 그러나 빨래들 말고 내가 딱히 생각해야 할 것이 있는 것도 아니었다.

금요일에 부모님 집에 다녀왔다. 부모님은 경기도 구리에 살고 있었다. 나는 지하철을 세 번이나 갈아타고 부모님 집을 찾아갔다. 두 분은 이혼한 큰오빠의 두 아들을 키우며 살고 있었다. 한 명은 고등학생이고, 또 한 명은 중학생이었다. 부모님은 다달이 나오는 연금으로 손자들을 먹이고, 옷을 사 입히고, 용돈을 주고, 입시 학원에도 보내고 있었다. 그리고 머지않아 대학생이 될 큰조카의 대학 등록금을 마련하기 위해 다달이 정기적금까지 붓고 있었다. 참외를 먹다 말고 어머니가 갑자기 울기 시작했다. 식탁에서 라면을 먹고 있던 조카들이 나를 빤히 바라보았다. 나는 조카들이 무서웠다. 조카들이 큰오빠를 꼭 닮았기 때문이었다. 어머니는 울다가 동네 미장원에 머리를 하러 갔다. 조카들은 라면을 먹은 뒤 각자 방에 틀어박혀 나오지 않았다. 아버지는 안방에서 잠들어 있었다. 내가 아버지를 깨웠지만 아버지는 일어나지 않았다. 혹시 죽은 것은 아닌가 하는 생각이 들 만큼 그는 깊이 잠들어 있었다. 아버지는 조카들을 위해서라도 오래오래 사셔야 했다.

내가 집에 갔을 때 남편은 퇴근해 집에 와 있었다. 남편은 소파에 우두커니 앉아 맥주를 마시며 텔레비전을 보고 있었다.

"라면을 끓일까?"

나는 남편에게 물었다.

"그다지 배가 고프지는 않아."

나는 배가 고프기도 했고, 맥주가 마시고 싶기도 했다. 나는 라면을 끓이는 대신에 튀긴 닭을 한 마리 배달시켰다. 남편과 소파에 나란히 앉아 맥주를 마시며 튀긴 닭이 배달되어 오기를 기다렸다. 30분이 지나도록 튀긴 닭은 배달되어 오지 않았다. 나는 튀긴 닭을 배달시킨 〈꼬꼬네〉로 전화를 걸었다. 전화기 저편의 남자는 그렇지 않아도 방금 배달을 갔다고 했다. 그러나 또다시 30분이 지나도록 튀긴 닭은 배달되지 않았고, 그것 때문에 나는 불안하고 짜증이 났다. 나는 〈꼬꼬네〉로 전화를 걸었다. 전화기 저쪽의 남자와 한참 실랑이를 벌인 뒤에야 튀긴 닭이 301호인 우리 집이 아니라 302호로 배달되었다는 사실을 알게 되었다. 302호 여자가 잘못 배달되어온 튀긴 닭을 감쪽같이 가로챈 것이었다. 나는 당장이라도 302호를 찾아가 따지고 싶었지만 그렇게 하지 않았다. 나는 가능한 한 302호 여자를 상대하고 싶지 않았다.

"302호 여자가 튀긴 닭을 가로챘어."

나는 맥주를 마시며 투덜거렸다.

"어떻게 그럴 수가 있지?"

나는 튀긴 닭을 가로챈 사람이 남편이라도 되는 듯 물었다.

"그들은 오늘 밤에도 그곳으로 갈 거라더군."

남편이 중얼거렸다.

"그들?"

"그래, 그들."

나는 그들이 어떤 사람들인지 물어보려다가 그만두었다. 그들이 도대체 오늘 밤 어디로 간다는 것일까. 내가 튀긴 닭을 생각하는 동안 남편은 아무래도 그들을 생각하는 것 같았다. 텔레비전에서는 뉴스가 방송 중이었는데, 어딘가 어수룩해 보이는 기자가 광화문 일대에서 벌어지고 있는 촛불 집회에 대해서 떠들어대고 있었다. 수백 명의 사람들이 촛불을 들고 30층이 넘는 거대한 빌딩 앞에 운집해 있었다.

"저 사람들은 왜 저러고 있는 거야?"

"부당하게 해고된 노동자들이야. 사흘째 저렇게 시위를 하고 있어."

수백 명의 사람들이 환하게 밝힌 촛불을 들고 포위하듯 둘러싸고 있는 빌딩은 불이 꺼진 채 어둠 속에 잠겨 있었다. 빌딩은 비늘과도 같은 무수한 유리로 뒤덮여 있었고, 그래서인지는 몰라도 수족관 속에서 주둥이를 수면으로 향한 채 죽은 잉어처럼 보이기도 했다.

"해고된 사람들이 저렇게 많단 말이야?"

나는 별생각 없이 남편에게 그렇게 물었다.

"해고된 노동자들을 지지하는 사람들도 섞여 있거든. 어쩌면 해고된 노동자들보다 그들을 지지하는 사람들이 더 많을지도 모르겠어. 이제 겨우 사흘짼데 점점 늘어나는 것 같아. 해고된 노동자들과 아무 상관도 없는 사람까지 촛불 집회에 참여하고 있다고 들었어. 정말이지 아무 상관도 없는 사람들까지……"

남편은 말끝을 흐리며 고개를 저었다.

"당신은 괜찮은 거야?"

"나?"

"그래, 설마 당신도……"

나는 남편이 어느 날 느닷없이 해고될지도 모른다는 불안감에 어깨를 떨었다. 남편은 번데기 통조림이나 골뱅이 통조림, 꽁치 통조림 같은 통조림을 주로 만드는 식품 회사에 다니는데 평생직장이라고는 할 수 없었다. 경기가 어려울 때마다 감축과 감원이 있는 걸로 봐서는 언제 해고될지 모르는 일이었다.

"여하튼 그들은 오늘 밤에도 그곳으로 갈 거라고 하더군."

"그런데 당신은 왜 그들과 함께 가지 않았어?"

나는 그들이 대체 어디로 간다는 것인지도 모르면서 그렇게 물었다. 남편이 텔레비전에서 고개를 돌려 나를 바라보았다. 남편의 입은 굳게 다물어져 있었다. 그러나 화가 난 것 같지는 않았다. 더구나 남편이 내게 화를 낼 아무런 이유가 없었다. 나는 그저 남편에게 왜 그들과 함께 가지 않았느냐고, 물었을 뿐이었다.

"당신은 왜 가지 않았지?"

"그건, 그들이……"

남편은 말끝을 흐리고 소파에서 일어섰다. 성큼성큼 욕실로 걸어갔다. 좌변기의 물 내리는 소리가 들려온 뒤로 욕실에서는 아무 소리도 들리지 않았다.

한 시간이 지나도록 남편은 욕실에서 나오지 않았다. 나는 302호 여자에게 튀긴 닭을 빼앗겨버린 게 여전히 분했다. 나는 욕실 문을 두드렸다. 욕실 문 너머에서 아무 소리도 들려오지 않았다. 나는 퍼뜩 불길한 생각이 들어 욕실 문을 부술 듯 두드렸다. 욕실 문 너머에서는 여전히 아무 소리도 들려오지 않았다. 나는 다급하게 열쇠를 찾았다. 열쇠들을 어디에다 두었는지 잘 생각이 나지 않았다. 열쇠를 찾는 동안에도 302호 여자에게 빼앗겨버린 튀긴 닭이 문득문득 떠올랐다. 신발장에서 열쇠 꾸러미를 찾아냈다.

내가 열쇠로 욕실 문을 따는 것과 동시에 욕실 문이 조용히 열렸다. 남편이 아무렇지도 않은 표정으로 걸어 나왔다. 남편은 나를 지나쳐 소파로 가서 앉았다. 리모컨을 집어 들더니 채널을 이리저리 돌렸다.

일요일에 남편과 나는 어김없이 자가용을 몰고 대형 마트에 다녀왔다. 유가와 곡물 값의 급등 때문에 라면 값이 언제, 얼마나 오를지 몰랐기 때문에 라면을 두 박스나 샀다. 계단에서 남편과 나는 202호 남자와 마주쳤다. 그는 암 환자였다. 주인 할머니가 내게 그 사실을 알려주었다. 202호 남자는 계단을 내려오고 있었고, 남편과 나는 계단을 올라가고 있었다.

"저 남자는 곧 죽을 거야."

남편이 내게 그렇게 말해서 나는 깜짝 놀랐다. 더구나 남편이 202호 남자에게도 충분히 들릴 만큼 큰소리로 말했기 때문이었다. 나는 걱정이 되어서 뒤를 돌아다보았다. 202호 남자가 계단 난간에 기대서서 남편과 나를 빤히 올려다보고 있었다. 남자와 눈이 마주치는 순간, 나는 남편이 말한 대로 그가 곧 죽을 거라는 생각이 들었다.

월요일부터 수요일까지 남편은 출장을 다녀왔다. 하필이면 남편이 출장을 가 있는 동안, 주인 할머니가 찾아왔다. 그녀는 어김없이 아들을 데리고 찾아왔다.

"아들이 또 뇌수술을 받게 됐어."

"……?"

"이번에 뇌수술을 받으면 벌써 네번째야. 한 번으로 끝날 줄 알았는데 세 번이나 받고도 모자라서 또 받아야 한다지 뭐야. 크게 나아지는 것도 아니지만 어쩌겠어, 의사가 시키는 대로 할 수밖에."

나는 그녀가 뜬금없이 찾아와 내게 왜 그런 이야기를 하는지 이해할 수 없었다. 그녀의 아들이 뇌수술을 또 받게 된 것이 나와 무슨 상관이란 말인가.

"수술비를 마련해야 해서 전세금을 올려 받아야 할 것 같아."

"얼마나 올려드려야 하는데요?"

"천만 원만 올려줬으면 해. 부동산에 가서 물어보면 알겠지만, 우리 집만큼 전세가 싼 집이 없어."

"언제까지……?"

나는 난감해하며 물었다.

"수술이 두 달 뒤야, 그전까지는 마련해줘야 해. 전세금 말고는 세상천지에 돈 나올 구멍이 없으니, 그전까지는 꼭 맞춰줘야 해."

주인 할머니는 조심하라는 말을 남긴 뒤 아들을 데리고 가버렸다. 나는 심란해졌다. 당장 천만 원을 어디서 구한단 말인가. 나는 남편이 날려버린 2천만 원을 생각했다. 7년 동안 다달이 20만 원씩 적금을 부어 마련한 2천만 원을, 남편은 단 넉 달 만에 주식과 펀드로 날려버렸다. 세상천지, 아버지 밖에는 천만 원이나 되는 큰돈을 빌릴 사람이 딱히 떠오르지 않았다.

나는 부모님 집에 전화를 넣었다. 어머니가 전화를 받았다.

"아버지는요?"

"주무신다."

"지금이 몇 신데 벌써 주무세요?"

시간은 겨우 저녁 7시였다.

"나중에 다시 전화드릴게요."

나는 전화를 끊었다.

밤 10시쯤 나는 부모님 집에 또다시 전화를 넣었다.

"아버지는요?"

"주무신다."

"아직도요?"

"그래……"

"그만 좀 깨우세요."

"주무시는 게 차라리 더 낫다."

"어머니……"

"네 아버지가 깨어 있어봤자 뭘 할 수 있겠니?"

전화를 끊으며, 나는 어쩌면 어머니 말이 맞는지도 모른다는 생각이 들었다. 아버지가 깨어 있어봤자 뭘 하겠는가. 차라리 잠들어 있는 편이 우리 모두에게 더 나은지도 몰랐다. 죽은 듯이 잠들어 있는 편이, 훨씬 더. 아버지가 잠들어 있다고 해서 다달이 지급되는 연금이 줄어들거나, 지급이 중단되는 것도 아니었다. 우리 모두에게 필요한 것은 어쩌면 아버지가 아니라, 아버지 앞으로 다달이 지급되는 연금인지도 몰랐다.

천만 원 때문에 심란해하고 있는데, 302호 여자가 불쑥 찾아왔다. 나는 302호 여자를 집 안으로 들이거나 하지 않았다. 나는 현관문을 꼭 닫고 복도에 서서 302호 여자를 상대했다. 302호 여자의 얼굴에는 진흙이 덕지덕지 발라져 있었다. 302호 여자는 얼굴에 진흙 팩을 한 상태로 나를 찾아온 것이다. 나는 불현듯 튀긴 닭이 떠올랐지만, 튀긴 닭에 대해서 따지지는 않았다. 여자의 얼굴에 도포된 진흙이 점점 굳어가며 여자의 표정이 굳고 있었다. 그러고 보니, 나는 302호 여자의 얼굴을 한 번도 제대로 본 적이 없었다. 그녀는 언제나 얼굴에 뭔가를 덕지덕지 바른 상태로 나를 찾아왔다. 이를테면, 석고 팩이나 참숯 팩이나 곡물 팩 같은 것을 얼굴에 잔뜩 바르고. 나는 손톱들을 날카롭게 세워, 그녀의 얼굴을 가면처럼 뒤덮고 있는 진흙을 긁어내고 싶은 충동을 느꼈지만 꾹 참았다.

302호 여자가 입을 거의 움직이지 않고 복화술을 하듯 내게 물었다.

"주인 할머니가 전세금을 올려달라고 하지 않아요?"

주인 할머니가 나뿐만 아니라 302호 여자에게도 전세금을 올려달라고 한 모양이었다.

"아들이 뇌수술을 받아야 한다며 전세금을 올려달라고 하더군요."

"1년 전에도 그랬다니까요. 1년 전에도 아들이 뇌수술을 받아야 해서 전세금을 올려 받을 수밖에 없다고 했다니까요."

그러고 보니 주인 할머니는 1년 전에도 아들이 뇌수술을 받아야 한다며 전세금을 5백만 원이나 올려달라고 했다. 그때는 마침 통장에 여윳돈이 있었고, 나는 별 어려움 없이 전세금을 올려주었다.

"그래서 올려준다고 했어요?"

302호 여자가 내게 물었다.

"아들이 뇌수술을 받아야 한다니 어쩌겠어요."

나는 천만 원을 마땅히 구할 곳을 못 찾고도 그렇게 말했다.

"이번이 끝일 것 같아요?"

302호 여자의 얼굴이 일그러지며, 굳어가던 진흙에 쩍쩍 금이 갔다.

"이번이 끝일 것 같으냐고요?"

302호 여자가 깨진 토기(土器) 같은 얼굴을 내 얼굴 가까이 들이밀었다.

"그걸 내가 어떻게 알겠어요? 그렇지만 이번이 벌써 네번째라고 하니……"

나는 당황해서 한 발짝 뒤로 물러서며 중얼거렸다.

"나는 뇌수술을 일곱 번이나 받은 사람도 알고 있어요."

"말도 안 돼요. 어떻게 일곱 번이나……!"

"그쪽한테는 내가 거짓말이나 하는 사람으로 보여요?"

거의 움직임이 없이 여자의 입이 쩍 벌어지며, 입가에서 마른 진흙 뭉치가 떨어졌다.

"그런 건 아니지만……"

"나는 이사를 갈 거예요. 도저히 못 살겠어요. 여기서 도저히 못 살겠다고요."

302호 여자는 부르르 어깨를 떨더니 몸을 홱 돌려 자신의 집 현관문 쪽으로 걸어갔다. 현관문을 열더니 그 안으로 냉큼 들어가버렸다. 우리 집 현관문까지 흔들리도록 현관문을 쾅 닫았다. 나는 302호 여자에게 튀긴 닭에 대해 따지지 못한 것이 슬쩍 후회가 되었다.

출장에서 돌아온 남편에게 나는 주인 할머니가 다녀간 사실을 알려주었다.

"천만 원을 당장 어디서 구하지?"

"그들은 오늘 밤에도 그곳에 갈 거라는군."

그는 그 말만 했다. 나는 짜증이 났다.

"지금 그게 문제야?"

"어쨌든…… 그들은 오늘 밤에도 그곳에 갈 거라고 했어."

남편은 퇴근길에 사온 맥주들을 탁자 위에 늘어놓고는, 옷을 갈아입을 생각도 않고 소파에 자리를 잡고 앉았다. 리모컨을 집어 들더니 텔레비전 채널을 이리저리 돌렸다. 나는 맥주잔과 번데기 통조림을 챙겨 남편 옆으로 가서 앉았다. 번데기 통조림이라면 집에 얼마든지 있었다. 텔레비전 화면으로 촛불을 들고 빌딩 앞에 군집해 있는 사람들이 지나갔다.

"302호 여자가 그러는데 뇌수술을 일곱 번이나 받은 사람이 있다지 뭐야? 당신은 그 말을 믿을 수 있어?"

남편이 도무지 믿을 수 없다는 표정으로 나를 빤히 바라보았다.

"박 대리는 딸까지 데리고 갈 거라고 하더군."

박 대리는 남편의 직장 동료였다.

"겨우 28개월밖에는 안 되었는데 말이야. 유모차에 태워서 데리고 갈 거라고 하더군."

남편이 맥주를 마시는 동안 나는 번데기를 젓가락으로 집어 먹었다. 한 개 한 개 집어 먹는다는 게 한 통을 다 먹어치웠다. 그는 맥주 두 병을 다 비우고서야 소파에서 몸을 일으켰다. 시간은 자정이 넘어 있었다. 나는 빈 병을 베란다에 내놓으며 양옥집 마당을 내려다보았다. 불에 그슬린 냄비 바닥 같은 마당에서 뭔가가 움직이는 것이 느껴졌다. 고양이라고 하기에는 묵중하고 큼직한 그 어떤 형체가 마당에서 꾸물꾸물 움직이고 있었다.

　남편이 잠든 뒤에도 나는 잠을 이루지 못했다. 주인 할머니가 전세금을 올려 받으려고 거짓말을 한 것일 수도 있다는 의심이 불현듯 들었던 것이다. 나는 침대에서 내려가 거실로 나갔다. 신발장에서 플래시를 찾아 들고 베란다로 나갔다. 나는 베란다 난간에 붙어 서서 플래시를 켜고 앞집 마당을 비추었다. 플래시 불빛을 이리저리 비추며 부르르 어깨를 떨었다. 죽은 물고기가 수면 위로 떠오르듯, 사람 얼굴이 플래시 불빛 위로 떠올랐던 것이다. 그 얼굴은, 공중에서 느닷없이 내쏘는 플래시 불빛 때문인지 공포에 질려 있었다. 나는 집요하게 얼굴을 비추었다. 플래시 불빛을 깜박이기까지 했다. 깜박, 깜박, 깜박. 플래시 불빛 속에서 얼굴이 기괴하게 일그러지고 있었다. 나는 플래시를 끄고 베란다 창문을 꼭 닫은 뒤 침대로 가서 누웠다. 나는 새벽 5시가 다 되어서야 잠들었다. 내가 깨어났을 때 남편은 출근하고 없었고 내 옆에서는 플래시가 나뒹굴고 있었다.

 일요일에 101호 사람들이 이사를 나갔다. 생각해보니 나는 101호 사람들을 한 번도 본 적이 없었다. 101호 현관문에는 언제나 온갖 전단지가 다닥다닥 붙어 있었다. 구청이나 전화국 등에서 발부한 경고장이 나붙어 있기도 했다.

 아침 겸 점심으로 라면을 끓여 먹고 있는데 주인 할머니가 아들을 데리고 찾아왔다.
 "몰래 갖다 버리면 내가 모를 줄 알아?"
 "……?"
 "자라를 옥상에 버리면 어떻게 해?"
 "무슨 말씀을 하시는 건지……?"
 "시치미를 떼긴! 그렇게 안 봤는데 못쓰겠어."
 주인 할머니가 검은 비닐봉지를 내게 내밀었다. 나는 영문을 모른 채 비닐봉지를 받아 들었다. 비닐봉지 속에는 엄지손가락만 한 자라들이 바글바글 들어 있었다. 적어도 스무 마리는 넘어 보였다.
 "자라를 잡느라 내 아들이 얼마나 고생을 한 줄 알아?"
 "자라들이 옥상에 버려져 있었다고요?"
 "이불을 널려고 옥상에 갔다가 얼마나 기겁을 했는지 알아?"
 나는 그제야 정황을 대충 이해할 수 있었다. 누군가 옥상에 자라들을 버린 것이고, 주인 할머니는 그 자라들을 내가 버렸다고 오해하고서는 가져온 것이었다.

"그렇지만, 제가 버린 게 아니에요."

"옥상에 버리는 것을 봤다는 사람이 있는데도 시치미를 뗄 거야?"

"저는 자라를 키운 적도 없는걸요."

주인 할머니는 그러나 내 말을 들은 척도 하지 않았다.

"천만 원은 마련이 됐나?"

"그렇지만……"

주인 할머니는 자라들을 내게 떠넘기고는 아들을 데리고 가버렸다. 나는 자라들을 어떻게 해야 할지 몰라 욕실로 가져가서 녹색 욕조 속에 풀어놓았다. 팔짱을 끼고 욕조 속을 빤히 들여다보며 자라를 세기 시작했다. 자라들은 내가 개수를 세는 동안 느리면서도 분주하게 욕조 바닥을 기어 다녔다. 첫번째 셀 때는 스물한 마리였고, 두번째 때는 스무 마리였으며, 세번째 셀 때는 스물세 마리였다.

101호 사람들이 이사를 가며 자라들을 옥상에 버리고 갔을 수도 있다는 생각을 하며, 나는 부모님 집으로 전화를 걸었다.

"아버지는요?"

"주무신다."

"아버지 좀 깨워주세요."

"글쎄다."

"어머니……"

"아버지를 좀 깨워주세요."

나는 울먹거렸다.

"글쎄다……"

"제발, 아버지 좀 그만 깨워주세요."

"왜 그래야 하는지 모르겠구나."

"제발 아버지 좀……"

전화를 끊었다. 나는 싱크대에서 번데기 통조림을 한 통 꺼내 가지고 소파로 갔다. 텔레비전을 틀었다. 텔레비전에서는 전날 밤에 있었던 촛불 집회와 관련한 보도를 내보내고 있었다. 나는 번데기를 한 숟가락 입속에 털어 넣고 우물우물 씹으며, 죽은 잉어처럼 꿈쩍도 않고 서 있는 화면 속 빌딩을 뚫어져라 바라보았다. 나는 번데기를 한 숟가락 더 입속에 털어 넣고 우물우물 씹었다. 촛불을 들고 빌딩 주변에 운집해 있는 사람들이 지난번보다 훨씬 더 많아 보였다.

남편은 10시쯤 퇴근해 돌아왔다. 맥주를 한 병 비운 뒤 씻으러 욕실로 들어갔다. 나는 그가 자라들에 대해 내게 무슨 말이든 하기를 기다렸지만, 그는 아무 말이 없었다. 배가 고프다며 라면을 한 개 끓였고 그것을 다 먹어갈 때까지도 자라들에 대해서 한마디도 하지 않았다.

"왜 아무 말도 안 하는 거야?"

"아……"

그는 겸연쩍게 웃으며 손으로 머리를 긁적였다.

"그렇지 않아도 그들은 오늘 밤에도 그곳에 갈 거라고 하더군."

그는 그러고는 숟가락으로 국물을 떠먹었다.

"지금 무슨 소리를 하고 있는 거야?"

"어쨌든, 그들은 오늘 밤에도 그곳에 갈 거라고 했어."

"그렇군, 그들은……"

나는 중얼거리며 고개를 가로젓다가 욕실로 들어갔다. 나는 욕조 속 자라들을 바라보다가 자라의 개수를 다시 세기 시작했다. 첫번째 셀 때는 스무 마리였고, 두번째 셀 때는 스물한 마리였다. 나는 적어도 스무 마리나 되는 자라들을 도대체 누가 옥상에 내다 버렸을까 곰곰이 생각해보았다. 어쨌든, 세입자들 중 누군가의 짓이 분명했다. 어쨌든, 그들이 오늘 밤 그곳에 간 것처럼. 그리고 어쨌든, 스무 마리나 되는 자라들이 욕조 속에서 굶어 죽게 놔둘 수는 없었다. 나는 자라들을 옥상에 버릴까도 생각했지만, 그렇게 하면 주인 할머니가 또다시 자라들을 검은 비닐봉지에 주워 담아 나를 찾아올 것이 분명했다. 그녀의 아들과 함께.

일주일이 지나도록 남편은 자라들에 대해 아무 말도 하지 않았다. 아버지는 여전히 깨어나지 않았고, 주인 할머니는 저녁마다 아들을 데리고 나를 찾아왔다. 뉴스에서는 연일 촛불 집회와 관련한 보도를 내보냈다. 촛불 집회에 참가하는 사람들이 점점 늘어나 일대의 교통 흐름까지 마비시키고 있다는 보도였다. 집회를 해산시키기 위해 전경들이 동원되고, 집회 참가자들과 전경들 간에 몸싸움까지 벌어졌다고 했다. 전경들과 집회 참가자들의 격렬한 몸싸움 속에서도 빌딩은 침묵과 어둠에 잠긴 채 꿈쩍도 하지 않았다.

카레에 넣을 감자를 썰고 있는데 현관문 잠금장치가 딸깍, 하고 풀리는 소리가 들렸다. 카레가 다 만들어질 때까지 그는 텔레비전을 보며 맥주를 마셨다. 카레에 비빈 밥을 먹으면서도 그는 맥주를 홀짝였다.

"그들은 오늘 밤에도 그곳으로 갈 거라는군."

나는 뭔가 더는 참을 수 없다고 느꼈다.

"당신은 왜 자라들에 대해서는 말하지 않는 거지?"

"자라……?"

그가 영문을 모르겠다는 표정으로 나를 빤히 바라봤다.

"자라들 말이야!"

"그래, 자라."

"자라들에 대해서는 왜 아무 말도 없는 거냐니까?"

"그거야 자라들에 대해서라면, 어쨌든, 그다지 할 말이 없으니까……"

그는 어깨를 으쓱해 보였다.

"분명히, 302호 여자일 거야!"

"……"

"주인 할머니한테 글쎄, 내가 옥상에 자라들을 내다 버리는 것을 봤다고 했다지 뭐야. 내가 배달시킨 튀긴 닭을 얌체처럼 가로채더니, 날 모함까지 하고 있지 뭐야. 주인 할머니가 302호 여자라고 말하지는 않았지만 그 여자가 분명해. 그 여자밖에 더 있겠어!"

"그렇군, 어쨌든."

"그래, 어쨌든."

"벌써 20일째야."

남편이 중얼거렸다.

"뭐가?"

"그들 말이야."

"……"

"그들은 20일째 하루도 빼놓지 않고 밤마다 그곳으로 갔어."

다음 날, 나는 계단에서 202호 남자를 만났다. 나는 계단을 내려가고 있었다. 202호 현관문이 열리더니 남자가 걸어 나왔다. 나는 대형 마트에 장을 보러 가는 길이었다. 나는 지난번, 남편이 했던 말이 떠올라 남자를 못 본 척 지나쳐 갔다. 남편은 202호 남자를 보고 그가 곧 죽을 거라고 말했었다. 망원역 쪽으로 걸어가던 나는, 나를 집요하게 따라오는 발소리가 있다는 것을 깨달았다. 202호 남자가 나를 미행하듯 따라오고 있었다. 나는 걸음을 빨리했고, 지하철역 계단을 뛰듯이 내려갔다. 계단을 다 내려가 뒤를 돌아보았다. 다행히 202호 남자가 보이지 않았다. 나는 지하철이 오기를 기다렸다가 올라탔다. 빈자리로 가서 앉았다. 대낮이라서 빈자리가 많았다. 지하철 안을 둘러보던 나는 깜짝 놀랐다. 202호 남자가 문 쪽에 서서 나를 뚫어져라 바라보고 있었기 때문이었다. 그가 뚜벅뚜벅 걸어오더니 내 옆에 바짝 붙어 앉았다.

202호 남자가 점퍼 주머니에 손을 찔러 넣더니 주섬주섬 뭔가를 꺼내 내게 내밀었다. 그것은 자라였다.

남자가 우엉 껍질 같은 입을 벌리더니 심판이라도 하듯 말했다.

"죄를 받을 거예요."

"내가 그런 게 아니에요……"

나는 간신히 탄식하듯 중얼거렸다.

"내가 내다 버린 게 아니에요……"

자라가 나를 향해 모가지를 길게 빼고는 주둥이를 벙긋벙긋 벌리고 있었다. 자라가 마치 '죄를 받을 거예요'라고 내게 말하고 있는 것만 같았다. 나는 손을 내밀어 자라를 받을 수밖에 없었다.

나는 세 정거장을 더 가서 내렸고, 202호 남자는 내리지 않았다. 지하철 안에서 그가 나를 뚫어져라 바라보고 있었다. 나는 그때까지도 손에 움켜쥐고 있던 자라를 가방 속에 집어넣었다.

이틀 내내 나는 두문불출했다. 나는 혹시라도 현관문을 열고 밖으로 나갔다가 주인 할머니든, 그녀의 아들이든, 302호 여자든, 202호 남자든 마주칠까 봐 두려웠다. 참을 수 없이 무료해지면 욕실로 들어가 욕조 속 자라들의 개수를 셌다. 자라들은 셀 때마다 매번 개수가 달랐다.

저녁때가 다 되어서야 베란다에 빨래를 널던 나는 깜짝 놀랐다. 빌라 앞 양옥집이 감쪽같이 사라지고 없었다. 내가 두문불출하는 동안 감쪽같이 철거된 것이다. 나는 빨래를 마저 널고 베란다 창문을 꼭 닫은 뒤 욕실로 갔다. 욕조 속을 빤히 들여다보며 자라들의 개수를 셌다. 자라는 스물네 마리였다.

사흘 내내 하루도 빠뜨리지 않고 주인 할머니가 아들을 데리고 찾아왔다.

"잊지는 않았겠지?"

주인 할머니가 내게 말했다.

"구하고 있는 중이에요. 구……하고 있는……"

"조심해! 조심하라고!"

주인 할머니는 조심하라는 말을 몇 번이나 남기고 가버렸다.

금요일, 자정이 다 되어가도록 남편은 집에 돌아오지 않고 있었다. 야근을 한다는 말은 없었다. 직장 동료들과 술을 마시느라 늦는 것일 수도 있었다. 남편은 간혹 별말 없이 자정이 다 되어서야 술 냄새를 풍기며 집에 돌아오고는 했다. 나는 남편을 이해했다. 직장 생활을 하다 보면 그런 날도 있는 것이다.

나는 텔레비전을 보며 번데기 통조림을 먹었다. 번데기를 씹으며 텔레비전을 보는 것밖에 딱히 할 일이 없었다. 번데기를 씹으며 동네 중형 마트에서 시간제 아르바이트라도 해야 할지 모른다는 생각을 했다. 9시 뉴스에서는 오늘도 촛불 집회에 대해서 보도하고 있었다. 집회 참가자가 무려 만 명에 달한다고 했다. 사람들이 빌딩을 겹겹으로 둘러싸고, 해고된 노동자들의 복직을 외치며 시위를 벌이고 있었다. 빌딩의 모든 창문들은 언제나 그렇듯 꼭 닫혀 있었고, 불이 꺼져 있었다. 빌딩으로 통하는 입구들은 전경들에 의해 봉쇄되어 있었다.

나는 송수화기를 집어 들고 남편의 휴대전화 번호를 눌렀다. 신호음만 갈 뿐 남편은 받지 않았다. 나는 문득, 남편이 어쩌면 오늘 밤 그들과 함께 그곳에 갔을지도 모른다는 생각이 들었다. 그들이 어떤 자들인지, 그리고 그곳이 어디인지 모르겠지만, 어쨌든…… 그런데 그들은 밤마다 도대체 어디로 그렇게들 몰려가는 것일까? 나는 남편에게 그들이 어디로 간다는 것인지 좀더 묻지 않은 것이 후회되었다.

시간은 어느새 새벽 2시를 향해 가고 있었다. 나는 불안해졌다. 네 개째의 번데기 통조림을 땄다. 이미 말했듯, 번데기 통조림이라면 얼마든지 있었다. 한 달 내내 번데기만 먹고 살아도 충분할 만큼. 나는 남편이 아무래도 그들과 함께 그곳에 간 것이 분명하다는 생각이 들었다. 나는 남편에게 그들에 대해, 그리고 그곳에 대해 묻지 않은 것이 후회가 되었다.

번데기를 씹다가 꾸벅꾸벅 졸았다. 현관문을 두드리는 소리를 듣고 깨어났다. 내 입속에는 으깨진 번데기가 한가득 들어 있었다. 나는 입속에 든, 으깨진 번데기를 우물우물 씹으며 현관문 쪽으로 걸어갔다. 잠금 고리들을 풀고 현관문을 열었다.

나는 당연히 남편일 거라고 생각했고, 별 의심 없이 현관문을 열었다. 현관문 밖에는 뜻밖에도 주인 할머니의 아들이 서 있었다. 주인 할머니는 보이지 않았다. 그 남자는 파란색 잠옷 차림으로 욕실에서나 신는 고무 슬리퍼를 신고 서 있었다. 그의 머리는 며칠 전 봤을 때보다 더 부풀어 오른 듯 보였다.

"조심해, 조심하라고!"

당황해하는 나를 빤히 바라보며 남자가 갑자기 입을 벌리고 말했다. 너무나 황당해서 나도 웃을 수밖에 없었다. 남자는 내가 말릴 새도 없이 현관문 안으로 성큼 들어왔다. 내가 정신을 차렸을 때 남자는 거실에 유령처럼 서 있었다.

"남편이 아직 돌아오지 않았어요."

남자가 나를 향해 잇몸을 드러내며 씩 웃었다.

"어쩌면 오늘 밤 그들과 함께 그곳에 갔는지도 모르지요."

번데기 통조림이라면 얼마든지 있었기 때문에 나는 남자에게 번데기 통조림을 한 통 먹인 뒤, 욕실로 데리고 갔다. 남자와 함께 욕조 속 자라의 개수를 세기 시작했다. 한 마리, 두 마리, 세 마리, 네 마리, 다섯 마리……

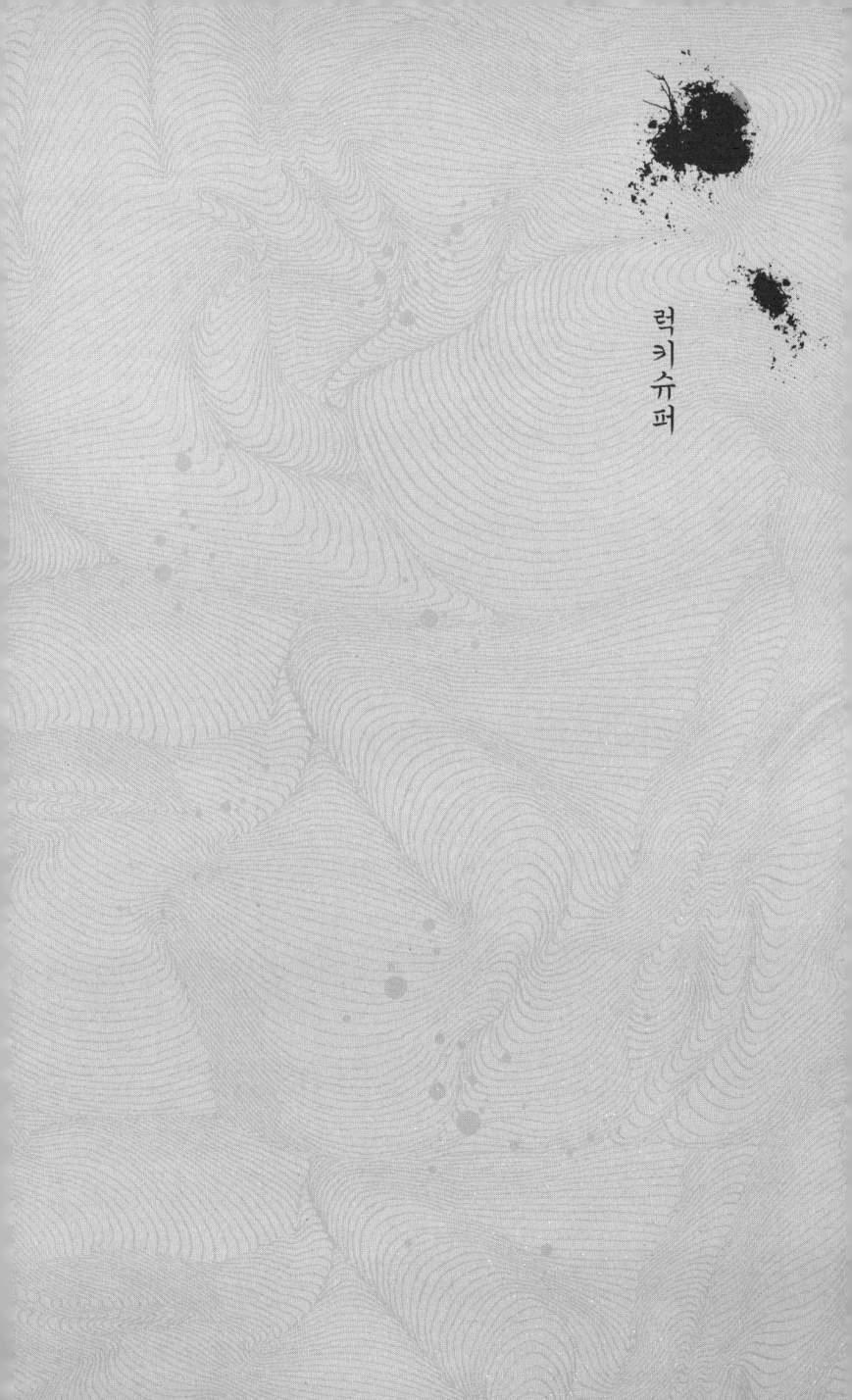

럭키슈퍼

언제부턴가 사람들은 우리 가게로 좀처럼 물건을 사러 오지 않는다.

우리 가게에는 사실 '있는' 물건보다 '없는' 물건이 더 많다. 그리고 백 원짜리 과자를 사더라도 절대로 10원을 거슬러 주지 않는다. 우리 가게와 백 미터도 떨어지지 않은 〈서울슈퍼〉에서는 백 원짜리를 사면 10원을 꼬박꼬박 거슬러 주는 것과 달리. 〈서울슈퍼〉에서는 심지어 똑같은 백 원짜리여도 어떤 과자냐에 따라, 20원을 거슬러 주기도 한다. 그것은 정말이지 우리 가게에서는 도저히 있을 수도 없고, 있어서도 안 되는 경우다. 겨우 백 원짜리 과자를 팔아 20원을 거슬러 주고 나면 기껏 얼마나 남는다고……

우리 가게의 엄연한 사장은 엄마다.

엄마는 새벽 6시면 어김없이 하루의 장사를 시작하기 위해 가게 셔터를 올린다. 구불구불 주름이 진 파란색 셔터는 그때마다 귀찮아 죽겠다는 듯, 날 좀 내버려둬달라는 듯 골목이 떠나가도록 드르륵— 드르륵— 비명을 내지른다. 라면 한 봉지, 과자 한 봉지를 팔더라도 새벽 6시부터 밤 11시까지는 가게 문을 열어야 한다는 것. 그것이 오늘도 불변하는 엄마의 신조이자, 다짐이며, 의지다.

동네 아줌마들은 어쩌다 두부나 콩나물 따위를 사기 위해서나 우리 가게를 마지못하다는 듯 찾아온다. 두부와 콩나물 가격은 그나마 〈서울슈퍼〉와 같기 때문이다. 그러나 요즘 들어서는 그것들마저도 겨우겨우 팔려, 콩나물 한 통을 떼놓아야 겨우 반밖에는 팔리지 않는다. 엄마는 팔다 남은, 쉬어 터진 두부와 말라 비틀어진 콩나물로 우리 식구가 먹을 반찬을 만들고 국을 끓인다.

그러고 보니, 엄마가 동네에서 가게를 연 지도 4년이나 되었다.

4년 전 엄마가 〈럭키슈퍼〉란 간판을 보란 듯이 내걸 때만 해도, 동네에 가게라고는 우리 가게밖에 없었다. 엄마는 열심히만 하면 우리 다섯 식구가 아쉬운 대로 먹고살 수 있을 거라고 확신했다. 돈을 긁어모으지는 못하더라도, 아빠가 새 일자리를 찾기 전까지는 그럭저럭.

간판을 내걸며, 엄마가 별 고심 없이 간판에 '슈퍼' 자를 넣은 데에는 나름 그럴 만한 이유가 있다. 솔직히 규모로만 따지자면 '가게' 자를 넣는 게 양심적이고 당연했다. 하지만 그 무렵부터 새로 문을 여는 가게마다 '슈퍼'나 '슈퍼마켓'임을 내세우는 게 유행처럼 번지고 있었다. '상회'나 '식품' 같은 어딘가 촌스럽고 낡은, 변두리 냄새를 물씬 풍기는 낱말을 붙이는 대신에. 규모가 작든 크든, 저마다 '슈퍼Super'임을 내세웠던 것이다.

'슈퍼' 자가 붙어서인가. 럭키슈퍼라고 떡하니 써넣은 노란 간판은 기형적으로 느껴질 만큼 거대해 보인다. 마치 개미의 몸통에 매미의 머리가 덜렁덜렁 매달린 것처럼. 간판의 무게를 견디지 못하고 가게가 통째로 침몰하듯 찌그러져가는 것만 같다.

떨그럭떨그럭 쩔그럭 월커덕 끼이익— 끼—이익— 끽—

그 가게 안에 우리 다섯 식구가 살고 있다.

*

오늘도 나는 학교에서 돌아오자마자 가게를 본다. 가게에 딸린 방 문지방에 엉덩이를 붙이고 앉아, 가게 밖 골목을 하염없이 바라보며 좀처럼 오지 않는 손님을 기다린다. 허공에 붕 떠 있기라도 한 듯 두 다리를 엇갈려 흔들어가며. 문지방은 엄마와 내가 번갈아가며 하도 엉덩이를 비비고 앉아 있어서 반질반질 윤기가 나도록 닳았다. 엉덩이와 두 다리의 감각이 점점 무디어지며 나는 허공으로 끝없이 떠오르는 것만 같다.

바나나킥을 닮은 구름 저 너머까지.

내가 가게를 보는 동안 엄마는 밀린 빨래를 하고 청소를 하고 반찬을 만들고, 이런저런 볼일을 본다. 가게를 보는 게 죽도록 심심하고 싫지만, 엄마 대신 가게를 볼 사람이 나밖에 없으므로 어쩔 수 없다. 내년에 고3이 되는 오빠는 새벽부터 밤늦게까지 학교에서 공부를 해야 하고, 동생은 이제 겨우 초등학교 5학년으로 가게를 보기에는 너무 어리다. 언젠가 동생이 350원만 거슬러 주면 되는 걸 550원을 거슬러 준 뒤로, 엄마는 동생에게 가게를 맡기지 않는다.

그리고 아빠는 팔리지 않은 채 유통기한 날짜가 한참 지나버린 간장과 다를 게 없다. 먼지를 부옇게 뒤집어쓰고, 진열대 구석에 처박힌 간장 말이다. 아빠가 입이라도 벙긋 열면 짜디짠 냄새를 훅 끼치며 거무스름한 간장이 쿨럭쿨럭 토해져 나올 것만 같다. 그래서일까. 아빠는 좀처럼 입을 열지 않는다. 입을 조금이라도 열었다가는, 식도까지 꾹꾹 채워놓은 간장이 걷잡을 수 없이 토해져 나올까 봐서.

그러고 보니 아빠의 유통기한이 오늘로써 3년하고도, 딱 162일이 지났다.

우리 가게에는 아빠 말고도 유통기한을 넘긴 물건들이 여럿 있지만, 아빠만큼 그렇게나 길게 넘긴 물건은 없다. 가게에 진열된 물건들 중 가장 오래된 마요네즈도 기껏해야 139일밖에는 지나지 않은 것이다. 참치 캔들은 10일에서 20일 사이, 냉장고 속 부산 어묵들은 2~3일, 단무지는 3~4일, 소시지들은 길게는 10일에서 짧게는 하루, 우유들은 하루나 이틀.

3년하고도 162일이라니!

너무 뻔뻔하지 않은가?

유통기한 날짜는 하필이면 아빠의 이마에 떡하니 찍혀 있다. 시력이 아주 나쁘지 않은 사람이라면 누구나 금세 읽어낼 수 있을 만큼. 동네 사람들은 그래서 그렇게들 아빠만 보면 고개를 절레절레 저으며 한숨을 푹푹 쉬어대는 걸까. 아빠 자신도 부끄러운지 한동안은 앞머리를 길게 길러 이마를 가리고 다니더니만, 요즘은 2대 8로 가르마를 타 훤히 드러내놓고 다닌다. 혹시라도 유통기한 날짜가 잘 보이지 않을까 봐 걱정이라도 되는지, 포마드까지 발라 머리카락을 단단히 고정시켜놓기까지 하는 것이다. 아빠의 이마는 그렇지 않아도 절세미남 알랭 들롱의 이마만큼이나 훤하다.

아빠의 유통기한 날짜는 다음과 같다.

1985년 3월 13일.

바로 그날이 아빠가 10년 가까이 다니던 직장에 사표를 내고 백수가 된 날이다.

내가 가게를 보는 동안 아빠와 동생은 가게에 딸린 방 안에 틀어박혀 텔레비전을 본다. 서울에서는 지금 한창 88서울올림픽이 열리고 있다. 그래서 텔레비전은 하루 종일 올림픽 경기를 내보낸다. 아빠는 별 재미도 없는 포환 던지기나 역도, 사격, 멀리뛰기 같은 경기도 빼놓지 않고 본다. 환한 낮 동안 텔레비전을 보는 것 말고 아무 할 일이 없는 아빠를 위해서라도, 88서울올림픽이 영원히 끝나지 않았으면 좋겠다. 선수들이야 어깨가 빠지든 말든, 손목이 부러지든 말든 포환 던지기 경기가 날마다 펼쳐졌으면 좋겠다.

아빠는 어쩌다 아무도 사가질 않아, 유통기한 날짜가 걷잡을 수 없이 지나버린 존재로 전락한 것일까.

나는 종종 아빠의 이마에 찍힌 유통기한 날짜를 지워 없애는 상상을 하곤 한다. 엄지손가락에 침을 묻혀 스윽스윽…… 엄지손가락 지문이 닳아빠지는 한이 있더라도 스윽스윽…… 여덟 개의 숫자 중, 가장 마지막 숫자인 '3'자까지 지우기 위해서는 어쩌면, 엄지손가락뿐만 아니라 열 개의 손가락 지문이 다 닳아빠지도록 문질러대야 할지도 모른다. 내 입속의 침이 메마를 때까지 열심히 침을 묻혀가며 스윽스윽……

언젠가 나는, 우유 배달 아줌마가 우유에 찍힌 유통기한 날짜를 몰래 바꾸는 현장을 목격한 적이 있다. 그 아줌마는 흔하디흔한 검정 모나미 볼펜으로 감쪽같이 날짜를 조작했는데,

설명을 하자면 이런 식이었다.

우유에 찍힌 유통기한 날짜가 ○○○○년 ○월 3일일 경우, 모나미 볼펜 끝으로 꾹꾹 눌러 3자를 8자로 만들어버리는 것이다. 모나미 볼펜 끝이 둥글기 때문에 정말이지 감쪽같이 3자가 8자로 탈바꿈한다. 그 아줌마는 그런 식으로 무려 다섯 개나 되는 우유의 유통기한을 순식간에, 그리고 아무렇지도 않게, 눈곱만치의 죄의식도 느끼지 않는다는 듯 껌을 짝짝 짝 씹어대며 바꾸어버렸다. 짝짝짝짝 박수를 쳐주고 싶을 만큼. 다 바꾸고 나서는 큰일이라도 치러낸 듯, 엄마가 다디달게 타준 커피를 한 잔 맛나게 마시고는 가버렸다.

그리고 신기하게도, 다섯 개의 우유는 전부 팔려나갔다. 그리고 더 신기하게도, 그 우유를 마시고 배탈이 난 사람이 한 명도 없었다.

그 우유를 사간 사람 중에는 우리 가게 맞은편 2층 양옥집에 사는 미정 아줌마도 있었다. 미정 아줌마의 아저씨는 고등학교 국어 교사였는데, 그녀 자신이 국어 교사라도 되는 듯 똑똑한 척은 혼자 다 하고 다닌다. 그 아줌마는 너무 똑똑해서, 우리 가게에서는 가능한 한 아무것도 사지 않는다. 우리 가게가 문을 연 지 거의 1년여 만에 〈서울슈퍼〉가 문을 열자, 당장 단골가게를 옮겨버렸다. 그 아줌마는 아주 가끔 동정이라도 베풀듯 우리 가게를 찾아와 우유나 계란을 사갔는데, 그만 유통기한 날짜를 조작한 우유를 사가고 만 것이다. 아마도 너무나 똑똑해서 그런 실수를 한 게 아닐까.

똑똑한 미정 아줌마와 달리, 유통기한이 지난 물건을 아무렇지도 않게 사가는 사람들이 있다. 그들은 유통기한 날짜를 살피지 않을뿐더러, 어쩌다 살피더라도 별로 개의치 않는다. 먹고 죽지만 않으면 된다는 게 그들의 신조라도 되는 듯. 그들은 그래서 유통기한이 사나흘은 지난 소시지와 어묵도 아무렇지 않다는 듯 사가서 부쳐 먹고, 볶아 먹고, 끓여 먹고, 그냥 생으로 먹기도 하는 것이다. 그들은 철로 저 너머에 사는 사람들로, 그들의 직업은 생노가다이거나 파출부이거나 백수건달이다.

그들은 종종 우리 가게를 찾아와 물건을 팔아준다. 그들이 아니었다면 엄마는 진작 폐업을 선언하고 가게 셔터를 내렸을지도 모른다. 엄마가 밤 11시가 넘도록 간판 불을 환히 밝혀두는 것도 실은 다 그들 때문이다. 그들은 대개 깜깜해져야 집으로 돌아왔고, 철로와 가장 가까이에서 장사를 하는 우리 가게에 들러 소주나 반찬거리를 사갔던 것이다.

그리고 솔직히 우리 가게가 존재하지 않는다면, 늦은 밤 철로를 건너가는 그들의 발걸음이 지금보다 더 쓸쓸하고 위태롭지 않을까. 우리 가게가 그나마 밤늦도록 간판 불을 켜, 그들의 막막하고 어둡기만 한 발길을 조금이나마 밝혀주었던 것이다.

한 가지 흠을 잡자면, 그들이 현금 거래보다 외상을 좋아한다는 것이다. 심지어 콩나물 백 원어치도 외상을 달고 사가는 사람들이 그들이다.

"세상에나 백 원이 없어 외상을 다 하니…… 단돈 백 원이 아쉬워서!"

엄마는 기껏 외상을 주고서는 혼잣말을 하듯 그렇게 흉을 본다.

그러나 정작 단돈 백 원이 아쉬운 사람은 그들이 아니라, 바로 〈럭키슈퍼〉의 엄연한 사장인 엄마다. 엄마는 단돈 백 원이 아쉬워서, 내게 여간해서는 용돈을 주지 않는다. 돈통이 아무리 백 원짜리 동전들로 넘쳐나도, 백 원 한 닢을 선뜻 꺼내 내 손에 쥐여주지 못한다. 정말이지 단돈 백 원이 아쉬워서.

하긴, 생각해보니 돈통이 백 원짜리 동전들로 넘쳐난 적도 없는 것 같다. 돈통이 겨우 백과사전 크기만 한데도 그랬다.

엄마는 오빠의 뒷바라지를 하는 것만으로도 충분히 벅차고 짜증 나고, 불안하다. 내년이면 고3이 되는 오빠는 입시 학원에도 다녀야 하고, 보충수업비도 내야 하고, 꼭 사야 할 참고서가 날마다 있다. 어디 그뿐인가. 오빠는 버스를 두 번이나 갈아타야 하는 고등학교에 다닌다. 교통비도 만만치 않은 것이다. 그 모든 것에 들어가는 돈을, 빤하고도 빤한 돈통 속 돈으로 해결해야 하는 것이다. 돈 나올 구멍이 고놈의 돈통 밖에는 없으니 말이다.

아무튼 열여섯 살인 내가 세상에서 가장 하기 어려워하는 말은 그 어떤 말도 아닌, 바로 이 말이다.

엄마, 돈 좀 주세요.

그래서 나는 학교에 챙겨가야 할 준비물을 자주 빼먹는다. 준비물을 사려면 돈이 있어야 하는데, 엄마한테 돈 좀 달라는 말을 못 하니 그럴 수밖에.

미술 시간에 나는 찰흙을 준비해가지 못해 친구에게서 얻어 쓴다.

"조, 금, 만······"

"너 또······!"

친구는 눈을 가늘게 떠 날 째려보다 찰흙을 뚝 떼어 내 두 손에 떨어뜨려준다. 기껏해야 감자만 한 크기의 찰흙으로, 나는 아빠의 얼굴을 빚기로 한다. 찰흙이 조금밖에 없으니 아빠의 얼굴을 아주 작게 빚어야 할 것이다.

미술 시간이 반이나 흘러가도록, 나는 찰흙을 주물럭대기만 한다. 찰흙을 주무르고 또 주무르다 보면, 감자만 한 찰흙이 점점 부풀어 올라 수박만 해질지도 모른다는 생각이 들어서다.

부풀어 올라라······ 부풀어 올라라······

주문까지 외워보지만 찰흙은 좀처럼 부풀어 오르지 않는다.

간절하게 한 번 더!

제발, 제발 부풀어 올라라……

내 주문이 잘못되기라도 한 걸까? 찰흙은 외려 점점 줄어들어 탱자만 해진다. 나는 찰흙이 더 줄어들어 모래알만 해질까 두려워 주문 외우기를 얼른 그만두어버린다.

아빠의 얼굴은 둥글지도, 네모나지도, 삼각형으로 각이 지지도 않았다. 네모와 역삼각형의 중간쯤?

가장 먼저 얼굴을 빚고, 눈썹을 빚는다. 얼굴 중간에 두 눈썹을 떡하니 붙여 넣는다. 나란히, 나란히. (아빠는 눈썹이 짙은 편이다.) 두 눈과 코도 빚어서, 눈썹 밑에 붙여 넣는다. (아빠는 눈이 쌍꺼풀까지 진 데다 큰 편이다.) 입을 붙여 넣어야 할 자리를 코가 차지해버려 입을 붙이지 못한다. 그렇다고 해서 입을 이마에 붙여 넣을 수도 없다. 얼굴의 반이나 차지한 이마가 아무리 텅 비어 있다고 해도 말이다. 이마가 얼굴의 반이나 차지하도록 한 데에는 다 그만한 이유가 있는 것이다. 텔레비전을 하도 봐서 머리가 멍해져가고 있지만, 나는 그렇게 멍청한 아이가 아니다.

나는 고민을 하다가 귀 자리에, 입을 냉큼 붙여 넣는다. 두 귀도 빚어서 붙여 넣고 싶지만 찰흙이 그새 다 떨어져 그렇게 하지 못한다. 귀 자리에 입이 떡하니 붙어 있으니, 입이 꼭 귀 같다.

텅 비어서인가, 이마가 사하라 사막만큼 광활해 보인다.

자, 지금부터가 하이라이트!

나는 마침내 이마에 유통기한 날짜를 조심조심 새겨 넣는다. 샤프 끝으로 꾹꾹 눌러가며.

2005. 11. 13.

막상 새겨 넣고 보니, 숫자들이 줄을 지어 사하라 사막을 건너는 낙타 떼만 같다.

부디 저 낙타 떼가 사하라 사막을 무사히 다 건널 수 있기를……

지금으로부터 16년 뒤인 2005년이면 아빠의 나이는 예순 살이 된다. 그리고 내 나이는 서른둘. 그때도 엄마는 '요' 구멍가게로 우리 모두를 그럭저럭 먹여 살리고 있지나 않을까.

미술실 창틀 위에서 말라가는 동안, 아빠의 얼굴은 비명이라도 내지르듯 쩍쩍 갈라지고 터진다. 그리고 그런 아빠의 얼굴을, 그 어떤 얼굴이 물끄러미 내려다보고 있다. 아빠의 얼굴보다 열 배는 커다란 그 어떤 얼굴이. 고작 한입거리밖에는 안 되는 아빠의 얼굴을 당장이라도 삼켜버릴 듯, 입을 우악스럽게 벌리고서는. 그 어떤 얼굴이, 그러니까 그 어떤 얼굴이……

내가 기껏 빚은 아빠의 얼굴은 백 점 만점에 30점밖에 받지 못한다. 쓸데없이 아빠의 얼굴을 빚은 게 실수다. 차라리 5백 원짜리 동전이나 빚을걸. 5백 원짜리 동전이라면, 하도 만지작거려서 두 눈을 꾹 감고도 뚝딱 빚어낼 수 있다. 더구나 5백 원짜리 동전은 세상에 존재하는 동전들 중 내가 가장 좋아하는 동전이기도 하다. 오로지, 돈통 속 동전들 가운데 가장 큼직하고 단위가 높다는 이유에서다.

그리고 내가 가장 싫어하는 동전은 엄마의 누렇게 뜬 얼굴을 닮은 십 원.

메마르고 금 간 곳 천지인 아빠의 얼굴을, 나는 가게 진열대에 슬그머니 놓아둔다. 시커멓게 속이 썩은 간장병들 속에. 제발 아무라도 사갔으면 하는 심정으로.

*

그나마 팔리던 두부와 콩나물마저도 도통 팔리지 않는다.

〈서울슈퍼〉에서 본격적으로 야채와 과일, 생선을 떼다 팔기 시작한 것이다. 시장에나 가야 있던 온갖 야채와 과일과 생선들이 보란 듯이 널려 있어서일까. 〈서울슈퍼〉가 지상낙원처럼 보인다. 그곳에 가면 없는 게 없을 것 같다. 돈만 있으면 원하는 걸 뭐든지 살 수 있을 것 같다. 그래서인가, 나는 〈서울슈퍼〉 앞을 지날 때마다 은근히 기가 죽는다. 〈서울슈퍼〉 앞에 풍성하게 늘어놓은 새빨갛고 통통한 딸기를 보고 침을 꿀꺽 삼킨 적도 있다. 나는 딸기가 너무나 먹고 싶어서 엄마 몰래 딸기우유를 훔쳐 먹었다. 다행히 엄마한테는 들키지 않았지만, 아빠한테 들키고 말았다. 쪽쪽 소리가 나도록 빨대를 빨아대는 나를 물끄러미 바라보기만 할 뿐, 아빠는 아무 말이 없었다. 하기는, 아빠가 뭐 그리 할 말이 있겠는가.

학교에서 돌아오는 길에 슬쩍 들여다보니 〈서울슈퍼〉는 88올림픽의 열기로 뜨거운 서울처럼, 사람들로 북적거렸다.

마음은 굴뚝같겠지만, 야채와 과일과 생선을 떼다 팔 여력이 엄마에게는 눈곱만치도 없다. 엄마는 새벽 5시면 일어나 무려 다섯 개나 되는 도시락을 싸야 한다. 오빠 것 세 개, 내 것 한 개, 동생 것 한 개. 틈틈이 청소와 빨래를 해야 하고, 아빠에게 잔소리를 늘어놓아야 한다. 시도 때도 없이 병을 달고 사는 동생을 들쳐 업고 병원으로 뛰어가야 한다. 설사 여력이 있다고 해도, 시장에서부터 그것들을 떼 가게까지 싣고 올 변변한 차도 없는 것이다.

엄마도 〈서울슈퍼〉처럼 가게를 크게 하고 싶어 하지만, 그러기에는 우리 가게 터가 워낙에 좁다. 기껏해야 두 평밖에는 안 되는 것이다. 게다가 〈서울슈퍼〉는 우리 동네와 윗동네의 중간 지점에 자리를 잡았지만, 우리 가게는 세상으로 비껴난 듯 골목 끝에 자리 잡은 데다 동네 어느 집보다 철로와 가깝다. 밤이 되면 동네 사람들은 가능한 한 철로 쪽으로 가지 않는다. 철로와 철로 너머는 온갖 흉흉한 소문들로 넘쳐난다. 늦은 밤 머리를 노랗게 물들인 언니와 오빠들이 우리 가게에서 생리대나 담배, 소주와 부탄가스를 사들고 철로 쪽으로 사라지기도 한다.

나는 오늘도 학교에서 돌아오자마자 가게를 본다. 책가방을 가게에 딸린 방 구석에 팽개쳐둔 채로.

〈럭키슈퍼〉 간판을 내걸던 날이 떠오른다. 간판을 내건 기념으로, 엄마는 동생과 내게 오리온 초코파이를 한 개씩 나누어 주었다. 조금씩 아껴가며 녹여 먹던 초코파이만큼이나 달콤하고 부드럽고 행복한 날이었다. 럭키! 하고 소리를 내지르고 싶을 만큼. 먼지 한 점 내려앉지 않은 과자들 사이에 파묻혀 있는 것이 그저 좋기만 해, 나는 스스로 가게를 보았다. 엄마가 가게 좀 보라고 잔소리를 하지 않아도 스스로. 돈통 속 동전들을 세어 일렬로 줄을 지어놓고, 구겨진 지폐들을 착착 다리미로 다린 듯 펴놓았다.

알루미늄 진열대에는 먼지 한 점 묻지 않은 과자와 라면, 간장, 설탕 등이 종류별로 질서 정연하게 놓여 있었다. 엄마는 매일매일 두부와 콩나물을 새로 떼어놓고, 먼지가 낄세라 수시로 가게 안을 쓸고 닦았다. 동네 사람들은 그렇지 않아도 라면을 한 봉지 사더라도 고개 저 너머까지 가야만 하는 불편이 해소되자 우리 가게의 개업을 진심으로 반기고 축하해주었다. 동네 사람 누구나, 미정 엄마까지 전부 우리 가게의 단골이 되었다. 그런데 1년도 못 되어 우리 가게보다 다섯 배는 규모가 큰 〈서울슈퍼〉가 개업을 한 것이다. 동네에 그렇게나 큰 가게가 들어설 줄 꿈에도 생각지 못했던 엄마는, 한동안 잠 못 이루는 밤을 보내야 했다.

아빠의 유통기한 날짜가 지난 지 3년하고도 184일째.

이대로는 아무래도 안 되겠는지, 엄마는 새벽같이 버스를 타고 시장에 가 생태를 한 짝 떼온다. 물론 팔기 위해서다. 어떻게든 팔아서 단돈 십 원이라도 이문을 남기기 위해서. 엄마가 설마하니 우리에게 해먹이기 위해 동태도 아닌 생태를, 그것도 한 짝이나 떼어왔을까. 생태보다 훨씬 값싸고 흔한 동태라면 또 모를까.

십 원이 열 개 모이면 백 원이 되고, 그 백 원이 열 개 모이면 천 원이 되고, 그 천 원이 열 개 모이면 만 원이 되는 이치.

그것이 엄마가 종교처럼, 유일무이하게 믿고 따르는 만고불변의 진리가 아닐까? 그러니까 나와 내 형제들을 낳고 기르기까지 하는 여자가.

그러나 십 원이 열 개 모일 때까지 참고 인내하며 기다리는 건, 말처럼 그리 호락호락하지 않다. 지방 변두리 동네에서도 변두리에 터를 잡은 구멍가게에서는 더더군다나. '슈퍼' 자가 나붙은 간판을 떡하니 내걸었다고 해도. 그러니 백 원이 열 개 모여 천 원이 될 때까지 기다리기 위해서는 도대체 얼마나 참고, 얼마나 인내하며 기다려야 하는가.

엄마가 머리에 이고 온 나무 궤짝에는 생태가 스무 마리나 들어 있다. 동그란 눈알을 흐리멍덩하게 뜨고서. 아침나절 생태는 두 마리밖에 팔려나가지 않는다. 똥파리들이 생태 냄새를 귀신같이 맡고 가게로 몰려든다. 엄마는 파리를 쫓기 위해 모기향을 피운다. 그래도 파리가 들끓자 나한테 파리 쫓는 일을 시킨다. 나는 짜증과 불만, 무료함이 가득한 얼굴로 나무 궤짝 앞에 쪼그려 앉아 노란 파리채를 흔든다. 모의고사가 내일모레지만, 나는 극성스럽게 몰려드는 파리들을 쫓아야 하기 때문에 책을 들여다볼 시간이 없다.

"동태를 떼올 걸 그랬나?"

엄마가 후회하지만 소용없다. 엄마 말대로, 동태를 떼어왔으면 얼음 냉장고 한구석에 처박아두고서라도, 두고두고 팔 수 있을 텐데. 정 팔리지 않으면 한 마리씩 꺼내 찌개를 끓여 먹거나. 그렇다고 아직까지는 물 좋은 생태를 냉장고에 처넣어 동태로 만들어버릴 수는 없다. 생태를 동태로 만들어버리면, 엄마는 그야말로 막심한 손해를 보게 된다. 잠도 못 자고 새벽같이 시장에 다녀온 수고가 다 물거품이 된다. 한여름도 아닌데 오늘따라 날이 푹푹 찐다.

오후가 되면서 골목은 생태들이 풍기는 비린내로 진동한다. 물이 가면서 생태들이 풍기는 비린내는 점점 지독하고 역겨워진다.

저녁때가 다 되어서야 생태 다섯 마리가 팔려나간다. 엄마는 아침에 팔 때보다 생태 값을 조금 덜 받는다. 내일까지 어떻게든 오빠의 학원비를 마련해야 하는 엄마로서는, 쉽지 않은 결단이 아닐 수 없다. 기호 아줌마도, 희야 아줌마도, 선영 아줌마도, 감나무집 할머니도, 심지어는 미정 아줌마도 생태를 한 마리씩 사준다. 생태가 그다지 신선하지 않은 데다 시장 가격보다 천 원 가까이 비싸다는 것을 알면서도.

기호 아줌마가 얼굴이 하얗게 질려서는 엄마를 찾아온다.

"생태가 왜 이래?"

기호 아줌마가 붉은 고무장갑을 낀 손을 엄마한테 불쑥 내민다. 붉은 고무장갑을 낀 손에는 조금 전 사간 생태가 들려 있다. 그런데…… 생태가 이상하다. 구더기처럼 생긴, 희고 물컹물컹한 벌레들이 생태의 몸뚱이에서 들끓고 있는 것이 아닌가……! 아가미에서는 거품이 끓어 넘치듯, 벌레가 끓어 넘치고 있다.

"징그러워서 먹을 수가 있어야지."

기호 아줌마가 부르르 몸서리를 친다.

"씻어내면 되는데……"

얼굴이 시뻘게진 엄마가 말끝을 흐린다.

"양심이 있지…… 해 먹지도 못할 걸 팔면 어떻게 해?"

기호 아줌마는 생태를 나무 궤짝 속으로 버리듯 던지고는 쌩하니 가버린다. 나무 궤짝 속 팔리지 못한 생태들도 벌레로 들끓고 있다.

조금 뒤 미정 아줌마도 벌레들로 들끓는 생태를 들고 달려온다. 부르르 떨며 생태 값을 내놓으라고 따진다. 엄마는 입을 꾹 다문 채 돈통을 보란 듯이 열고 생태 값을 내준다. 희야 아줌마도, 선영 아줌마도 벌레들로 들끓는 생태를 들고 찾아와서는 생태 값을 도로 받아간다.

"생태 몸뚱이에 붙어 사는 기생충이다."

엄마가 나무 궤짝 속 생태들을 들여다보며 내게 들으라는 듯 말한다.

"먹어도 아무렇지도 않은 걸 가지고 호들갑들은……!"

엄마는 나무 궤짝을 불끈 들고 마당 수돗가로 간다. 수돗물을 콸콸 틀어놓고, 생태들에 달라붙어 악다구니를 써대는 벌레들을 씻어낸다. 벌레들이 얼마나 들끓는지, 수돗가가 어두워지다 못해 깜깜해지도록 씻어낸다.

엄마가 생태들에 달라붙은 벌레들을 씻어내는 동안, 아빠는 가게에 딸린 방 안에 틀어박혀 소주를 홀짝홀짝 마시며 텔레비전을 본다. 엄마는 생태들을 토막 내 커다란 솥에 한꺼번에 쏟아 넣고는 찌개를 끓인다.

밤 9시가 넘어서야 우리 다섯 식구는 밥상에 빙 둘러앉는다. 생태찌개가 다섯 대접이나 밥상에 올라와 있다. 반찬이라고는 달랑 김치와 깻잎볶음뿐이다. 밥상이 몹시 작아서, 우리는 어깨가 닿도록 바짝바짝 붙어 앉는다.

나는 숟가락을 쪽쪽 빨며 내 앞에 놓인 생태찌개를 유심히 살핀다. 작고 희멀건 뭔가가 둥둥 떠다니는 것이 내 눈에 들어온다. 아무래도 기생충인 것만 같다. 생태 아가미에서 기생충이 비누 거품처럼 끓어 넘치던 장면이 머릿속에 떠올라, 나는 얼굴을 찡그린다. 하필이면 그 순간, 엄마와 눈이 딱 마주친다.

나는 얼른 고개를 숙이고 숟가락으로 밥을 퍼 입으로 가져간다.

"넌 왜 먹지 않는 거냐?"

밥만 떠먹고 있는 내게 엄마가 묻는다.

"먹기 싫으니까……"

나는 엄마를 쳐다보지도 않고 말한다.

"먹기 싫어도 먹어!"

"싫다니까……"

"뭐, 싫어?"

"응, 싫어!"

"싫으면 나가서 돈이나 벌어오든가!"

동생과 아빠가 엄마의 눈치를 살피며 생태찌개를 부랴부랴 떠먹는다. 머리카락이 생태찌개 국물 속에 빠질 만큼 고개를 푹 숙이고 있던 오빠가, 숟가락을 탁 내려놓는다. 텔레비전에서는 우크라이나의 장대높이뛰기 선수 세르게이 부부카가 세계 신기록을 세우는 장면을 내보내고 있다. 나는 텔레비전과 오빠를 번갈아 바라본다. 부부카는 빨대를 백배쯤 늘여놓은 듯한 장대를 들고 뛸 준비를 하고 있다. 신중히 호흡을 가다듬던 부부카가 드디어 뛰기 시작한다. 부부카가 훌쩍 날아올라 5미터 80센티미터 높이를 넘는 순간, 오빠가 밥상에서 벌떡 일어선다. 방을 나가버린다. 텔레비전 쪽으로 고개를 꺾듯이 돌리고 있던 아빠가 와아, 하고 탄성을 내지른다. 아무래도 생태찌개 속 작고 희멀건 것은 기생충이 틀림없다.

생태찌개를 먹고 난 뒤, 동생은 병이 난다.

나는 동생이 아픈 게 싫다. 동생이 아프면 엄마가 동생을 데리고 병원에 가야 하고, 엄마가 병원에 다녀올 때까지 나 혼자 가게를 봐야 한다. 내가 싫어하는데도 동생은 자꾸만 아프고, 그래서인지 좀처럼 자라지 못한다.

*

엄마가 돈통 속 얼마 안 되는 돈을 싹싹 긁어 지갑에 챙겨 넣는다. 열이 펄펄 끓는 동생을 등에 들쳐 업고 가게를 나선다. 쥐포처럼 납작한 슬리퍼를 질질 끌며 〈서울슈퍼〉를 지나 점점 멀어진다. 엄마의 등에 매달려 있어서인가, 동생이 혹만 같다.

나는 '코카콜라'가 영문으로 인쇄된 빨간 티셔츠를 입고 가게를 본다. 오늘따라 가게를 보는 게 신물이 나도록 무료하다. 나는 마른오징어의 다리들에 달라붙은, 말라 비틀어진 흡반을 뜯어 먹으며 애써 무료함을 달랜다. 사람들은 마른오징어를 사갈 때 다리의 개수는 세어도, 다리들에 달라붙은 흡반의 개수는 세지 않는다. 나는 그래서 다리 대신 흡반을 뜯어 먹는다. 마른오징어들을 담아놓은 비닐봉지 속으로 오른손을 집어넣고 엄지와 검지로 흡반을 똑 뜯어 얼른 입으로 가져간다. 똑 똑 똑똑 똑 똑 똑똑똑...... 모래알처럼 작고 까끌까끌하며 메마른 흡반을 씹으며, 나는 마른오징어 다리를 한 짝 쭉 찢어 턱이 빠지도록 씹어대고 싶은 충동을 겨우 참는다.

아빠는 그새 소주를 한 병 비우고 가게에 딸린 방에서 잠든다.

날이 어둑해지도록 엄마가 돌아오지 않는다. 아빠도 깨어나지 않는다. 그리고 그때까지 가게에는 손님이 단 한 명도 찾아오지 않는다. 텔레비전은 켜져 있고, 옥상 빨랫줄에는 걷어야 할 빨래가 빼곡히 널려 있다. 날이 더 어두워지도록 엄마가 돌아오지 않으면 나는 옥상으로 올라가 빨래를 걷어야 한다. 차곡차곡 빨래를 개며 가게를 봐야 한다. 폭풍이라도 몰아쳐 빨래들이 다 날아가버렸으면 좋겠다. 나는 손가락들이 비린 쇠 냄새로 찌들도록 돈통 속 동전들을 만지작거리다, 라면을 한 봉지 끓여 먹는다. 이마를 훤히 드러내놓고 잠든 아버지의 머리맡에 앉아 라면을 건져 먹는다. 라면 국물이 이마로 튀는데도, 가게가 떠나가도록 텔레비전 소리를 크게 틀어놓았는데도 아빠는 깨어날 줄 모른다.

무료함은 극에 달해 나는 걷잡을 수 없이 무기력해진다. 급기야는 아주 중요한 뭔가를 그만 잃어가는 것만 같은 기분에 휩싸인다. 지금 이 순간 내가 속수무책으로 잃어가고 있는 것이 무엇인지도 모르면서, 잃어버려서는 안 될 중요한 뭔가를 갖고 있지도 않으면서, 잃어버릴 것이 아무것도 없으면서……

나는 지금 뭘 그토록 잃어가고 있는 걸까?

엄마는 도망이라도 가버린 걸까. 내 두 발을 가게에 꽁꽁 묶어두고는 아픈 동생만 데리고…… 가게에 걸어놓은 시계는 10시를 지나고 있다. 가게를 열 때, 엄마의 계원들이 십시일반 모은 돈으로 사다가 걸어준 시계다. 검고 둥근 시계의 하단에는 '축 개업'이라는 글자가 궁서체로 적혀 있다. '축' 자는 흐릿하게 바래고 지워져 쓸쓸하고 고단해 보이기까지 한다. 그런데 아빠는 왜 깨어날 생각을 않는 걸까. 벌써 깨어났으면서도 일부러 잠든 척, 두 눈을 꾹 감고 있는 건 아닐까. 위험에 처한 순간 스스로를 보호하기 위해 의사발작 상태에 빠지는 벌레처럼, 세상으로부터 스스로를 보호하기 위해 잠든 척 위장하고 있는 것은 아닐까?

나는 가게 밖으로 나가 골목 끝을 향해 목을 빼고 앉아 엄마를 기다린다.

나는 내년이면 고등학교에 가야 한다. 엄마는 내가 상업계 고등학교에 진학해 졸업 후에는 은행원이 되기를 바란다. 우리 동네에서 얼굴이 가장 예쁘고 하얀 선녀 언니처럼. 골목에 들어찬 집들이 어둠 저편으로 물러나고 〈서울슈퍼〉의 간판 불빛마저도 꺼져, 우리 가게만 오로지 환하게 불을 밝히고 있다.

간간이 불어오는 바람은 삶은 행주처럼 후덥지근하고, 하늘에는 별 한 점 없다. 어디로 숨었는지 달도 보이지 않는다. 반짝이는 것이 아무것도 없어서인가. 하늘은 흡사 죠스바를 핥고 또 핥아 검보랏빛 물이 든 혓바닥만 같다. 한 모도 팔리지 않은 두부들이 내 옆에서 쉰 냄새를 푹푹 풍기며 노랗게 질려간다. 땅강아지들이 골목 시멘트 바닥 갈라진 틈을 비집고 기어 올라오는 소리가 들린다. 옥상에서 걷지 않은 빨래들이 펄럭펄럭 날리는 소리도 들려온다.

 생각해보니, 나는 하루 종일 가게를 지킨 것 말고는 한 일이 없다. 돈통 속 동전들을 세고, 라면을 한 봉지 끓여 먹고, 마른오징어 다리에 달라붙은 흡반들을 떼어 먹은 것밖에는……흡반들이 삼켜지지 않고 내 식도와 혀, 입천장에 고스란히 달라붙어 있는 것만 같다. 거머리처럼 퉁퉁 불어 터져서는 내 피를 쪽쪽 빨아대는 것만 같다. 내가 삼킨 오징어 눈알들도 식도나 위에 달라붙어 야광의 빛을 내뿜고 있을 것만 같다. 내가 가게를 보며 엄마 몰래 뜯어 삼킨 오징어 눈알은 열 개도 넘는다.

 나는 문득 고개를 훌쩍 돌리고 가게 안을 들여다본다. 창백한 형광등 불빛 때문일까. 진열대 위의 어제도, 오늘도, 그리고 그제께도, 그끄저께도 팔리지 않은 물건들이 박제 처리된 짐승이나 벌레처럼 보인다. 속을 싹 긁어내고 방부제 처리를 한, 썩지도 않고 변형·변색되지도 않는 박제들 말이다. 소고기를 말린 것이라는, 혁대처럼 납작하고 질겨 보이는 육포는 섬뜩하기조차 하다.

 밤이 너무 깊어져 광막하기까지 한 저 어둠 속 어딘가, 배고프고 헐벗은 누군가가 우리 가게가 내쏘는 불빛을 향해 부단히 걸어오고 있을 것만 같은 기분이 든다.
 누군가…… 누군가……

 정말이지 누군가…… 어둠 속에서 토해지듯 걸어 나온다. 나는 순간 깜짝 놀라 어둠 속을 사납게 쏘아보며 부르르 어깨를 떤다. 철로 너머에 사는 말더듬이 노가다 총각이다. 장가도 안 간 총각이라는데 그의 얼굴은 아빠의 얼굴보다 늙었다. 언제나 그렇듯 그는 얼룩덜룩한 군용 바지에, 박쥐처럼 검은 잠바 차림이다. 어깨에는 녹색 군용 가방을 둘러매고 있다.
 그는 거의 매일 밤 우리 가게에 들러 담배와 라면과 소주와 소시지를 사간다. 〈서울슈퍼〉가 문을 연 뒤에도, 그는 라면 한 봉지를 사더라도 꼭 우리 가게에서 산다. 게다가 그는 외상을 하지 않는다. 우리 가게 최고의, 그리고 유일한 단골손님이지만 엄마는 그를 은근히 깔보고 무시한다. 그가 철로 너머에 사는 데다, 장가도 못 간 생노가다이기 때문이다.
 그가 나를 흘끔 바라보고는 가게 안으로 들어간다. 나는 멍하던 정신을 가까스로 차리고, 그를 쫓아 얼른 가게로 들어간다. 그가 이것저것을 고르는 동안 나는 그가 혹시나 껌이라도 한 통, 초코파이라도 한 봉지 훔치지는 않는지 유심히 감시한다. 그가 도둑이 아님을 알면서도, 나는 그를 믿지 못해 그렇게 한다. 그는 라면 두 봉지와 소시지, 소주 두 병, 달걀 두 알, 맛동산 한 봉지를 집어 든다. 나는 그가 물끄러미 지켜보는 앞에서 입을 꾹 다물고 계산기를 탁 탁 탁 두드린다.

"4천 5백 원이요……"

나는 말끝을 조그맣게 흐린다. 내 목소리가 잘 들리지 않았는지 그가 나를 빤히 바라본다. 그의 얼굴은 오늘따라 한없이 늙어 눈도 멀고, 귀도 먹고, 이도 다 빠져버린 늙은이만 같다.

"4천 5백 원……"

그가 그제야 바지 주머니에 손을 쑥 집어넣더니 꼬깃꼬깃 구겨진 지폐와 동전들을 꺼낸다. 그가 지폐와 동전을 세는 동안, 나는 그가 고른 물건들을 검정 비닐봉지에 차곡차곡 담는다. 봉지를 아껴 쓰라는 엄마의 잔소리가 불현듯 떠올라, 달걀들을 따로 담지 않고 한 봉지에 담는다. 그가 철로를 건너가는 동안 달걀들이 금 가고 깨지면 어쩌나 걱정이 들기도 하지만, 그게 나와 뭔 상관이란 말인가. 나는 차라리 달걀들이 무참히 깨져버렸으면 하는 심정이다. 부딪치고 깨쳐 노른자와 흰자가 마구 뒤엉킨 채 끈적끈적하게 흘러내렸으면.

그는 내게서 검정 비닐봉지를 받아들자마자 가게를 나가 철로 쪽으로 서둘러 사라진다. 그가 사라지고 난 뒤에야 나는 소시지를 두고 갔다는 사실을 알게 된다. 내가 그만 소시지를 빼먹고는 봉지 속에 챙겨 넣지 않은 것이다.

아빠는 여태도 깨어나지 않고, 나는 또 배가 고프다. 나는 그가 두고 간 소시지를 먹어치우기로 한다. 소시지는 분홍색이고 내 팔만큼이나 기다랗다. 엄마는 날마다 그 소시지로 오빠의 도시락 반찬을 싸준다. 달걀옷을 입히고 기름에 부쳐서. 나는 소시지를 싼 비닐을 벗겨내고 우격우격 베어 먹는다.

내가 소시지를 거의 다 먹어갈 즈음, 검정 교복 차림의 오빠가 가게 안으로 들어온다.

나는 오빠에게 말한다.

"아빠가 깨어나질 않아."

"뭐?"

"아빠가 깨어나질 않는다고!"

"그래서?"

"아무래도 그만 깨워야 될 것 같아."

"제발 그냥 내버려둬라."

"그래도……"

"깨운다고 뭐가 달라지냐?"

오빠가 내게 버럭 화를 낸다. 나는 오빠가 내게 화를 내는 이유를 잘 모르겠다. 오빠는 아빠한테도, 동생한테도 화를 낸다. 심지어는 엄마한테도. 돈통에서 돈을 가장 많이 가져다 쓰면서도, 가게에서 라면과 과자와 두부와 콩나물을 팔아 번

돈을 죄다 가져가다시피 하면서도, 더구나 가게를 한 번도 본 적이 없으면서, 곧 고3이 된다는 걸 유세로 화를 내고 싶으면 참지 않고 화를 낸다.

그렇지만 곰곰 생각해보니 오빠 말이 맞는 것도 같다. 잠든 아빠를 깨운다고 뭐가 달라질까.

나는 소시지를 마저 다 먹어치우고, 셔터를 내린다. 매일같이 내리는 셔터를 엄마 대신 내리는 것뿐인데, 세상으로부터 완벽하게 차단되고 고립되는 기분이 든다. 드르륵— 드르륵— 새된 비명을 내지르며 세상이 가게 밖으로 물러난다. 가게 안에는 오늘도 팔리지 않아 유통기한이 지났거나, 거의 다 된 물건들과 나만 남는다.

나는 가게에 딸린 방 한복판에 바위처럼 어둡고 무거우며 꺼칫꺼칫한 이불을 깐다.

그리고 그 위에 홀로, 버려지듯 눕는다.

내 발 저 아래에 아빠가 잠들어 있지만 나는 혼자라고, 홀로 존재한다고 느낀다. 광풍이 휘몰아치는 높고 넓고 단단한 바위 위에 나 홀로 외롭고 쓸쓸하게…… 아빠가 죽은 듯이 잠들어 있어서 더 그런 기분이 드는 건 아닐까.

밤마다 나는 가게에 딸린 방에서 혼자 잠이 든다. 이 방에서 나는 가게도 보고, 공부도 하고, 텔레비전도 보고, 밥도 먹고, 잠도 잔다. 방은 벽지 속까지 담배 냄새와 돈통 속 동전들이 풍기는 비릿한 쇠 냄새에 찌들었다.

나는 스스로가 마치 동전이라도 된 듯한 착각이 든다. 하도 닳아서 한 점의 반짝거림도 남지 않은 동전 말이다.

찰흙으로 다시 아빠의 얼굴을 빚는다면 유통기한 날짜를 2019년 11월 23일로 새겨 넣고 싶다. 너무도 먼 미래만 같은 그해에, 나는 마흔여섯 살이 된다. 그러니까 지금 아빠의 나이가 되는 것이다. 내가 그 나이가 되면 지금의 아빠를 조금이나마 이해하고 받아들일 수 있을 것 같다.

하루가 또 가버렸으니, 아빠의 유통기한 날짜가 지난 지 3년 하고도 189일째다. 그 시간들은 혹 아빠가 고스란히 삼켜 없앤 시간들이 아닐까. 아빠가 꾹 삼켜 몸속에 묻어버린 시간들...... 그 시간들이 아빠의 몸속에서 짓무르고 부패하다 못해 허연 곰팡이 덩어리가 되지는 않았을까.

내가 잠든 사이 엄마와 동생이 돌아와 내 옆에 나란히 몸을 누인다.

88서울올림픽도 끝나고, 아빠는 거의 매일 소주를 마신다. 가게에 딸린 방에 틀어박혀 소주를 홀짝홀짝 마시다 기절하듯 누워 잠든다. 나는 아빠가 오랫동안 잠에서 깨어나지 않기를 바란다. 잠에서 깨어나면 아빠가 또 소주를 마시기 때문이다. 병원에서는 동생이 죽을 수도 있다고 한다. 엄마는 밤마다 동생을 끌어안고는, 잠든 아빠의 머리맡에 주저앉아 흐느

긴다. 엄마와 동생은 미술책에서 본 미켈란젤로의 피에타 상 같다. 죽은 예수를 끌어안고 슬픔에 잠긴 성모 마리아. 〈럭키 슈퍼〉에 딸린 방 안 어둠 속에서 내 엄마와 동생이 피에타 상과 똑같은 자세로 슬픔과 절망에 젖어 있는 모습을, 동네 사람들은 상상이나 할 수 있을까.

엄마가 〈서울슈퍼〉에서 사다 먹인 다디단 과일들을 먹고 동생은 간신히 살아난다.

*

〈서울슈퍼〉는 한술 더 떠 고기까지 떼다 판다. 정육점용 냉장고를 들여놓더니 그 안에 돼지고기와 소고기, 닭고기를 그득 채워놓고 우리 동네와 윗동네 사람들을 전부 단골로 만든다. '정육'이라고 쓴 붉은 간판도 짜 보란 듯이 세워둔다. 엄마의 눈치를 보며 〈서울슈퍼〉와 우리 가게를 사이좋게 오가던 기호 아줌마마저도, 우리 가게에서는 두부나 콩나물밖에 사가지 않는다. 철로 너머 사람들도 하나 둘 〈서울슈퍼〉의 단골이 되어간다. 그들은 단돈 백 원이 아쉬워 외상을 해야 할 때만 우리 가게를 찾아온다. 밀린 외상값을 갚을 생각은 않고 또 외상을 다는 것이다.

아빠의 유통기한 날짜가 지난 지 3년하고도 230일째 되던 날. 나는 우연히 철로 너머 말더듬이 노가다 총각이 〈서울슈퍼〉

에서 걸어 나오는 것을 목격한다. 그는 검정 비닐봉지를 달랑달랑 흔들며 고개를 푹 숙이고 죄인처럼 우리 가게 앞을 서둘러 지나간다. 아무 지은 죄도 없으면서 죄인처럼, 그것도 몹쓸 죄라도 저지른 듯…… 아주 몹쓸 죄라도…… 그래서 나는, 철로를 건너가는 그를 원망이 가득한 눈으로 흘겨본다. 그가 철로 너머로 완전히 사라져 보이지 않게 된 뒤에도. 나는 어쩐지 그가 다시는 우리 가게를 찾아오지 않을 것만 같은 기분이 든다. 다시는 그에게 라면도, 소주도, 달걀도, 소시지도, 어묵도 팔 수 없는 걸까? 그렇지만 그마저도 우리 가게를 찾아오지 않으면 도대체 누가 우리 가게를 찾아올까.

그마저도 찾아오지 않아 가게에는 하루 종일 손님이 단 한 명도 들지 않는다. 그런데도 엄마는 여전히 새벽 6시면 어김없이 가게 셔터를 올리고, 밤 11시가 넘어서야 셔터를 내린다.

그로부터 며칠 뒤, 엄마는 내게 〈서울슈퍼〉에서 가서 찌개거리용 돼지고기를 반 근만 사오라고 시킨다. 나는 생전 처음으로 〈서울슈퍼〉에 간다. 그렇지 않아도 나는 〈서울슈퍼〉가 처음 문을 열었을 때부터 그곳에 몹시 가보고 싶었다. 손님이 되어서는 그곳을 찾아가 그 안에 넘쳐나는 생필품과 과자, 음료수들을 마음껏 구경하고 싶었다. 내가 가장 먹고 싶은 과자를 한 봉지 고른 뒤, 과자 값을 〈서울슈퍼〉 주인아저씨의 손에 짤랑! 소리가 나도록 떨어뜨려주고는, 당당히 걸어 나오고 싶었다.

〈서울슈퍼〉로 발을 들여놓는 내 심장이 몹시 빠르게 뛴다.

"돼지고기 반 근이요."

라면을 정리하고 있던 주인 아저씨를 향해, 나는 단숨에 말한다. 그 아저씨는 내가 저 아래 〈럭키슈퍼〉 딸이라는 걸 모르는지 무덤덤하다. 미리 썰어놓은 돼지고기를 한 주먹 봉지에 담더니 근수를 재 내게 건넨다. 나는 그가 내게 무슨 말인가를 해오기를 기다리지만, 그는 심드렁한 표정으로 나를 바라보기만 할 뿐이다.

"2천 원이다."

그 말에 나는 몹시 자존심이 상한다. 어째서 날 못 알아보는 거지? 〈럭키슈퍼〉의 딸인 나를? 우리 가게가, 그리고 그 가게에 목매고 있는 우리 다섯 식구가 한꺼번에 무시를 당한 기분이다.

아무것도 모르는 엄마는, 김치를 잔뜩 썰어 넣고 돼지고기 김치찌개를 끓인다.

"순 비계로만 줬구나."

엄마는 그리고 아빠를 바라보며 기어이 한마디 더 덧붙인다.

"양심도 없지……"

언젠가 들어본 말이라고 생각했는데, 기호 아줌마가 엄마한테 했던 말이다. 기생충으로 들끓는 생태를 도로 들고 찾아와서는 부르르 떨며. 나는 엄마가 그 말을 아빠에게 한 것인지, 〈서울슈퍼〉 주인 아저씨에게 한 것인지 좀처럼 구분이 가지 않는다. 어쩌면 그 둘 다한테 한 말인지도 모르겠다.

그리고 오늘 밤도 나는 가게에 딸린 방 한복판에 홀로 누워 잠든다.

짤랑!

그 소리가 방 안에 울려 퍼지는 순간, 내 두 눈이 저절로 번쩍 떠진다. 마치 잃었던 의식을 되찾듯, 나는 잠에서 깨어난다. 내 발 저 아래, 어둠보다 짙은 커다란 형체가 어른거린다. 조금씩 움직이는 것으로 봐서 사람의 형체가 틀림없다. 내 두 눈이 어둠에 조응하면서 형체가 점차 분명해진다.

도, 도둑인가……?

나는 소리를 지르고 싶지만 가위에 눌린 듯 꼼짝할 수 없다. 형체가 내 쪽으로 슬그머니 고개를 돌린다. 아빠다…… 유통기한 날짜가 새겨진 이마가 어둠 속에서 희미하게나마 빛을 발하고 있었던 것이다. 아빠는 이 밤에 도대체 뭘 하는 걸까.

짤랑!

……?

짤랑!

나는 그제야 모든 걸 알아차린다. 아빠는 돈통에서 동전을 훔치고 있는 것이다. 내게 들키기를 바라기라도 하는 듯 짤랑짤랑 소리를 내며. 그래도 내가 꼼짝을 않자 돈통을 소리 나게 닫고는 짤랑짤랑 소리를 내며 방을 나간다. 밤이 다 가려면 아직 멀었지만 나는 다시 잠들지 못한다.

아빠는 언제부터 저렇게 몰래 돈통에서 동전을 훔쳤던 것일까. 매일 밤 저렇게 내가 잠든 뒤 몰래 이 방에 숨어들어 동전을 한 개씩, 두 개씩 훔쳐간 것일까. 혹여 아빠도 나처럼 그 말이 세상에서 가장 하기 어렵기라도 한 걸까. 목구멍을 틀어막고는 차마 소리가 되어 나오지 못하는 걸까.

여보, 돈 좀 줘.

나는 몸을 일으켜 조심스럽게 돈통을 열어본다. 아귀가 꽉 맞물린 돈통은 끼이익— 비명을 내지르며 간신히 열린다.

빛을 잃고 거무스름하게 꺼져든 동전들이 마치 운석(隕石)만 같다. 그러니까 탄식처럼 단말마의 빛을 반짝! 발한 뒤 이 지상으로 뚝 떨어져, 흔하디흔한 돌멩이가 되어버린 유성……

나는 돈통 속으로 손을 집어넣고 동전들을 한 주먹 움켜쥔다. 겨우 한 주먹 움켜쥐었을 뿐인데 돈통에서 동전이 거의 바닥난다. 나는 돈통에서 동전들을 싹싹 긁어 검정 비닐봉지에 넣어가지고 옥상으로 올라간다. 돈통 바닥에 악착같이 달라붙은 1원짜리 두 개까지 빼놓지 않고 챙겨가지고.

적막에 잠긴 하늘에는, 봉봉 속 포도 알맹이 같은 구름들이 떠다닌다.

나는 십 원짜리 동전을 검정 비닐봉지에서 꺼내 만지작거린다. 얼음처럼 차갑기만 한 동전이 화끈 달아오를 때까지 만지작거리다 손을 높이 쳐든다. 하늘로 동전을 힘껏 날려 보낸다. 동전은 포물선과도 같은 획을 그으며 날아가 반짝! 하는 동시에 감쪽같이 사라져버린다.

나는 어쩐지 동전이 대기권 밖으로 날아갔을 것만 같다. 저 먼 광대한 우주 속으로 빨려 들어갔을 것만……

나는 나머지 동전들도 한 개씩 한 개씩 하늘로 날려 보낸다.

*

돈통 속 동전들이 깡그리 없어진 뒤로, 엄마는 더 이상 두부도 콩나물도 떼어놓지 않는다. 고무장갑이 다 떨어졌는데도 주문을 넣지 않는다. 우유도, 야쿠르트도, 담배도 들여놓지 않으면서 새벽 6시면 어김없이 가게 셔터를 올린다. 〈럭키슈퍼〉가 아직 망하지 않았음을 동네 사람들에게 확인이라도 시켜주려는 듯. 계란마저 떨어져, 우리 가게에는 있는 물건보다 없는 물건이 훨씬 더 많다. 손님이 가뭄에 콩 나듯 하지만, 어쩌다 손님이 와도 찾는 물건이 없어서 못 판다.

석 달 뒤면 오빠는 고3이, 나는 고등학생이 된다. 나는 고등학교 배정을 기다리는 중이다. 나는 아빠와 엄마의 뒤통수라도 치는 심정으로 보란 듯이 연합고사를 보았다. 여상에 지원하지 않은 것이다. 그렇다고 특별히 가고 싶은 대학교가 있다거나, 특별히 되고 싶은 게 있는 것도 아니다.

엄마는 나한테 통째로 가게를 맡겨놓고 식당 일을 다닌다. 나는 화장실에 갈 때를 빼고는 가게를 떠나지 않는다. 가게란 원래, 손님이 없어도 무작정 지키고 앉아 있어야 한다. 하루 종일 단 한 명의 손님도 찾아오지 않는다 해도. 그래서 가게가 힘든 것이다. 내 또래 아이들 중 그토록 중요한 진리를 깨우친 아이가 도대체 몇 명이나 될까.

그리고 내가 몰래 삼킨 오징어 홉반은 도대체 얼마나 될까. 나는 홉반을 너무 많이 삼켰다.

내가 오징어 홉반을 무려 150개나 삼킨 날, 저녁 밥상 앞에서 엄마가 뜬금없이 말한다.

"아무래도 너희들 아빠를 팔아야겠다."

"아빠를……?"

동생이 눈을 동그랗게 뜨고 중얼거린다.

"너희들을 팔 수 없으니 어쩌겠니?"

"누가 사가기나 하겠어요?"

오빠가 짜증을 내며 벌떡 일어서더니, 방을 나가버린다.

"나는 어떻게든 너희들 아빠를 팔 거다."

"……"

"그것도 제대로 값을 받고서 말이다."

엄마는 설마 아빠의 유통기한 날짜가 3년하고도 363일이나 지났다는 사실을 깜박 잊기라도 한 걸까?

"그러니, 너희들이라도 날 좀 도와주어야겠다."

엄마가 입을 꾹 다물고 나와 동생을 번갈아 바라본다. 대체 뭘 도와주어야 하는 것인지 모르겠지만, 감히 거절할 수 없도록.

새벽 4시, 엄마와 나 그리고 동생은 잠든 아빠를 가운데 두고 옹기종기 모여 앉는다.

엄마가 아빠의 머리맡에 두 무릎을 꿇고 앉는다. 나와 동생도 그렇게 한다. 무릎을 꿇고 모여 앉으니 기도라도 해야 할 것 같다. 아빠의 너른 이마 위에 손들을 탑처럼 차곡차곡 포개고서. 내가 그토록 한심해하고 증오해 마지않는 저 이마가 신성한 제단이라도 되는 양.

"아주 깊이 잠드셨구나."

엄마가 손을 뻗어 아빠의 이마를 한 번 쓱 훔친다. 이마에 묻은 티끌을 다 거두어내기라도 하듯. 엄마의 손이 쓸고 지나가서인지, 아빠의 이마에 새겨진 유통기한 날짜가 어느 때보다 분명하고 또렷하다.

"지금부터 유통기한 날짜를 지울 거다."

"……?"

"새로 새겨 넣으려면 먼저 말끔히 지워버려야겠지."

"……"

"아주 감쪽같이 말이다."

"……"

"너희들 아빠마저도 깜빡 속아 넘어가게 말이다."

엄마가 준비해둔 도구와 약품들을 아빠의 머리맡에 질서 정연하게 늘어놓는다. 솜, 과산화수소, 연고, 반창고, 검정 잉크, 핀셋, 바늘. 유통기한 날짜를 지우고, 새로 새겨 넣기 위해 필요한 도구와 약품들이다. 엄마는 언제 저런 것들을 다 준비해둔 걸까.

그렇지만 만반의 준비를 했다고 해도, 유통기한 날짜를 새로 새겨 넣는 게 쉽지는 않을 듯하다. 우유 배달 아줌마처럼 모나미 볼펜 한 자루로 뚝딱 해치울 수가 없는 것이다. 너무 오래 새겨져 있었던 탓인지, 유통기한 날짜는 오래된 흉터처럼 살 속으로 파고 들어가 단단히 자리를 잡아버렸다.

"자…… 그럼 시작해볼까?"

엄마가 나와 동생을 번갈아 바라보며 말한다. 나는 얼떨결에 고개를 끄덕인다. 동생도 따라서 고개를 끄덕끄덕한다. 끄덕끄덕 끄덕. 6시 전까지는 끝내야 한다. 6시가 되면 어김없이 셔터를 올리고 손님을 기다려야 하니까.

엄마가 조심히 바늘을 집어 든다.

기껏 우주로 날려 보낸 동전들이 지상으로 떨어지는 소리…… 옥상 저 멀리서 들려오는 듯하다.

발문

광물성의 기록

하성란

 내가 아는 김숨은 '가만히' 있는 사람이다.
 그동안 봐온 그는 가만히 이야기하고 가만히 고개를 끄덕이고 가만히 웃는다. 박장대소는 물론이고 손을 번쩍 들어 올려 사람을 부르는 일조차 본 적 없다. 이따금 갸우뚱 고개가 한쪽으로 기울어지곤 하는데 그때마다 안에 든 잔모래들이 조용히 경사진 쪽으로 밀려간다는 인상을 받았다. 그는 어떤 상황에서도 평형감각을 잃지 않을 사람으로 보였다. 이번 소설집에서도 가만히 움직이거나 아예 움직임이 없는 이미지들이 자주 등장한다. 자라나 홍학, 귀뚜라미 이미지보다 내가 느낀 김숨은 차라리 광물에 가까웠다. ……김숨은 모래 같은 여자였다.

강렬한 인상을 남긴 그의 소설들과는 달리 그와의 첫 만남은 또렷이 기억나지 않는다. 데뷔 연도가 엇비슷하다 보니 그의 이름을 알고 소설을 읽는 것이 10여 년 저쪽일 것이다. 우리는 한참 시간이 흐른 뒤에 만났다. "이제야 만났네요"라는 말을 주고받았던가. 그것도 정확지 않다. 분명한 건 그런 말을 했다면 그게 김숨은 아니라는 거다. 김숨스럽지 않은 말이다. 했다면 내가 했을 것이고 김숨은 정말 그랬다는 눈빛으로 그윽하게 나를 보았을 것이다.

첫 만남이 강렬하게 각인되지 않은 건 결코 그의 외모나 분위기가 평범해서라는 뜻이 아니다. 아마 그때도 그가 가만히 있었기 때문은 아니었을까. 가만히 있는 것들은 조금 늦게야 눈에 띄게 마련이니까.

근래 들어 우리는 이런저런 자리에서 자주 만났다. 마주 앉아 감자탕의 커다란 뼈를 뜯어 먹기도 하고 비좁은 노래방에서 어깨를 맞대고 나란히 앉기도 했다. 곁에 앉고서야 또 한 번 실감한 것이지만 그는 정말이지 가만히 앉아 있었다. 고개를 돌려 옆에 그가 앉아 있다는 것을 확인하지 않았다면 누군가 곁에 앉았다는 것도 실감하지 못할 정도였다.

그는 기척도 없이 앉아 동료들이 노래하고 웃고 떠드는 것을 보았다. 그에게서는 그 흔한 화장수 냄새도 나지 않았다. 숨소리 또한 작았다. 무리에 섞여 있어도 좀처럼 나서지 않으니 그를 좋아하던 한 선배가 별안간 주머니 속의 지갑을 찾듯

"김숨 어디 갔어?" 두리번댔던 것도 무리는 아니다. 그날이었을 것이다. 조용히 앉아만 있던 그가 "나 여기 있었어요"라고 항의하듯 마이크를 붙잡고 노래를 열창했던 것이. 다들 의아하고 놀라워서 이구동성으로 "우!" 함성을 질렀다.

그렇다고 김숨이 마지못해 자리에 앉아 있는 사람이라는 말은 아니다. 몸만 자리에 앉아 있고 정신과 영혼은 딴 세상에 간 듯 화제에서 벗어나 있는 사람도 결코 아니다. 그는 성실하다. 소설은 물론 사람을 만나는 일에도 성실하다. 단지 그는 가만히 있을 뿐이다. 가만히 있다는 건 곧 누군가의 이야기에 귀 기울이고 있다는 것이다. 누군가의 손짓이나 얼굴에 스쳐 가는 미묘한 표정 변화까지도 빨리 알아챌 수 있다는 것이다. 누군가의 우스갯소리에 그가 소리 없이 이를 드러내고 활짝 웃는 걸 여러 번 보았다.

그가 가만히 제 발밑을 응시하고 있을 때, 그가 그렇게 유심히 보고 있는 게 무엇일까 궁금했던 적이 있다. 발밑 제 그림자의 응시로부터 시작되었을 그 시간들이 견고해져 어느새 깊고 짙어 속을 알 수 없을 거대한 저수지 크기로 넓어졌다는 것을 알아챘을 땐 동료이자 독자로서 기뻤다. 한편 동업자로서는 뭐랄까, 뜨끔 반성을 하게 된 순간이었지만 말이다.

여기 그가 오랜 응시 끝에 찾아낸 저수지가 있다.
"응고된 듯 적막하게 고여" 빛을 "무섭게 뿜어대던" "살아 있는 것을 죄다 삼켜버릴 듯하던, 죄다 죽은 것으로 만들어버릴 듯하던 무시무시한 빛깔을" 한 "검고도 푸"(p. 15)른 저수지이다.

표제작이기도 한 「간과 쓸개」의 화자인 노인은 간암 환자로 나이 차가 한참 나는 누님을 따라갔던 어릴 적 저수지를 떠올린다. 공포스러워 물가로 다가가 물속을 들여다볼 엄두가 나지 않던 저수지. 그 저수지를 별안간 떠올린 것은 자신에게 조금씩 다가오고 있는 죽음의 기미 때문이기도 하고, 역시 담낭관에 생긴 담석으로 병들어 누운 큰누님 때문이기도 하다. 속을 알 수 없던 그 검푸른 물빛은 복부에 구멍을 뚫고 그 구멍으로 호스를 끼워 빼내는 누님의 쓸개즙 색과 흡사하다. 누구도 찾아오지 않지만 그나마 자신의 집이 있는 노인과는 달리 누님은 의탁할 곳 없어 이 아들, 저 딸 집으로 거처를 옮겨 다니는 신세이다.

검푸른 저수지의 이미지와 함께 「간과 쓸개」의 매력 중 하나는 만남의 어긋남이다. 만남의 유보이다. 노인은 더 늦기 전에 누님을 만나려 하지만 매번 양쪽의 사정으로 어긋나고 만다. 혹시나 두 사람이 살아 만나지 못하는 게 아닐까, 불안감이 증폭될 수밖에 없다. 그 사이사이 암시처럼 죽음의 저수지가 자꾸 끼어든다.

지연과 유보는 김숨의 또 다른 소설 「룸미러」에도 여실히 나타난다. 사내아이 둘을 뒷좌석에 태운 부부는 조문을 가고 있다. 경기도 구리에서 파주까지의 거리는 평소라면 넉넉잡아도 두 시간이면 갈 거리이다. 아이들은 차에 올라타 뒤척이다 잠들었다. 오랜만에 맛보는 평화이다. 아이들이 깨면 금세 사라질 평화를 지키느라 부부는 숨을 죽인다. 가다 서다를 반복하던 자동차가 어느 순간 아예 움직이지 못하게 된다. 끝 간 데 없이 자동차들이 늘어섰다. 저 앞에서 어떤 일이 벌어졌는지 알 수 없다. 이런저런 일로 두 사람은 언성을 높이지만 큰 소리로 싸우지도 못한다. 물론 아이들이 깰까 봐서이다. 남편이 가장 두려워하는 것은 두 사내아이이다. 아이들 때문에 남편의 귀가도 점점 늦어지고 있었다.

차 밖으로 나가서 대체 무슨 일이 있는지 알아보면 좋을 텐데 남편은 전방에 일어나는 일은 안중에도 없다. 차를 탄 뒤로 그는 내내 룸미러만을 흘깃거릴 뿐이다. 대체 무엇 때문에 그토록 긴 정체가 일어난 것인지 궁금증이 최고조로 올랐을 무렵 소설은 끝이 난다. "그리고 마침내 내 눈앞에 펼쳐진 그 광경을 보았다. 지금쯤 내 아이들이 잠에서 깨어났을지도 모르겠다는 끔찍한 생각을 하며……"(p. 217) 결국 끝까지 말해주지 않는다. 아내의 눈앞에 펼쳐진 광경은 온전히 추측으로만 남겨진다. 룸미러라는 제목이 암시하듯 불투명한 미래를 짐작할 수 있을 뿐이다.

「간과 쓸개」의 화자가 대여섯 살 무렵 보았던 저수지는 그의 기억과는 달리 그렇게 크지 않았을는지도 모른다. 추억 속의 집과 골목, 뛰어놀던 동산이 기억 속의 크기보다 훨씬 작다는 걸 누구나 한번쯤 느껴보았을 것이다. 밤나무 숲을 지나 저수지가 눈앞에 펼쳐진 순간 생전 처음 느꼈던 공포를 노인은 잊지 못한다. 속을 알 수 없는 짙푸른 그 물에서 어린아이가 본 것은 무엇이었을까. 혹 죽음에의 유혹은 아니었을까. 혹 누님의 쓸개즙과도 같은 물에 그림자 진 몇십 년 뒤의 자신의 모습을 본 것은 아니었을까.

이제 그 저수지의 축소판이 집 안에도 있다. 탁하고 검고 번들거리는 물이 고인 수도 계량기 통 속에 귀뚜라미들이 빠져 썩고 있다. 귀뚜라미는 물론이고 먹다 남긴 빵에 까맣게 몰려든 개미, 튀김 반죽을 뒤집어쓰고도 본능적으로 꿈틀대는 미꾸라지의 악착같음에 노인은 고개를 절레절레 흔든다. "기특하기도 하고 불쌍하기도 했다. 그러나 무엇보다 끔찍하다는 생각이 더 컸다. 살아 있다는 것이, 더할 수 없이 구차스럽고 징글징글하기만 하였다"(p. 21). 하지만 매일 아침 설명할 길 없는 공포감으로 깨어 일어나는 것은. 간도 쓸개도 없이, 그렇게라도 살아남으려는 본능 때문이 아닐까.

다행히 누님과의 만남이 성사되지만 자신의 기억과는 다른 사실을 확인할 뿐이다. 자신의 손을 잡고 저수지로 갔던 것은 그 누님이 아니라 아주 오래전 젊은 나이에 죽은 다른 누님이라는 것을. 얼굴도 기억나지 않는 셋째누님이라는 것을.

「간과 쓸개」뿐 아니라 이번 소설집 곳곳에서는 병든 인물들이 등장한다. 아예 거동조차 자유롭지 않아 햇빛이 들지 않는 북쪽 방에서 유폐되듯 갇혀 살아가는 노인(「북쪽 방」)도 있고 네번째 뇌수술을 앞두고 있는 사내(「내 비밀스런 이웃들」)도 있다.「흑문조」의 옆집 남자는 또 어떤가. 간암으로 두 차례나 죽음의 고비를 넘기고 돌아왔지만 여전히 계단을 허물자는 이야기를 반복하고 있다. 하물며 기억 속의 저수지조차 병들어 있지 않은가.

병들고 노쇠한 것도 모자라 김숨은 아예 3천 년 전의 미라까지 등장시킨다(「육의 시간」). 물론 우리는 질병을 통해 비로소 자신의 몸과 직면한다. 우리의 삶을 되돌아본다. 병(죽음)이 생생하게 그려지면 그려질수록 병치된 삶이 반짝 빛난다는 것을 모르는 바 아니다. 수많은 화가와 음악가 들에 의해 되풀이되는「죽음과 소녀」의 이미지를 떠올려보아도 단박에 알 수 있다. 하지만 병들고 노쇠해가는 이들에게로 향하는 시선은 고단하고도 고단한 작업이었을 것이다. 문득「육의 시간」의 한 장면이 떠오른다. 밤중에 깬 여자가 소금 항아리를 양팔로 끌어안고 미친 듯 국자로 소금을 퍼먹고 있는 그 장면이.

발표순으로 보자면「간과 쓸개」는 소설집에 실린 소설들 중 가장 최근작인 듯하다. 기괴한 환상이 교차하던 이전 소설들에 비하면 「간과 쓸개」는 김숨의 소설일까 싶게 현실적이다. 그동안 김숨의 소설들은 한 편의 콜라주를 보는 듯한 느낌을 주곤 했다. 이질적인 재료들이 충돌하면서 묘하게 조화를 이루었다. 그의 소설을 읽다 보면 세상은 정말 말이 안 되는 것들로 마구 붙여진 콜라주라는 생각이 들었다.

김숨이 즐겨 쓰는 환상은 현실의 고통을 잊게 하는 방편이 아니었다. 현실적으로 드러내지 못하는 것들을 실감나게 보여주는 역할을 도맡았다. 그랬기에 어느 부분 그로테스크하기까지 했다. 「간과 쓸개」를 시작으로 이제 땅 위로 안착한 듯하지만 환상이 사라진 김숨의 소설은 여전히 쓸개즙처럼 쓰디쓸 뿐이다.

필사적일 수밖에 없다. 안간힘을 쓰는 수밖에 없다.

소설 곳곳에는 열세에 밀리는 것들이 등장한다. 그들이 그나마 힘을 낼 수 있는 방도는 수를 늘리는 일뿐이다. 수적으로 열세에 밀리는 일만은 없어야 한다. 수십 마리의 홍학은 무리 지어 서서 물에 비친 자신의 그림자를 부리로 쪼아대고 있다(「사막여우 우리 앞으로」). 누군가 버린 자라들을 떠맡은 여자는 자라들을 욕조에 넣어 기른다(「내 비밀스런 이웃들」). 8월 집의 지하실은 귀뚜라미 천지가 된다(「흑문조」). 「모일, 저녁」의 아버지가 하는 일도 백 마리가 넘는 뱀장어들을 잡는 일이다.

「사막여우 우리 앞으로」는 바싹 마른 엄마의 두 다리에 대한 묘사로부터 시작된다. 35년 동안이나 버스 정류장의 간이 매표소 안에서 껌이나 김밥 따위를 판 엄마의 두 다리가 마침내 '홍학'처럼 가늘어진 것이다. 엄마는 배설을 할 때 빼고는 매표소 밖으로 나오지 않는다. 걷지 않으니 두 다리가 퇴화될 수밖에 없다. 무리 지어 살아야 할 '홍학'이 외따로 떨어져 나와 있다. 그런 엄마가 매표소 안에서 한 일 중 하나가 바로 햄스터를 기르는 일이었다. 햄스터는 걷잡을 수 없이 수가 불어난다. 필사의 삶이다. "엄마는 밤마다 햄스터들을 솜이불처럼 온몸에 덮고 잠들었다. 가랑이를 한껏 벌리고는 그 안에 수십 수백 마리의 햄스터들을 품고 동전들을 세었다"(p. 96).

필사적인 것들에 혐오감을 느낄 수도 있다. 「흑문조」의 아내는 지하실을 가득 메운 귀뚜라미 떼를 소탕한다. 그악스럽게 울어대는 소리도 참을 수 없고 밥솥이며 냄비에서 튀어올라 사람을 놀래키니 어쩔 도리가 없다. 없앤다고 해도 그때뿐일 것이다. 하지만 해마다 8월이 되면 어김없이 지하실은 귀뚜라미들로 가득할 것이다. 필사의 삶은 계속된다.

왜 그들은 질서를 지키고자 하는 것일까.
「육의 시간」의 화자인 아내는 어느 날 남편이 데려온 여자를 보고도 태평하다. 아내가 바라는 것은 단 한 가지 질서가 깨지지 않는 삶이다. 여자가 왔지만 그 질서는 깨지지 않는다. 여전히 평화롭다. 사실 둘보다 셋이란 숫자는 훨씬 더 안정적이기도 하다. 「흑문조」의 아내도 질서가 깨질까 전전긍긍이다. 물이 샌 곳을 찾느라 배관공이 집 구석구석에 구멍을 내놓았다. 단번에 잘못된 곳을 찾아내지 못하는 것을 보니 아무래도 실력이 없는 기술자인 듯하다. 곳곳에 난 구멍들 때문에 평소의 동선이 흐트러져버렸다. 집의 질서가 흐트러졌다. 아내는 불어나는 구멍을 보며 제발 큰방만큼은 온전히 두었으면 좋겠다고 생각한다. "나는 부엌에서 나와 큰방으로 들어가 꾸벅꾸벅 졸았다. 배관공이 큰방까지 쳐들어올까 봐 겁이 나기도 했다. 큰방의 바닥에까지 구멍을 뚫어놓으면 이 집에서 내가 편하게 머물 곳이 없었다"(p. 175).

「북쪽 방」의 곽노에게는 한 차원 위의 또 다른 질서가 있다.

   그렇다면 내게는 황홀했던 순간이 있었던가.
   황홀한 순간이 없었다고는 말하지 못하리라. 그러고 보니 곽노에게 황홀경을 맛보게 해준 것은 광물의 집합체인 한 덩이의 퇴적암이었다. 퇴적암의 단면과 마주하던 그 순간, 분명 통제할 수 없는 황홀함을 맛보았었다. 그러니까 20년도 더 전인 그날, 곽노가 어두워져가는 교실에서 들여다보고 있던 것은, 교본으로 삼기에 적합한 퇴적암이 아니라 시간이었다. 시간의 흔적인 선(線)들이 구현해내고 있는 질서였다. 구심력과 원심력에 의해 변형되어온 질서의 극치였다. 〔……〕 곽노가 문득 고개를 들었을 때 시야를 가득 채운 것은 종횡으로 줄지어 선 책상들이었다. 책상들이 만들어내고 있던 질서가 그 순간 얼마나 가볍고 부질없어 보였던가.

그러고 보면, 아내가 내 육신을 북쪽 방으로 내몰아서까지 악착같이 지키고 싶어 하는 질서 또한 얼마나 부질없는가. (pp. 133~4)

그러기에 곽노는 악착같이 살고 싶지 않다. 진리를 위반하면서까지 살고 싶지 않다. 그가 혐오하는 것은 마그마로부터 고결된 암석, 시간의 축적이 만들어놓은 고결한 질서가 없는 암석이다. 즉흥적이며 광기로 넘쳐나는 것들은 질색이다.

질서는 끊임없이 깨어질 위기에 직면한다. 전에 살던 사람들의 재산세 독촉장이 날아드는 것을 시작으로 뜻밖의 방문객들이 거실로 밀고 들어오기도 하고, 일곱 명이나 되는 낯선 사람들이 집을 점령하고 눌러앉아 살기도 한다. 소설 속 여자가 자조적으로 말하는 것처럼 이 세상은 질서만으로 이루어지지 않는다. 필사적으로 사수하려 했지만 잠깐의 방심을 타고 없어진 계단처럼.

다시 저수지로 돌아온다. 소설을 읽는 내내 강렬한 이미지의 저수지가 내 앞에 펼쳐졌다. 압도적이었다. 쓸개즙처럼 짙푸른 그 공동(空洞). 곳곳에서 김숨이 숨겨놓은 유머를 찾아

읽는 재미도 있었다. 물 새는 곳을 찾아 집 안 곳곳에 구멍을 뚫어놓은 「흑문조」의 배관공. 그 구멍을 피해 걸어다니는 이들의 모습을 상상해보자. 마치 춤을 추듯 박자가 실리지는 않았을까. 계단이 없어진 여자는 어떻게 집 안으로 들어갈 것인가. 집 안에는 그녀가 그토록 갈망하는 질서가 있다.

이변이 없는 한 앞으로도 김숨은 가만히 있을 것이다. 가만히 가만히 속의 모래들도 이쪽으로 저쪽으로 옮겨다닐 것이다. 그는 아무래도 광물성이다. 외계를 내계로 끌어들이는 광물. 외계를 압축해 내계에 기록한다.

가만히 있는 사람들에게만 보이는 것들이 있다. 어느 순간 그것들이 제 스스로 풀어놓는 이야기들이 있다. 밤나무 숲을 지나 펼쳐진 저수지 앞에 앉아 검은 물빛을 응시하고 있는 인물이 보인다. 김숨이다. 김숨은 끊임없이 이야기들을 건져 올릴 것이다. 어떻게 아느냐고? 김숨 스스로가 「육의 시간」의 화자 입을 빌려 한 말이기도 하다.

"쓸모 있는 것이든 쓸모없는 것이든 간에, 나는 여자가 무언가를 만들어낸다는 사실에 만족하기로 했다"(p. 234).

우리는 한동안 이야기의 보고인 그 저수지에 대해 이야기할 것이다.

작가의 말

 영하의 겨울입니다. 문득 창밖을 바라봅니다. 지붕과 창문, 하늘이 보입니다. 저를 멀리서 지켜보는 또 다른 제가 창밖 저 어딘가에 있는 것만 같습니다. 창 안의 저는 좀 외로워 보이기도 할 것입니다. 올해 첫날 누군가 저의 집 창문을 똑똑 두드렸습니다. 누굴까, 누굴까…… 제 손보다 작은 참새가 부리로 거실 창문을 두드리고 있었습니다. 참새의 방문이 아주 커다란 선물처럼 느껴져 오후 내내 행복했습니다. 저는 하루의 거의 모든 시간을 집에서 보냅니다. 오후에 잠시 집 밖 천을 찾아가 산책을 하고 장을 보기도 합니다. 천에는 오리들이 참으로 많습니다. 저는 오리가 좋습니다. 오리를 보면 웃음이 터져 나오고 행복합니다. 오리들에게 몰래 말을 걸기도 합니다. 집으로 돌아와 오래된 음악을 듣는 사이 저녁이 찾아옵니다. 글을 쓰는 동안 제 옆을 지켜주는 저의 개들, 포그와 포아에게 사랑한다는 말을 속삭입니다. 부디 아프지 말고 오래오래 내 옆에 있으렴. 조금 있으면 저의 소중한 가족이 하루 일과를 마치고 집으로 돌아올 것입니다. 불을 밝히고 저녁을 해야겠습니다. 오늘 저녁은 감자와 굴을 넣고 칼국수를 끓여야겠습니다.

고요한 제 집에서 정성껏 끓여낸 칼국수를 내놓는 마음으로, 이번 소설집을 내놓고 싶습니다.

그저, 그저 감사합니다.

제 소설집을 위해 애써주신 하성란 선생님, 황광수 선생님께 특별히 깊은 감사를 드립니다. 잊지 않겠습니다.

2011년 2월
김 숨

수록 작품 발표 지면

간과 쓸개 『문학사상』 2009년 5월호
모일, 저녁 『창작과비평』 2008년 여름호
사막여우 우리 앞으로 『한국문학』 2007년 겨울호
북쪽 방(房) 『문학사상』 2007년 5월호
흑문조 〈문장 웹진〉 2007년 11월
룸미러 『작가세계』 2008년 가을호
육(肉)의 시간 『현대문학』 2007년 7월호
내 비밀스런 이웃들 테마 소설집 『서울, 어느 날 소설이 되다』(강, 2009)
럭키슈퍼 『문학동네』 2009년 여름호